Peter Höflich, Michael Matzke

Ich bitte, mir ein Legehuhn halten zu dürfen, Herr Anstaltsleiter

Tragikomisches aus dem Strafvollzug

 Fachhochschulverlag
DER VERLAG FÜR ANGEWANDTE WISSENSCHAFTEN

Peter Höflich, Michael Matzke
Ich bitte, mir ein Legehuhn halten zu dürfen, Herr Anstaltsleiter
Tragikomisches aus dem Strafvollzug

ISBN 3-936065-77-2
ISBN 978-3-936065-77-0

Zeichnung des Haftraumgitters: Dr. Sabine Bock

DTP:
Monika Weiland, Andreas Bauer,
Tinka Kellermann,
auf Apple Macintosh Power PC

Druck und Bindung:
Elektra Reprografischer Betrieb GmbH
Niedernhausen

Preis:
Das Buch kostet je Exemplar 12,– € zzgl. Portokosten

Bestellungen:
Fachhochschulverlag
Kleiststraße 31
60318 Frankfurt am Main

Telefon (0 69) 15 33–28 20
Telefax (0 69) 15 33–28 40
bestellung@fhverlag.de
http://www.fhverlag.de

allen im Strafvollzug Tätigen und Einsitzenden gewidmet,

die zum Gelingen dieses Buch beigetragen haben

INHALT

Vorwort 9

0 **Wie man in den Vollzug gelangt 12**

1 **Sinn und Zweck von Freiheitsstrafe sowie Aufgaben und Gestaltung des Vollzuges 18**

1.1 Sinn und Zweck von Freiheitsstrafe **18**
1.2 Resozialisierung **20**
1.3 Schutz der Allgemeinheit vor weiteren Straftaten **22**
1.4 Schuldausgleich und Förderung der Schuldeinsicht **23**
1.5 Angleichungsgrundsatz (mit Blick auf die Sexualität) **26**

2 **Stellung des Gefangenen 31**

2.1 Anspruch auf zivilisierten Umgang **31**
2.2 Mitwirkungserfordernis der Gefangenen bei der Erreichung des Vollzugszieles **31**
2.3 Schriftverkehr der Gefangenen **34**
2.4 Gefangenenmitverantwortung **39**

3 **Offener Vollzug 41**

4 **Lockerungen des Vollzuges und Urlaub 43**

4.1 Außenbeschäftigung **43**
4.2 Freigang **44**
4.3 Ausführung **44**
4.4 Ausgang **46**
4.5 Urlaub **48**

5 **Unterbringung, Ausstattung der Hafträume und persönlicher Gewahrsam der Gefangenen 54**

5.1 Unterbringung der Gefangenen **54**
5.2 Ausstattung der Hafträume **56**
5.3 Persönlicher Gewahrsam der Gefangenen (u. a. betreffend Fernsehgeräte) **60**
5.4 Haltung von Tieren **69**

6 **Anstaltsverpflegung 78**

6.1 Zu Verpflegungsangeboten der Justizvollzugsanstalten **78**
6.2 Beanstandungen des Essens **80**

7 **Unterricht und Arbeit der Gefangenen 86**

7.1 Bildungsstand der Gefangenen **86**
7.2 Unterricht **88**
7.3 Arbeit **89**

8 **Besondere Behandlungsmaßnahmen 93**

8.1 Mentalpflege **93**
8.2 Gummipuppen, Intimmassagesalons und Dirnen als Möglichkeiten sexueller »Ventile« **94**
8.3 Hochzeit **99**
8.4 Allgemeine Datenverarbeitung **100**

9 **Religionsausübung 101**

10 **Gesundheitsfürsorge 102**

10.1 Krankenbehandlung **102**
10.2 Der Hygiene dienende Fürsorge **109**
10.3 Suizidprophylaxe **110**

11 **Frauenstrafvollzug 111**

11.1 Frauenanstalten **111**
11.2 Aus dem Anstaltsleben **112**

12 **Sicherheit und Ordnung 117**

12.1 Geordnetes Zusammenleben in der Anstalt **117**
12.2 Technische Sicherheitsvorkehrungen **118**
12.3 Gefährdung der Sicherheit von innen **119**
12.4 Angriffe gegen eine Anstalt von außen **126**
12.5 Entweichung von Gefangenen **128**

13 **Vollzugsbehörden 129**

13.1 Justizvollzugsanstalten **129**
13.2 Landesjustizverwaltung Berlin **133**

14 **Zusammenarbeit aller im Vollzug Tätigen und des Vollzuges mit Personen und Medien außerhalb des Vollzugs 137**

14.1 Zusammenarbeit aller im Vollzug Tätigen **137**
14.2 Zusammenarbeit mit für die Eingliederung von Gefangenen förderlichen Personen **138**
14.3 Zusammenarbeit mit den Medien **141**

15 **Vollzugsbedienstete 142**

15.1 Bewerbungen **142**
15.2 Aus- und Fortbildung der Vollzugsbediensteten **145**
15.3 Anstaltsleiter sowie Mitarbeiter/innen des Verwaltungsdienstes **148**
15.4 Ärzte und Psychologen **154**
15.5 Rechte und Pflichten der Bediensteten **157**
15.6 Fürsorge des Dienstherrn **157**

16 **Rechtsbehelfe im Vollzug 167**

16.1 Vorsprache und Dienstaufsichtsbeschwerde **167**
16.2 Rechtsbeschwerde **171**

17 **Jugendstrafvollzug 173**

Autoren 176

VORWORT

Außenstehende haben vom deutschen Strafvollzug häufig eine feste Meinung: Wenigen erscheint er als eine Art staatlichen Folterinstruments, wo bedauernswerte Geschöpfe der Willkür sadistischer Gefängniswärter ausgesetzt sind; für die meisten handelt es sich um ein 4-Sterne-Hotel, in dem die Gäste mit allem versorgt werden, was für ein komfortables, sorgenfreies Leben nötig ist, und das die Gäste bei jeder passenden Gelegenheit verlassen dürfen. Fragt man nach, stößt man zumeist auf massive Unkenntnis der Verhältnisse in den Justizvollzugsanstalten. Auch den oft beschworenen Swimmingpool, der nach Auffassung einiger zur Standardausrüstung jedenfalls der neueren Anstalten gehören soll, gibt es nur in Hessen (und zwar in der JVA Weiterstadt) und noch (ausgerechnet) in einer bayerischen Vollzugsanstalt – dort als Feuerlöschteich.

Vielleicht lässt sich ein Einblick in die Realität des Strafvollzugs – besser als mit einem Lehrbuch – durch die vorliegende Anekdotensammlung gewinnen. Lehrbücher und Kommentare versuchen hauptsächlich zu vermitteln, wie die Praxis sein soll. Die von uns ausgewählten Anekdoten und Texte – wobei es sich fast ausschließlich um wörtliche Zitate handelt – zeigen, wie sie ist: oft derb, zotig, zum Teil chauvihaft, wie in einer überwiegenden Männergesellschaft nicht anders zu erwarten, aber auch bunt, amüsant und witzig, was man angesichts einer ernsten Angelegenheit wie der Inhaftierung, der oft grauen Mauern und martialischen Stacheldrahtzäune nicht ohne weiteres erwartet.

Eines wird vor allem deutlich: es »menschelt« sehr! Kaum ein anderes Arbeitsgebiet ist eine so ergiebige Quelle für »Schnurren« und komische Geschichten wie der Strafvollzug. So bitterernst der Alltag für die Gefangenen und oft auch für die Vollzugsbediensteten ist, so witzig sind unendlich viele Details in diesem von bürokratischem Reglement bis in die heutige Zeit geradezu geprägten Vollzugsalltag. Die Lächerlichkeit vieler Vorgänge entschärft oftmals deren eigentliche Strenge in der Sache, vor allem dann, wenn sich die Beteiligten ihrer jeweiligen (Haupt-)Rolle in diesen »Spielen« nicht bewusst sind. Der Witz resultiert oft aus der angestrengt ernsten Form der Eingabe oder Meldung, des Bescheides oder Gerichtsbeschlusses. – Darf man über so eine ernsthafte Angelegenheit wie die Freiheitsentziehung lachen? Man darf! Und manches ist schlichtweg lächerlich.

Wir waren in früheren Zeiten unseres Berufslebens auch in Strafanstalten und Aufsichtsbehörden (in Nordrhein-Westfalen und Brandenburg einerseits und in Berlin andererseits) tätig und kennen daher den »Knast« auch von innen her. Wir haben aus eigenen »Schnurren«-Sammlungen sowie aus dem Reservoir vieler Kolleginnen und Kollegen, die als ehemalige oder noch aktive Mitarbeiterinnen und Mitarbeiter in Justizvollzugsanstalten, Vollzugsämtern und Ministerialverwaltungen immer wieder mit »Sens und Nonsens«-Vorgängen beschäftigt waren und werden, und großzügig ihre Materialien und Erfahrungen für die vorliegende Sammlung zur Verfügung stellten, geschöpft. Wir danken unseren ehemaligen Kolleginnen und Kollegen (in alphabetischer Reihenfolge) *Walter Eickmeier, Hans-Jürgen Feldmann, Dr. Paul Kühling, Klaus Lange-Lehngut, Jutta Lauxen, Hans Herbert Moser, Norbert Müller, Dr. Karl-Peter Rotthaus, Jürgen Scholz, Joachim Schulz, Susanne Simon, Erhard Starke, Helmut Stoer, Gustav Urban* und *Anette Winkler*, auch wenn wir – in diesem ersten Band, wie wir hoffen – aus Platzgründen nicht alle übersandten Anekdoten berücksichtigen konnten.

Die Auswahl der hier veröffentlichten Texte durch uns ist mehr oder weniger willkürlich und abhängig von dem vorgefundenen Material, sodass einige Themenbereiche überrepräsentiert erscheinen und andere etwas vernachlässigt. Die Originaltexte bzw. Zitate wurden jeweils farbig oder kursiv gesetzt, um sie hervorzuheben. Dabei haben wir lediglich Schreibfehler verbessert, wenn es sich nicht um solche handelt, die wegen der Authentizität bewusst erhalten geblieben sind (z.B. »Lanzleute« an Stelle von »Landsleute« oder »Feketarier« an Stelle von »Vegetarier«), und den Text an die neue Rechtschreibung (z.B. »dass« an Stelle von »daß«) angepasst. Namen wurden grundsätzlich weggelassen oder, wenn es zum Verständnis des Textes erforderlich ist, durch Phantasienamen ersetzt; lediglich »Insider« dürften die eine oder den anderen Urheber/in eines Vorganges ermitteln können. Nur so genannte Personen der Zeitgeschichte wie Minister bzw. Senatoren, Senatsdirektoren bzw. Staatssekretäre, Anstaltsleiter und Professoren sowie solche Persönlichkeiten, deren Namen den eigentlichen Witz der Begebenheit darstellen (z.B. *Leipold-Kuller, Piske* und *Pupke*), müssen mit ihren Namen zum Geschehenen stehen. Die Reihenfolge der Darstellung folgt im Wesentlichen dem Strafvollzugsgesetz.

Wir sind sicher, dass wir einen weiteren Band mit Anekdoten und Texten aus dem Vollzug füllen könnten. Daher sind wir für weitere Hinweise oder Zusendungen von Texten dankbar.

Unsere Anschriften:

Peter Höflich
Postanschrift:
Fachhochschule Lausitz
Fachbereich Sozialwesen
Lipezker Straße 47
03048 Cottbus

Michael Matzke
Postanschrift:
Fachhochschule für Verwaltung und Rechtspflege Berlin
Fachbereich Polizeivollzugsdienst
Alt-Friedrichsfelde 60
10315 Berlin

Wir hoffen, den Lesern dieses Buches Freude zu bereiten (sowie Erkenntnisse und Einsichten zu vermitteln), denn – wie es ein Mitglied des Rechtsausschusses eines Landesparlaments, der sich mit einem Strafvollzugsvorgang beschäftigt hatte, einmal formulierte – *»wir haben die Wunde in dieses Problem gelegt«*.

Cottbus/Berlin, im März 2006

Peter Höflich, Michael Matzke

0 WIE MAN IN DEN VOLLZUG GELANGT

In Justizvollzugsanstalten sind verschiedene Haftarten zu vollziehen. Die meisten Gefangenen befinden sich im Strafvollzug, sodass es nicht verwundert, wenn die meisten Geschichten und Texte sich dazu verhalten. Nach dem Strafvollzug folgen zahlenmäßig der Vollzug der Untersuchungshaft und der Jugendstrafvollzug.

Aber auch Erzwingungshaft ist möglich, wenn die Bezahlung einer fälligen Geldbuße wegen einer Ordnungswidrigkeit – häufig im Straßenverkehr – verweigert wird. So erhielt ein Mann von der Staatsanwaltschaft eine »Ladung zum Haftantritt«, weil er »die mit Bescheid der Stadt … vom … zum Az. … festgesetzte Geldbuße von 50,– … bisher trotz Mahnung nicht bezahlt (hat). Das Amtsgericht hat daher mit Beschluss vom … Erzwingungshaft von 1 Tag angeordnet. Ihr Stundungsantrag vom … wurde durch gerichtlichen Beschluss vom … abgelehnt. Sie werden aufgefordert, die Haft binnen einer Woche seit der Zustellung dieser Ladung … anzutreten«.

Der Betroffene, ein Ausländer unbekannter Nationalität, schrieb daraufhin an die Staatsanwaltschaft folgenden ironischen Brief:

Für Ihr am … zugestelltes Schreiben vom … möchte ich mich hiermit bedanken.
Ihre Einladung zum Haftantritt binnen einer Woche seit der Zustellung muss ich leider absagen.
Nach dem Besuch von verschiedenen polizeilichen Haftanstalten und Militärgefängnissen in meinem Land hätte ich gerne die Gelegenheit in Anspruch genommen, die Justizvollzugsanstalt … zu besichtigen. Wichtige Kompromisse und gesetzmäßige Vorschriften erlauben mir nicht, diese ehrenwerte Erfahrung haben zu dürfen, u. a., weil ich am … die geforderte Zahlung von 50,– € auf das Konto … überwiesen habe.
Ich hoffe, es kommt zu einer dauerhaften Beziehung, die meinen Erfahrungsschatz in der Zukunft weiter bereichern kann. Ich würde mich freuen, wenn ich von Ihnen zu meinem entsprechenden Wunsch erneut erfahre.

Wenn Gefangene mehrere – oft kurze – Freiheitsstrafen oder Ersatzfreiheitsstrafen für nicht gezahlte Geldstrafen für verschiedene Staatsanwaltschaften als Vollstreckungsbehörden verbüßen müssen, ist die Bestimmung der zuständigen Anstalt oft schwierig. Wegen des Rechtsstaatsprinzips darf die Strafe aber nur in der im konkreten Einzelfall zuständigen JVA vollzogen werden. Wenn der Betreffende auch noch ohne festen Wohnsitz ist, wird die Angelegenheit noch komplizierter. Diesen Hintergrund hatte offenbar der nachfolgende Fall: Ein Verurteilter wurde mehrfach, weil die Zuständigkeit für den Vollzug seiner Freiheitsstrafe schwer zu klären war, von einer zur anderen Anstalt verlegt, bis er nach vielen Wochen in der Ausgangsanstalt wieder eintraf, was von einem Bediensteten ironisch *»Recycling«* genannt wurde. Der Gefangene beschwerte sich:

Ich habe vor meinem Strafantritt angenommen, dass ich meine Strafe absitzen muss, jedoch nicht geglaubt, dass ich sie abfahren muss.

Voraussetzung für die Vollstreckung einer Freiheitsstrafe ist ein rechtskräftiges Urteil. Es ist dann Aufgabe der Staatsanwaltschaft, das Urteil umzusetzen, eben zu vollstrecken. Noch gefürchteter als die Verurteilung zu zeitiger Freiheitsstrafe ist bei unserem Klientel die gerichtliche Anordnung der – sich an die Verbüßung der Freiheitsstrafe anschließenden – Sicherungsverwahrung für gefährliche Täter, von den *Knackis* auch *Rucksack* genannt, an dem man schwer trägt. Ob die strengen Voraussetzungen für die Anordnung der Sicherungsverwahrung – kurz *SV* genannt – vorliegen, hat die Staatsanwaltschaft vorzuklären. In einem solchen Fall, wo frühere Verurteilungen in Belgien vorlagen, hatte die Schreibkraft der StA, die das Ersuchen um Auskunft an ein belgisches Strafgericht umsetzen sollte, offenbar ihre Schwierigkeiten mit der Handschrift des Staatsanwalts. Jedenfalls hieß es in dem maschinenschriftlichen Schreiben:

Nach hiesigen Erkenntnissen ist der Angeschuldigte … am … durch die … wegen versuchter Geiselnahme, Bedrohung, mehrfachen Diebstahls, … und Nötigung zu Unrecht zu zwei Jahren Freiheitsstrafe … verurteilt worden.

Richtig hätte es geheißen, dass der Angeschuldigte wegen *»Nötigung zu Unzucht«* verurteilt worden war.

Des Weiteren hieß es in dem Schreiben, dass für die Prüfung der Unterbringung in der Sicherungsverwahrung *»das erkennende Gericht auch die ausländische Verurteilung in Belgien mit einzubejahen (hat)«.*

Richtig wäre das Wort *»einzubeziehen«* gewesen.

Ähnlich erging es offenbar der Schreibkraft der StA Braunschweig. In einer schriftlichen Anfrage an die JVA Braunschweig hieß es unter dem Betreff *»Vergehen g. Vergehen gegen das Ausländergesetz«* – zutreffend ist wohl *»Verfahren wg. Vergehens gegen …« –: »In o.g. Verfahren wird angefragt, wann der M.N. abgeschossen wurde/wird.«*

Gemeint war *»abgeschoben«.*

Wie die SV wird auch die lebenslange Freiheitsstrafe für Mord gefürchtet, die entgegen landläufiger Meinung für die *LLer* – wie es im Vollzugsjargon heißt – nicht nach 15 Jahren endet, sondern im Durchschnitt über 20 Jahre beträgt, was heißt: einige – auch nach vielen Jahren noch gefährliche – *LLer* werden die Anstalt *mit den Füßen zuerst* verlassen. Das Problem: Wie lange ist lebenslang? gab es auch schon zu früheren Zeiten, wie die folgenden beiden von *Anne-Gudrun Meier-Scherling* in *»Witz, Humor und Recht«* in der Deutschen Richterzeitung 1983 auf Seite 192 veröffentlichten Anekdoten verdeutlichen:

Der Landesherr, oberste Gnadeninstanz, besucht eine Haftanstalt; ihm wird ein zu lebenslänglicher Haft Verurteilter vorgeführt. Der Landesvater hat Mitleid mit ihm und sagt zu seinen Begleitern: »Dem würde ich gern fünf Jahre seiner Strafe entlassen.« »Ja, aber wie?« fragen seine Begleiter. »Na, doch ganz einfach, den lassen wir jetzt für fünf Jahre raus und holen ihn dann bis zum Rest seines Lebens wieder rein.«

Der Landesherr zu einem anderen Lebenslänglichen: »Sie sehen ganz gesund und kräftig aus. Sie werden das schon durchstehen.«

Bis vor gut 35 Jahren gab es nicht – wie heute – eine einheitliche Freiheitsstrafe, evtl. mit anschließender SV, sondern Gefängnisstrafe und – für schwere Delikte – Zuchthausstrafe. Ein unter Gefangenen des damaligen Zuchthauses, der heutigen Justizvollzugsanstalt Werl, beliebter Spruch lautete – wobei »Z« für »Zuchthaus« und »SV« für »Sicherungsverwahrung« steht:

Kennst du dies' große graue Haus?
Bist du erst drin, kommst du nicht raus,
hast du erst Z und dann SV,
dann ist dein Leben auch zur Sau.
Drum sei du heute hier belehrt:
wer da verkehrt, verkehrt verkehrt.

Für viele Strafgefangene beginnt ihre Inhaftierung mit einem richterlichen Haftbefehl, der sie schnurstracks in den Vollzug der Untersuchungshaft bringt. Vielleicht, weil die U-Haft von den meisten Gefangenen – u. a. wegen der Ungewissheit über die Dauer, fehlender Lockerungs- und Urlaubsmöglichkeiten, optisch und akustisch überwachter Besuche – als wesentlich bedrückender empfunden wird als die Strafhaft, haben wir kaum druckenswerte Anekdoten oder Texte darüber gefunden.

Bei der U-Haft ist indes eine enge Zusammenarbeit mit dem zuständigen Gericht, der StA und den Innenbehörden, speziell der Kriminalpolizei, erforderlich. Dass diese nicht immer reibungslos verläuft, zeigen folgende Schreiben eines Innenministeriums an eine JVA und die Reaktion des Leiters der Vollzugsgeschäftsstelle der Anstalt.

Betr.: Auskunft über Aufenthalt in der U-Haft
Im Zusammenhang mit einer Sicherheitsüberprüfung habe ich auf einer Meldeauskunft des Polizeipräsidenten in ... den Hinweis gefunden »seit 15.5.75 lt. Landeskriminalamt 4864/17 vom 27.5.75 in JVA ...«. Die Meldeauskunft betrifft eine vielköpfige Familie, und es ist nicht ersichtlich, welche Person durch die U-Haftnotierung betroffen ist. Nachforschungen im Bereich des Polizeipräsidenten hierüber wa-

ren erfolglos. Ich bitte Sie deshalb zu prüfen, ob sich aufgrund der o. a. Notierung in den Meldeunterlagen bei Ihnen noch feststellen lässt, wer der hierzu Inhaftierte war.

Der um Ermittlung in dieser Angelegenheit gebetene Leiter der Vollzugsgeschäftsstelle fertigte darauf hin folgenden Vermerk und leitete die Angelegenheit an den Verwaltungsleiter »mit der Bitte um Kenntnisnahme und weitere Veranlassung«:

Betrifft: Auskunft über ehemals in der hiesigen Anstalt inhaftierte Untersuchungsgefangene; Vorgang: Schreiben ...
Das nach den Vorschriften der VGO in der hiesigen Dienststelle geführte Buchwerk sieht weder eine Registrierung der Gefangenen nach Vielköpfigkeit ihrer Familien noch nach Vermerken anderer Behörden vor, sodass hier vorerst nichts Sachdienliches im Sinne des o. a. Schreibens veranlasst werden kann.
Für eventuell hier anzustellende diesbezügliche Nachforschungen erscheint es hilfreich – aber auch ausreichend –, wenn die anfragende Stelle ihre Bemühungen bei der Meldebehörde auf die Feststellung des Familiennamens, der Vornamen und der Geburtsdaten des betroffenen Personenkreises ausdehnen und das Ermittlungsergebnis nach hier mitteilen könnte.

Wenn man sich nicht gerade zur Vollstreckung einer der genannten Haftarten im Vollzug befindet, dort aus beruflichen Gründen zu tun hat (als Vollzugsbediensteter, Staatsanwalt, Polizist oder Verteidiger) oder einen inhaftierten Verwandten oder Bekannten besucht, gibt es noch einen weiteren Anlass, sich in eine Justizvollzugs- oder Jugendstrafanstalt zu begeben: Man besichtigt sie. Große Anstalten wie etwa die in Berlin-Tegel haben nahezu täglich irgendeine Gruppe von Fachleuten (wie etwa Jura- oder Sozialpädagogikstudierende, ausländische Fachleute usw.), die von dazu eigens abgestelltem Personal durch die Anstalt geführt werden, zu Besuch. Je nach Bedeutung der Gruppe oder Anlass des Besuches werden vor oder nach der Führung noch Besprechungen mit Fragemöglichkeiten organisiert.

So meldete sich eine junge Frau mit folgendem Schreiben an eine Landesjustizverwaltung:

Ich studiere an der ev. Fachhochschule in ... Sozialarbeit. Mitte nächsten Jahres haben wir, das heißt eine Gruppe von Studenten, eine Exkursion geplant.
Unser Interesse richtet sich unter anderem auf den Strafvollzug. Ich bitte Sie, mir zur Information das Referat für Presse- und Öffentlichkeitsarbeit zuzusenden. ...

Es ist nicht bekannt geworden, dass die Mitarbeiter/innen der Pressestelle versandt worden sind.

Der Leiter der Vollzugsabteilung in einem Ministerium berichtete über den Besuch einer Gruppe auswärtiger Fachleute und Politiker, die u. a. Vollzugsanstalten besichtigt hatte:

Ich hatte gestern Gelegenheit, eine Delegation hochwertiger Vertreter aus China zu empfangen.

1 SINN UND ZWECK VON FREIHEITSSTRAFE SOWIE AUFGABEN UND GESTALTUNG DES VOLLZUGES

1.1 Sinn und Zweck von Freiheitsstrafe

Das Strafvollzugsgesetz (StVollzG) schreibt als Ziel vor, dass der Gefangene im Vollzug befähigt werden soll, künftig in sozialer Verantwortung ein Leben ohne Straftaten zu führen. Dies wird auch *Resozialisierung* genannt. Um dies zu erreichen, wird bei jedem Gefangenen eine Behandlungsuntersuchung vorgenommen und – darauf basierend – ein Vollzugsplan erstellt, in dem die vorgesehenen Behandlungsmaßnahmen enthalten sind. Daneben ist es aber auch Aufgabe des Vollzuges, die Allgemeinheit vor weiteren Straftaten während der Inhaftierung zu schützen.

Vor diesem komplexen rechtlichen Hintergrund hieß es in dem Aufsatz eines Bewerbers für den allgemeinen Vollzugsdienst, der sich mit dem Thema *»Aus welchem Grunde sind für strafbare Handlungen Freiheitsstrafen vorgesehen? Was soll durch sie erreicht werden?«* auseinanderzusetzen hatte:

Beiden verschidenen Verstößen gegen das Bürgerliches Gesetz oder anderer Gesetze, die in der Bundesrepublik gültigkeit besitzen, werden von der deutschen Rechtssprechung mit Freiheitsstrafen geandet. Um wirtschaftlich und politisch stabil zu bleiben muß es für strafbare Handlungen Freiheitsstrafen geben. Viele würden sich zusammenschließen und immer größer werden. Die Straffälliggewordenen sollen durch Ihrem Freiheitsentzug bestraft werden. Den nur durch einen Freiheitsentzug kann man den Übeltäter unter kontrolle halten. Damit ein Staat florierend bestehen kann erläßt mann Gesetzte zum Schutz der Existens des Staates. Doch in jeder Gesellschaft gibt es Teile die sich nicht fügen wollen und gegen aller Vernunft und Gesetzte handeln. Um diese Menschenzu lehren was sie für Schaden sich und anderen angerichtet haben, gibt es Freiheitsstrafen. Sie sind im Bundesgesetzbuch fest gelegt, und werden in Paragraphen fest gelegt. Wen der Bürger diese Übertritt, dan muß er auch darfür bestraft werden. Wenn ein Täter eine Freiheitsstrafe bekommt, kann es sich nur um eine schwere Gesetzesbrechung handeln, denn niemand speert Menschen ohne triftige Gründe ein. Der Bürger der sich an die Gesetze eben nicht richtet, wird deshalb bestraft. Ein Verbrecher hat durch seine Tat das Recht verwirkt, sich täglich frei zu bewegen zu verreisen ein normales Familienleben zu führen. Allein das ist der Grund warum man für eine Straftat eine Freiheitsstrafe inkauf nehmen muß. In der heutigen Gesellschaft sind strafbare Handlungen zur Tagesordnung übergegangen. Eine Tat soll gesünd werden. Wenn wir dies nicht hätten, würden wir in ein Chaos landen. Das heißt, daß die Öffentlichkeit das Recht hat sich dieser Menschen sozusagen zu entledigen. Denn jeder einzelne von uns muß wissen daß wenn er gegen geltene Gesetze verstößt mit einer Ahndung gerechnet werden muß. Aus diesem Grunde kann man auch absolut kein Mitleid für diese Handlungsweise haben. Jeder einzelne von uns sollte zur verbesserung der Lebensweise in unserer Stadt beitragen. Der Straffällige muß also die härte des Gesetzes in Form von Freiheitsstrafen spüren um sich sein Fehlverhalten klar machen zu können. Je nach höhe der Strafe, soll der Bestrafte, Zeit haben um sich über seine Missetat bewust zu werden. Die Schwere der Tat zeichnet je nach Mentalität sowie geistiger und körperlicher Verfassung. Der Täter soll vor den Bürgern geschützt werden. Am besten währe es natürlich wenn es nicht zu einer Strafbaren Handlung kommen würde Und der Mensch mit sich und der Umgebung zurecht kommen würde. Freiheitsentzüge sind für gewisse Straftaten auch festgesetzt, um einen im Zwiespalt befindenden Menschen davor abzuschrecken eine Straftat zu tun. Für strafbare Handlungen sind Freiheitsstrafen vorgesehen, um den jeweiligen Täter zu helfen nicht wieder in dem sich befindenden Gesellschaft noch weiter abzusacken. Werend der Haft wird der Häftling darauf vorbereitet, sich später im Normalen verlauf der Gesellschaft zurecht zu finden. Der Freiheitsentzug soll als Lehrnproßes aufgefaßt werden. Man versucht die Täter aus ihren gewohnten Trot herauszunehmen. Somit kommen dem Strafvollzug erzieherische Maßnahmen zu, um eine Persönlichkeitsveränderung im Positiven Sinne bei den Straftätern herzustellen. Auch soll durch den Strafvollzug, Ihr Lebenswandel in Ordentliche Bahnen gelenkt werden. – Straftäter kommen zumeißt aus gestörten Familienverhältnissen. Das heißt, daß für diese Personen der Begriff Leben, Gesundheit, Familie kein Begriff im herkömmlichen Sinne ist. In der Freiheitsstrafe muß man sie der Umgebung und dessen Personen anpassen und nicht immer der Meinung sein benachteiligt zu werdon. Die Freiheitsstrafe soll den Menschen helfen und nicht in dieser Situation mit sich alleine lassen. Die Strafe soll befähigen durch fürsorgerische Betreuung des Justizvollzugsbeamten ein späteres Leben in Freiheit dann auch Straffrei zu begehen. Der Vollzugsbeamte hat daran mitzuwirken dem Häftling wieder in geordnete Bahnen zu lenken. Man baut mit den Straftätern eine neue Lebensauffassung auf der ihn in seinem weiteren Leben zugute kommt. Durch den Freiheitsentzug soll der Inhaftierte lernen, sich wieder auf ein Soziales und geregeltes Leben zu gewöhnen. Es muß versucht werden ihm den aufbau eines neuen Bekanntenkreises zu ermöglichen. Nach der Strafe sorgen dann ja auch noch die Bewehrungshelfer darfür das er sich wieder in die Gesellschaft einführt. Im gegensatz zu der weitverbreiteten Meinung das durch Freiheitsentzug keine Besserung erreicht wird, Bin ich vom Gegenteil überzeugt.

1.2 Resozialisierung

Unter Resozialisierung wird der Prozess verstanden, mit dem die Vollzugsbehörden verhindern sollen, dass Strafgefangene nach ihrer Haftentlassung erneut straffällig werden. Erreicht werden soll dieses Vollzugsziel durch Stärkung (oder Begründung) von sozialen Kompetenzen, etwa durch Schul-, Berufsausbildung und regelmäßige Arbeit, soziales Training oder andere besondere Behandlungsmaßnahmen (wie Therapien). Wie schwer das Vollzugsziel der Resozialisierung zu erreichen ist, belegt die nachfolgende Korrespondenz zwischen einem Strafgefangenen und einem Anstaltsleiter:

Betrifft: Auskunft über Vollzugsziel
Sehr geehrter Anstaltsleiter(in)!
Als ich hier am … eingeliefert wurde, musste ich zwei Tage in einer Zugangszelle verbringen und mich plagte die Langeweile. Gott sei Dank fand ich in der Zelle die Hausordnung vor, für die ich mich noch bei den zuständigen Herren bedanken möchte, denn ich hatte nichts zu lesen.
Eigentlich hatte ich etwas zu lesen, aber ich konnte es nicht lesen, weil die Herren Vollzugsbeamten mich nicht darin haben lesen lassen. Sie haben mir alles abgenommen, was ich hätte lesen können. Dies wohl zur Sicherheit und, das konnte ich später nachlesen, zur Erreichung des Vollzugsziels.
Und damit bin ich schon beim Thema: Als ich die Hausordnung sah, war ich schon etwas ruhiger, …
Beim Lesen fiel mir immer wieder ein Wort auf, immer in verschiedenem Zusammenhang, aber immer das gleiche Wort. Vollzugsziel, das ist es, das ist das Wort, welches mir immer wieder Kopfzerbrechen bereitet und mich in schlaflose Nächte treibt!

Nun, von diesem Tag an bin ich nur noch auf der Suche und nutze jede Gelegenheit, um es irgendwo zu erblicken. Ich hoffe, Sie werden jetzt nicht lachen, weil es für Sie gar kein Problem ist, das Vollzugsziel zu suchen. Vielleicht denken Sie auch, dass ich mich zu dusselig anstelle. Vielleicht laufe ich auch jeden Tag daran vorbei. Aber ich suche jeden Tag danach, wenn ich von der Freistunde komme; wenn ich zur Freistunde gehe, geht das nicht, da bin ich zu aufgeregt vor Freude und kann mich nicht konzentrieren, aber auf dem Rückweg, da schaue ich hin, wo es möglich ist.
Ich versuche es zu erblicken, nicht das Vollzugsziel, nein, ich bin mit der Zeit recht bescheiden geworden und würde mich schon mit einem kleinen Hinweisschild zufrieden geben. Dann wüsste ich wenigstens, dass es ein Solches gibt, denn ich habe es immer nur in Buchstaben gesehen.

Im Strafvollzugsgesetz habe ich versucht, einen Richtungshinweis zu finden. An dem war aber nichts! Ich sah es unzählige Male als Wort abgedruckt, und auch, so wie in der Hausordnung, in verschiedenen Zusammenhängen, dennoch keine Richtungshinweise, aber auch nicht der kleinste Tipp.

Heute durfte ich gleich zwei Male zur Hauskammer. Von meiner Zelle ist es doch ein recht weiter Weg bis da hin, für meine momentanen Verhältnisse, und dann gleich zwei Mal. Doch dachte ich mir, vielleicht kann ich da ein Hinweisschild erblicken und war voller Hoffnung, dem Spuk endlich etwas näher zu kommen.
Die Enttäuschung war groß! Nichts war mit dem, was ich mir erhoffte. Ich war schon fast verzweifelt, denn ich war schon so weit vorgedrungen und hatte immer noch nichts gefunden.
Da ich sehr schüchtern und zurückhaltend bin, traute ich mich auch nirgend einen von den Häftlingen nach dem Vollzugsziel zu fragen. Ich dachte, vielleicht können die alle nicht lesen; gibt es ja auch. Aber nein, dachte ich, so viel, und Alle können nicht lesen, das gibt es nicht. ...

Nun gebe ich es langsam auf, danach zu suchen, und möchte Sie, Herr Anstaltsleiter, in letzter Hoffnung danach fragen, denn ich habe eine Vorstellung, wo das Vollzugsziel sein könnte. Hoffentlich lachen Sie jetzt nicht, denn ich glaube, dass es der Ausgang dieser Anstalt sein muss. Und wenn ich da richtig liege, dann ist es sehr traurig, weil ich durch dieses Vollzugsziel schon einmal hindurch gegangen bin, nur, und das ist das Traurige an der ganzen Sache, ich bin in die falsche Richtung gegangen. Doch zu meiner Beruhigung, nicht aus eigener Initiative, und verlaufen habe ich mich auch nicht.

In Hoffnung einer Lösung meines Problems verbleibe ich mit meiner Gier nach dem Vollzugsziel.
Hochachtungsvoll ...

Der Gefangene erhielt noch am selben Tage folgende Antwort:

Sehr geehrter Herr ...
Sie sind auf dem richtigen Wege. Das Vollzugsziel (§ 2 Satz 1 StVollzG) sollten Sie am Ausgang der Anstalt bei der Entlassung erreicht haben.
Mit den besten Wünschen Im Auftrag ...

Ein ehemaliger Gefangener, der genau wusste, was er wollte und brauchte und demzufolge das »Vollzugsziel« nicht suchen musste, nämlich der Kabarettist *Werner Finck*, schrieb einmal während seiner Haftzeit, die er wegen inkriminierter Bemerkungen antreten musste, die bitteren, von *Anne-Gudrun Meier-Scherling (Witz, Humor und Recht.* In: Deutsche Richterzeitung 1983, Seite 192) zitierten Worte unter der Überschrift *»Zellenzeichen«*:

Die Schritte des Postens vor der Zellentür sind die einzigen Schritte, die für mich unternommen werden.

1.3 Schutz der Allgemeinheit vor weiteren Straftaten

Unter anderem durch sichere Verwahrung, Kontrolle der Außenkontakte und gründliche Prüfung der Flucht- und Missbrauchsgefahr vor der Gewährung von Vollzugslockerungen und Urlaub sollen weitere Straftaten während der Inhaftierung verhindert werden. Dieser Aspekt der Strafvollzugsgestaltung ist für die breite Öffentlichkeit und (demzufolge auch die) Politik von vorrangiger Bedeutung. Die Ziele der Resozialisierung geraten zumindest in der Praxis häufig in Widerspruch zur Forderung nach Sicherheit, was etwas flapsig zum Ausdruck gebracht wird mit dem Ausruf: *Ruhe im Karton!* Denn wenn Resozialisierungsbemühungen Risiken beinhalten, was fast immer der Fall ist, oder diese Risiken sich sogar – etwa durch eine Straftat während des Hafturlaubs – realisieren, ist stets mit empörten Reaktionen in der Öffentlichkeit, besonders der Boulevardpresse, zu rechnen. *»Ruhe und Ordnung«* ist allgemein erwünscht, nicht aber kleinteiliges Ziehen von Konsequenzen aus *»in den letzten hundert Jahren angehäuften Erkenntnissen über Delinquenz, psychische Störungen, soziale und psychische Abweichungen«*, wie *Herbert Jäger* (in: Nachruf für Eberhard Schorsch. In: Der Strafverteidiger 1992, Seite 42) einmal als bitteres Fazit seiner Forschungsarbeit und der von *Eberhard Schorsch* formulierte.

Eine solche Haltung – Wunsch nach Ruhe und Ordnung im Sinne von Schutz vor weiteren Straftaten, aber auch Missgunst gegenüber jedweden »Wohltaten« für Gefangene vor dem Hintergrund bürgerlicher Moralvorstellungen – drückt sich in geradezu klassischer Weise in dem folgenden Brief eines Bürgers aus, den dieser an den Leiter einer Berliner Justizvollzugsanstalt gesandt hatte:

Betr.: Liebespavillons

Sehr geehrter Herr Anstaltsleiter,

da ich für Ruhe und Ordnung bin, das Gleiche bei Ihnen vermute, brauche ich Ihnen ja nicht erst sagen, in welcher Zeit wir leben. Ich begrüße es, dass Alles getan wird, um missliebige und kritische Elemente vom Leibe gehalten werden!

Durch Ihre sehr hohe Betonmauer kann man nicht mehr in das Gelände schauen. Überall an der Mauer zwischen West- und Ost-Berlin stehen Podeste, die man besteigen kann, nicht aber an Ihrer Mauer!

Da ich oft an Ihrem Grundstück vorbei komme, hörte ich ein Gespräch, das mich verwirrte. Hinter den hohen Mauern soll nicht nur ein Freiluftgehege gebaut werden, sondern auch kleine Häuschen, so Pavillons, in dem Schlechtijane auch 'mal Nächte mit Damen verbringen können.

Stimmt das, was ich von Spaziergängern gehört habe?

Ich bitte um Auskunft.

Mit freundlichen Grüßen ...

Was die Leute draußen für Phantasien haben?! Der Briefschreiber erhielt eine kurze und bündige Antwort:

Sehr geehrter Herr ...!

Das, was Sie von Spaziergängern gehört haben und mir am ... mitteilten, stimmt nicht.

Hochachtungsvoll Im Auftrag ...

1.4 Schuldausgleich und Förderung der Schuldeinsicht

Wenngleich es unbestritten ist, dass bei Strafgefangenen die Auseinandersetzung mit ihrer Schuld gefördert werden sollte, damit ihnen Schuldeinsicht und Schuldverarbeitung gelingt, gilt die angestrebte Schuldverarbeitung nicht als Resozialisierungsvoraussetzung. Demzufolge ist insbesondere eine für die Schuldverarbeitung zuweilen für erforderlich erachtete Rechtseinschränkung dahingehend, dass etwa Vollzugslockerungen oder Urlaub über einen gewissen Zeitraum versagt werden, unzulässig, zumal dahinter als eigentlicher Grund bloße Vergeltungsbedürfnisse oder Aspekte des Nichtgönnenwollens stecken. – Dieses nach wie vor virulente Thema wurde in sarkastischer Weise von *Albrecht Funck* aus Heilbronn, einem Richter am Landgericht, aufgegriffen, der in der Zeitschrift für Rechtspolitik (1985 auf

Seiten 137–139) den nachfolgend auszugsweise zitierten Beitrag »*Schuld und Sühne im Strafvollzug; ein Rund- und Ausblick*« veröffentlichte:

I. Erste Etappe der Integration

Das Strafvollzugsgesetz ist jetzt acht Jahre in Kraft. ...

Der Anlass für das Gesetz war eher geringfügig; es waren Zweifel an der vollen Gesetzeskraft der Dienst- und Vollzugsordnung aufgekommen, durch welche das Vollzugswesen an sich umfassend und zufriedenstellend geregelt war. Ihre Anwendung war problemlos, ließ sich doch dadurch, dass man aus der Vielfalt ihrer Straf- und Vollzugszwecke einen in den Vordergrund rückte, jeweils eine Entscheidung treffen, die den Strafgefangenen merken ließ, dass er nicht zum Vergnügen im Vollzug ist.

Nichts hätte deshalb näher gelegen, als das Bewährte zu bewahren, d.h. die Dienst- und Vollzugsordnung in Form eines Bundesgesetzes zu verabschieden. Es wäre dies auch kostensparend gewesen; denn in den sich in Gebrauch befindlichen Druckausgaben der Dienst- und Vollzugsordnung hätte dann nur die Titelseite überklebt zu werden brauchen.

II. Geist des Perfektionismus

War aber schon Anlass für das Gesetz ein gewisser Perfektionismus gewesen, so wirkte dieser Geist im Gesetzgebungsverfahren fort. Der Bundestag und seine Ausschüsse liehen ihr Ohr auch Einflüsterungen der Rechtslehre, die ihren Stoff aus lebens- und vollzugsfremden Quellen bezog. Das ehrwürdige Auge-um-Auge-Prinzip, wahrscheinlich einer der ältesten Rechtsgrundsätze, wurde von dieser Lehre diskreditiert, ohne dass sie etwas auch nur annähernd Gleichwertiges anzubieten gehabt hätte. Gewiss lässt sich dieses Prinzip heute nicht mehr im Wortsinn praktizieren; irgendwelche mit dem Grundgesetz zusammenhängende Gesichtspunkte stehen entgegen, die aufzuspüren den Rahmen vorliegenden Beitrags sprengen würde. Um eine Anwendung im Wortsinne ging und geht es auch nicht; es gilt, sublimere Formen des Prinzips zu finden, die dem heutigen Zivilisationsstand entsprechen.

In Verkennung dessen beeinflusste aber jene Rechtslehre den Gesetzgeber dahin, Dinge über Aufgaben, Ausgestaltung und Ziel des Vollzugs ins Gesetz zu schreiben, die auf ersten Besicht so verstanden werden könnten, als komme es im Vollzug allein auf Spezialprävention an. Wenn ich es recht sehe, so hat hier eine zivilistische Irrlehre der Jahrhundertwende, die den Zweck zum Inbegriff des Rechts erheben wollte, auf das Strafrecht übergegriffen, ohne dass dies rechtzeitig bemerkt worden wäre. Zwar traf dieser Angriff zunächst nur die offene Flanke des Strafrechts, den Strafvollzug; jedoch gilt auch hier die alte Mahnung: wehret den Anfängen! – das Übel überwuchert sonst das ganze System. Wenn es so weit käme, dass das pietätlose Zweckdenken auch das materielle Strafrecht erfasste, so wäre die sittliche Grundlage des Strafens dahin; Kant müsste sich im Grabe drehen.

III. Kulturleistung der Rechtsprechung

Der drohende Schaden für die abendländische Kultur konnte jedoch abgewendet werden, und zwar in erster Linie dank der Rechtsprechung der Oberlandesgerichte. Sie ließ sich nicht blenden und von verfänglichen Formulierungen des Gesetzes nicht irritieren, sondern ist inzwischen dahin gefestigt, dass mit jedweder Art von Vollzugslockerungen nicht nur die im Gesetz ausdrücklich genannten spezialpräventiven Ziele zu verfolgen sind, sondern auch dafür zu sorgen ist, dass der Straftäter sühnt, dass Generalprävention geschieht und dass die Allgemeinheit nicht im Glauben an die Gerechtigkeit wankend wird.

Man wende nicht ein, Sühne lasse sich nicht vermitteln. Vollzugspraktiker wissen, dass lange warten müsste, wer warten wollte, bis ein Strafgefangener ein Sühnebedürfnis entwickelt. Es muss also nachgeholfen werden. Und wie nachzuhelfen ist, das wissen Vollzugspraktiker und zum Glück auch die Oberlandesgerichte: durch Dosierung von Vergünstigungen nach Verdienst und Würde. ...

IV. Ziel der Weiterentwicklung

So sehr das Erreichte zu loben ist, so wenig besteht Grund, sich dabei zu beruhigen. Denn Schuldgesichtspunkte und andere übergeordnete Strafzwecke lassen sich im Strafvollzug nicht nur bei der Bewilligung von Lockerungen verwirklichen. Verwandtschaft mit den Lockerungen hat zunächst der Besuchs-, Brief- und Paketverkehr der Gefangenen. Es erscheint als zwingend, auch insoweit Abstufungen nach Schuldschweregesichtspunkten vorzunehmen. Sodann ist nicht einzusehen, wieso die Möglichkeit von Qualitätsunterschieden bei der Verköstigung der Gefangenen ungenutzt bleiben sollte. Fälle besonders schwerer Schuld sind denkbar, in denen es durchaus rechtsfehlerfreiem Anstaltsermessen entsprechen kann, den Speisen und Getränken für die betreffenden Gefangenen besondere Bitterstoffe beimischen zu lassen.

Am Beispiel der Anstaltskost lässt sich weiter aufzeigen, dass nicht nur schuldadäquate, sondern darüber hinaus auch schuldspezifische Vollzugsgestaltung möglich ist: Fanatische Terroristen etwa werden sich durch minderwertige Verpflegung kaum zur Sühne drängen lassen (sie benutzen im Gegenteil ihrerseits die Kostverweigerung als Druckmittel gegen die Vollzugsinstanzen). Serienbetrüger oder Wirtschaftskriminelle dagegen, die auf Kosten Anderer gut gelebt hatten, werden eine dürftige Küche durchaus schmerzlich registrieren. Um auf Terroristen zurück zu kommen, wird man sie am ehesten damit beeinflussen können, dass man ihren Lesestoff auf Courths-Mahler beschränkt. Möglichkeiten der Sühnevermittlung bietet auch die Bequemheit der Ruhestatt der Gefangenen. Wer hier bei schuldspezifischer Betrachtungsweise nicht gleich an die Fleischesdelikte denkt, wird in jedem Fall dahin kommen müssen, einen Gefangenen, der wegen Nachtruhestörung einsitzt, insoweit mit dem denkbar geringsten Komfort auszustatten. Auch die Temperatur des Wasch- und Duschwassers lässt Spielarten zu. Mit diesem Mittel zu behandeln wären einerseits Brandstifter, andererseits Straftäter, die wegen Entwendung von Brennmaterial oder elektrischer Energie verurteilt sind. Dieser Gesichtspunkt führt zur Anstaltskost zurück. Sofern der technische und personelle Aufwand nicht zu groß ist, lassen sich auch Speisen und Getränke, die üblicherweise warm oder heiß genossen werden, unterschiedlich temperieren. Schließlich lässt sich die Verköstigung auch unterschiedlich quantifizieren. Soweit immer wieder beklagt wird, dass Unterhaltspflichtverletzer sich als wenig besserungswillig erwiesen haben, liegt hier möglicherweise ein Mittel, dies zu ändern.

V. Kein gesetzliches Hindernis
Meine Vorschläge erheben keinen Anspruch auf Vollständigkeit. Der Bemühte wird weitere Möglichkeiten finden, dem hehren Ziel des schuldadäquaten und -spezifischen Strafvollzugs näher zu kommen. Der Einwand, gewisse Bestimmungen des Strafvollzugsgesetzes könnten entgegen stehen, wiegt nicht schwer. Die Oberlandesgerichte haben mit Billigung des Bundesverfassungsgerichts aufgezeigt, dass das Strafvollzugsgesetz eine ungeschriebene Generalklausel enthält, die etwa so lautet:
Sämtliche Vorschriften dieses Gesetzes haben Geltung nur insoweit, als nicht ein angemessener Schuldausgleich, die Abschreckung Anfälliger und die Rücksichtnahme auf das Rechtsempfinden der Allgemeinheit Abweichungen als angebracht erscheinen lassen.
Nur der Berufsanfänger wird Schwierigkeiten haben, dies mit dem in Einklang zu bringen, was er über Gesetzesanwendung und -auslegung gelernt hat. Er wird dazulernen müssen, dass es im Strafvollzugsrecht höhere Erkenntnisse gibt, auf die nicht jeder Vernunftsbegabte kommt, die sich vielmehr nur dem Kundigen erschließen.

1.5 Angleichungsgrundsatz (mit Blick auf die Sexualität)

Das Strafvollzugsgesetz sieht vor, dass das Leben im Vollzug den allgemeinen Lebensverhältnissen soweit wie möglich angeglichen werden soll. Seit *Sigmund Freud* wissen wir, dass ein Trieb – wenn nicht der Hauptantrieb – menschlichen Verhaltens die Libido, das heißt der auf geschlechtliche Betätigung gerichtete Trieb ist. Dies gilt selbstverständlich auch für Gefangene; Kenner der Vollzugspraxis wissen jedenfalls von vielfach sich um Sexualität rankenden Phantasien der Gefangenen zu berichten. Sie äußern sich in häufig in Hafträumen befindlichen Pin-up-Fotos, regelmäßigem Onanieren oder schlimmstenfalls in Vergewaltigungsvorfällen unter männlichen Gefangenen, weil die Gefangenen ihrem Bedürfnis nach sexueller Betätigung mit dem anderen Geschlecht nicht nachkommen können. Hiernach wäre es als Ausprägung des Angleichungsgrundsatzes geboten, den Gefangenen eine dem Leben in freier Gesellschaft entsprechende Sexualbetätigung zu ermöglichen. Jedoch sind betroffene Strafgefangene oft noch nicht urlaubsgeeignet; auch scheitert ein Langzeitbesuch, bei dem Gefangene mit ihrer Partnerin (und ggf. den Kindern) mehrere Stunden unüberwacht in einer Art Appartement innerhalb der Anstalt verbringen dürfen, häufig am Fehlen einer festen Beziehung, die Voraussetzung dafür ist. So spielt die Sexualität bei den Notrufen der Gefangenen, von denen einige nachfolgend dokumentiert werden, naturgemäß eine große Rolle:

Ein Gefangener forderte mittels Antrags auf »Wieder-Eingliederung«, wie er von manchen Gefangenen genannt wird, vergeblich die Ausführung in ein Bordell mit folgender Begründung:

> Der Gleichheitsgrundsatz ist in meinem Fall nicht gewährleistet, denn jeder Homosexuelle hat seine eigene männliche Hure auf der Zelle und kann bumsen, wenn es ihm Spaß macht, während ich, der normal veranlagt ist, mich mit dem einfachen Onanieren zufrieden geben muss.

In einem Schreiben eines Gefangenen, der einem üblen Scherz seines Zellengenossen aufgesessen war, an die Anstaltsleitung hieß es:

> Wie mein Zellengenosse … mitteilte, ist zwischen Weihnachten und Silvester »Paarungszusammenschluss« zwischen »Damen« der »Lehrter Straße« – dort, in Berlin-Moabit, befand sich seinerzeit die Frauenstrafanstalt Berlins – und uns, weil ich keine Pakete (Weihnachten) bekomme. Ich bitte, vorgemerkt zu werden. Ich bitte um kurzes Gespräch wegen Präservative, da ich kein eigenes Geld habe. …

Ein anderer Gefangener erhielt auf seine Beschwerde, weil ein Brief von ihm angehalten worden war, folgenden Bescheid der Aufsichtsbehörde:

Aus Ihrem Schreiben an Frau Katja L. ergibt sich eindeutig, dass Sie – eventuell mit weiteren Gefangenen – beabsichtigen, aus der Haft heraus eine Dirnenvermittlung gewerbsmäßig aufzubauen. Zu diesem Zweck sollen offensichtlich Vermittlungskataloge erstellt werden, die sowohl detaillierte Angaben zu interessierten weiblichen Personen als auch zu gewünschten Sex-Praktiken wie Piss-Spielen, Leck-Spielen und Anderes enthalten.

Ein Landesjustizministerium beauftragte einen Anstaltsleiter, zur Frage der Aushändigung von Prospekten für Sex-Artikel (Peitschen, Anusstöpsel usw.) zu berichten:

Wie wird tatsächlich verfahren? Wird ein Unterschied zwischen homo- und heterosexuellen Gefangenen gemacht? Wird auch ein Unterschied zwischen homo- und heterosexuellen Schriften gemacht? Wird auch harte Pornographie ausgehändigt?

Ein Gefangener erhielt folgenden Bescheid:

Der vom Lambda-Service zugesandte Prospekt wird angehalten, weil dort u. a. Lederpeitschen, Brustwarzenklammern und Anus-Stöpsel dargestellt sind. Um die durch die Haft bedingten häufiger auftretenden devianten Phantasievorstellungen sowie sexuell-abnormen autoerotischen und heteroerotischen Handlungen der Gefangenen nicht noch zu unterstützen, war die Aushändigung abzulehnen.

Bezüglich der Aushändigung von Kondomen beschied die Anstaltsleitung einmal einen Gefangenen wie folgt:

Das Zusenden solcher Gegenstände ist nur direkt vom Fachhandel möglich, da bei der Anzahl der hier befindlichen Gefangenen der Kontrollaufwand bei von Privatpersonen zugesandten Kondomen hier aus organisatorischen Gründen nicht leistbar und den Bediensteten auch nicht zumutbar ist.

Zu diesem Thema hieß es in einem Beschluss einer Strafvollstreckungskammer:

Eine Überprüfung ist bei Kondomen, sollten sie nicht unbrauchbar werden, weil die Gefahr der Beschädigung groß ist, nur mit unverhältnismäßig hohem Aufwand zu betreiben. Abgesehen davon, dass nicht ersichtlich ist, was ein Gefangener legal mit Kondomen beginnen soll, eignen sie sich in besonderem Maße dazu, verbotene Gegenstände in Körperhöhlen zu verstecken, wie die Vergangenheit immer wieder gezeigt hat.

Ein Referent einer Landesjustizverwaltung hatte anlässlich der Überprüfung, wie es sein konnte, dass eine im geschlossenen Strafvollzug untergebrachte weibliche Strafgefangene dort schwanger geworden war und ein Kind zur Welt gebracht hatte, Folgendes vermerkt:

Der Unterzeichner war mit den Umständen der Zeugung des am … geborenen Kindes … der Gefangenen … befasst und hat …

Da eine Mitverantwortlichkeit dieses Referenten an der Zeugung des Kindes undenkbar und sicherlich auch nicht gemeint war, änderte der Vorgesetzte des Referenten die soeben zitierte Formulierung wie folgt ab: *»Der Unterzeichner war mit den Umständen der Abwicklung der Pfarrersprechstunde des Ehepaares H. … befasst und hat …«* Nach dieser Klarstellung bestand weder beim Justizminister noch bei der für Personalwesen (und somit für etwaige disziplinarische Überprüfungen) zuständigen Abteilungsleiterin Anlass zur Besorgnis – jedenfalls nicht bezüglich des Referenten.

Selbstverständlich sind entsprechende Ereignisse auch unter Bediensteten denkbar. So wusste einmal ein Bediensteter, der von der fehlenden Chemie zwischen einem leitenden Vollzugsarzt und einer seiner Mitarbeiterinnen Kenntnis hatte, Folgendes zu berichten:

Frau … kann mit Herrn Dr. … nicht, und deshalb hat sie um Entbindung gebeten.

In diesen Zusammenhang passt die folgende »Bekanntmachung« eines uns unbekannten Spaßvogels:

In unserer Anstalt wurde ein Säugling gefunden und bei der Direktion abgegeben. Die Direktion verlangte eine umgehende Untersuchung und Aufklärung, ob dieser Findling ein Produkt der Dienststelle ist und ob ein Beamter beteiligt war.
Nach vierwöchiger Untersuchung sind wir der Überzeugung, dass der Findling kein Produkt der Dienststelle ist.
Begründung:
1. In unserer Anstalt wurde noch nie etwas mit Lust und Liebe gemacht.
2. In unserer Anstalt haben noch nie zwei so eng zusammengearbeitet.
3. In unserer Anstalt wurde noch nie etwas gemacht, was Hand und Fuß hat.
4. In unserer Anstalt ist es noch nie vorgekommen, dass nach neun Monaten etwas fertig gewesen wäre.

Demgegenüber meinte ein Referent einer Landesjustizverwaltung einmal in einer Dienstbesprechung:

Ich bin immer für Liebe.

Und der Leiter eines anderen Referates derselben Landesjustizverwaltung sprach einmal in einem ganz anderen Zusammenhang folgendes Bekenntnis:

Wir haben alle Hormone; da lege ich größten Wert drauf.

2 STELLUNG DES GEFANGENEN

2.1 Anspruch auf zivilisierten Umgang

Gefangene sind grundsätzlich (mit Ausnahme der Jugendlichen) mit Sie anzusprechen. Zumindest ältere Bedienstete haben damit ihre Schwierigkeiten, besonders im Umgang mit Gefangenen, die sie schon lange kennen. Ein Anstaltsleiter berichtet:

Ich war als junger Abteilungsleiter – Regierungsrat – in der JVA ..., ging durchs Haus und kam zu einem Werkmeister. Der hatte einen alten, erfahrenen Knacki bei sich. Der Malermeister hatte mich nicht bemerkt, aber der Gefangene. Der Meister sprach den Gefangenen mit Du an. Dies hätte mich nicht weiter gestört, aber der Gefangene erkannte die Situation und sagte zum Meister: »Da musst Du doch Sie zu mir sagen, wenn der Herr Regierungsrat dabei ist.«

2.2 Mitwirkungserfordernis der Gefangenen bei der Erreichung des Vollzugszieles

Klar ist, dass Strafgefangene an der Erreichung des Vollzugszieles mitwirken müssen, wenn denn Resozialisierungserfolge erzielt werden sollen, denn ein Mensch kann gegen seinen Willen nicht (fern-)gesteuert werden. So sieht es auch das Strafvollzugsgesetz (StVollzG), das nach in einer in der Vollzugsschule (= Ausbildungsstätte für Vollzugsbedienstete) gefertigten Klausur dargelegten Auffassung eines Anwärters für den allgemeinen Vollzugsdienst folgenden Grund hat:

Es musste ein Strafvollzugsgesetz geschaffen werden, um die Grundrechte des Einzelnen einzuschränken.

Ebenfalls in einer Klausur versuchte ein anderer Anwärter für den allgemeinen Vollzugsdienst einmal, das Problem der Mitwirkungspflicht der Gefangenen bei der Erreichung des Vollzugsziels wie folgt in den Griff zu bekommen:

Der Gefangene soll am Vollzugsziel mitwirken, damit er lernt, dass das Strafvollzugsgesetz für ihn maßgebend ist.

Zum Abschied von *Christoph Flügge* als Referent in der Vollzugsabteilung der Senatsverwaltung für Justiz Berlin im Jahr 1983 – er kehrte später als Abteilungsleiter zurück und ist heute Justizstaatssekretär – wurde eine fiktive Gefangenenpersonalakte betreffend den Gefangenen *Christoph Flügge* gefertigt. In ihr befindet sich folgendes Schreiben des »Gefangenen« an den Anstaltsleiter. Man darf davon ausgehen, dass Verfasser dieses Schreibens – unter den üblichen Verdächtigen – der kurze Zeit später tödlich verunglückte damalige Abteilungsleiter, *Jürgen Halvensleben,* war, der das Schreiben – nunmehr als Anstaltsleiter der JVA Tegel – auch beschied.

Christoph Flügge, z.Z. Seidelstraße 39, Haus II

Betrifft: Meine Vollzugssituation

Sehr geehrter Herr Direktor!
Ich habe nun schon alle möglichen Anstalten ausprobiert und Alles hat nichts genutzt. So kann das nicht weitergehen, und ich bin jetzt gewillt, echt einen Schritt in meiner Resozialisierungssache zu machen. Als erstes habe ich mir hierzu ein Buch über das Strafvollstreckungsgesetz von Carlos Müllerdiez – in Anspielung an den mittlerweile in 10. Auflage 2005 vorliegenden Kommentar zum Strafvollzugsgesetz von *Rolf-Peter Calliess* und *Heinz Müller-Dietz* – besorgt und nachgeguckt, welcher § am besten zu mir passt. Sie können mir glauben, Herr Anstaltsleiter, das ist gar nicht so einfach wie Sie vielleicht denken!

Sie sind voll Jurist und haben 'ne ganze Rechtsabteilung im Nacken, ich habe dagegen außer 12 Monate bis 2/3 nichts in die Wagschale zu werfen.

In § 3 heißt es z.B., dass das Leben im Vollzug den allgemeinen Lebensverhältnissen angepasst werden soll. Ich glaube, dass dieser § eventuell gar nicht so günstig ist für mich, denn diese ewige Schufterei draußen ist mir schon früher immer auf' n Geist gegangen. Da ist mein Sportkalfaktorposten doch was ganz anderes, da bin ich irgendwie Chef im Ring und kann die Leute einteilen. Das sieht mein Sportbeamter auch so. Das hat auch keine schädlichen Folgen der Freiheitsentziehung gebracht, Sie brauchen da also überhaupt nicht nach § 3 entgegen zu wirken. Um es kurz zu machen: § 3 können Sie für mich vergessen.

§ 4 passt für mich schon eher, weil ich dann an der Erreichung des Vollzugszieles mitwirken kann. Ich habe deshalb schon einen Antrag beim Justizsenator Ruprecht Schulz – in Anspielung an den seinerzeit in Berlin als Justizsenator amtierenden Prof. Dr. *Rupert Scholz* – gestellt und ihm geschrieben, dass es mein Vollzugsziel ist, möglichst schnell entlassen zu werden, damit möglichst wenig Schäden bei mir zurück bleiben, für die er ja aufzukommen hätte. Allein mein geschäftlicher Schaden geht nämlich in die Tausende und meine Verlobte hat jetzt auch einen Anderen.
Der Senator ist aber auf § 4 überhaupt nicht eingegangen und hat mir nur geschrieben, dass er eine Begnadigung ablehnt und ich es doch 'mal beim Gericht versuchen soll.
Ich hab' mich also hingesetzt und den Senator wegen mangelnder Begnadigung beim Gericht verklagt. Und was glauben Sie, was dabei 'rausgekommen ist? Na, nichts!
Das Gericht hat mir geschrieben, dass es sich nicht an den Kompetenzen des Justizsenators vergreifen kann, denn nur der kann Gnade walten lassen. Das Gericht könne nur nach § 57 tätig werden; ich hätte aber einen solchen Antrag nicht gestellt. Ich hab' also nochmal ans Gericht geschrieben und beantragt, dass bei mir nach so langer Zeit endlich 'mal § 57 Strafvollzugsgesetz angewendet wird. Hat aber auch nichts genützt, weil dieser § nur bei krebskranken Frauen über 30 und für kleine Kinder bis 4 gildet. Sie können selbst nachlesen!
Diese §§ hauen also auch alle nicht hin bei mir.

Beim Blättern im Gesetz bin ich dann auf § 123 gestoßen. Da ist von befähigten Fachkräften die Rede, die einem mit besonderen thermopeutischen Mitteln – in Anspielung an (sozial-)therapeutische Behandlung in sozialtherapeutischen Anstalten – unter die Arme greifen müssen, damit sie danach ein Leben ohne Straftaten führen können. Das müsste bei mir eigentlich klappen! Jedenfalls hab' ich das noch nicht versucht.
Sehr geehrter Herr Anstaltsleiter, bitte sorgen Sie deshalb dafür, dass ich in die sozialtherapeutische Teilanstalt 4 komme, mit Herrn O. – Herr O. war der damalige Teilanstaltsleiter, was in anderen Bundesländern etwa so etwas wie ein Abteilungs- oder Hausleiter ist, des Hauses II in der Justizvollzugsanstalt Tegel – komme ich in dieser Sache nicht richtig klar.

Ich hoffe, keine Fehlbitte getan zu haben, und bedanke mich schon jetzt im Voraus.
C. Flügge

Der angeschriebene Anstaltsleiter, *Jürgen Halvensleben,* notierte folgende Verfügung auf den Scherz-Brief:

Vfg
1. Kopie an Teilanstaltsleiter II mit der Bitte um Stellungnahme, und zwar auch zu der Frage, warum es dem Gefangenen bei Ihnen nicht mehr gefällt.

2. Leiter der Sicherheit mit der Bitte um möglichst ablehnende Stellungnahme zum Aufnahmegesuch des Gefangenen; meines Erachtens genügt eine Entscheidung nach Aktenlage, da der Gefangene dies gewöhnt; bitte möglichst viele Fachausdrücke und Fremdwörter, damit die Entscheidung unangreifbar wird.

3. WV
Paraphe Halvensleben

2.3 Schriftverkehr der Gefangenen

Es ist nicht unüblich, dass sich Gefangene mit ihren Anliegen nicht an die dafür zuständigen Mitarbeiterinnen und Mitarbeiter oder wenigstens an den Anstaltsleiter wenden, sondern an die Aufsichtsbehörde (welche dann zumeist die Beschwerde des Gefangenen *»zuständigkeitshalber«* wieder an die Anstalt zurücksendet). Ein Grund für dieses Verhalten mag Misstrauen der Gefangenen gegenüber den Anstaltsmitarbeitern sein; vielleicht erhoffen sich aber die Gefangenen auch neben einer für sie positiven Einzelentscheidung durch die Aufsichtsbehörde größere Wertschätzung, wenn sie persönlich mit der bzw. dem Justizminister/in oder -senator/in brieflich verkehren.

So beschwerte sich ein enttäuschter, in seinem Selbstwertgefühl getroffener Gefangener in Berlin, der an den Justizsenator geschrieben und offenbar gehofft hatte, dass dieser ihm auch antwortet, darüber, dass ihn wie üblich bloß eine Mitarbeiterin oder ein Mitarbeiter beschieden hatte. Tatsächlich ist bei vielen Behördenschreiben nicht erkennbar, ob die bzw. der Verfasser/in eine Frau oder ein Mann ist, weil lediglich der Nachname notiert ist:

Das von Ihnen … beglaubigte Schreiben vom … habe ich am … erhalten. Da ich dieses Schreiben als eine Schweinerei betrachte, ist es für mich nicht als angekommen zu betrachten, weil:

1. Ich habe meinen Brief nicht umsonst an den Justizsenator ... geschrieben und nicht an Sie oder an den Senator für Justiz allgemein. Ich lasse auch einen Brief an mich nicht durch Hinz und Kunz beantworten und unterschreiben. Anders sieht es aus, wenn ein Brief an meine Familie gerichtet ist.

2. Noch ist es im Allgemeinen üblich, ein Schreiben, das für Dritte nicht bestimmt ist, mit einem Briefumschlag zu versehen. Was geht das Schreiben den hier in der Anstalt beschäftigten Personen überhaupt etwas an? Ich lasse dieses Schreiben ja auch nicht über die Terroristen offen zu Ihnen gehen. Oder ist Ihr Schreiben an mich nur ein innerbetriebliches Rundschreiben gewesen? Wenn ja, dann entschuldigen Sie.

3. Da Ihre innerbetriebliche Post die langsamste der ganzen Welt ist – das Schreiben von Ihnen an mich dauerte immerhin sage und schreibe 11 (in Worten: elf) Tage – wäre es ratsamer für die Zukunft, sich der in den roten Zahlen steckenden Deutschen Bundespost zu bedienen. Sie könnten für jedes Verfahren wenigstens die Hälfte Zeit in Anspruch nehmen, um zum Schluss zu kommen. Oder stimmt es wirklich, dass die Mühlen der Justiz wegen Faulheit langsam mahlen. Hiermit gebe ich nur eine allgemeine Gefangenenmeinung kund.

Auch als Gefangener bitte ich, dass meine beiden Schreiben an den Justizsenator ... weitergeleitet werden und auch von ihm persönlich beantwortet zu bekommen. Er ist doch für einen humaneren Strafvollzug und dieser ist ohne persönlichen Kontakt mit den Häftlingen nicht möglich. Hoffentlich ist der Herr Senator ... sich nicht zu fein, mit unsereins brieflich sich auseinander zu setzen. Da meine Frist am 30.5. abläuft und ich Ihnen Gelegenheit geben möchte, diese auch einzuhalten, lege ich zwei Briefmarken à 0,30 DM anbei, damit Sie Ihre betriebseigene Post nicht in Anspruch nehmen brauchen.

Andererseits kann aber auch das Vertrauen der Gefangenen in die Aufsichtsbehörde massiv gestört sein. So machte einmal ein Strafgefangener seinem Frust über einen Mitarbeiter einer Landesjustizverwaltung wie folgt Luft:

Sehr geehrter Herr ...!
Schon allein diese Anrede ist mir zuwider, aber sie gehört zu unseren gesellschaftlichen Gepflogenheiten.

Übersende ich Ihnen zur gefl. Kenntnisnahme Dienstaufsichtsbeschwerde an die Strafvollstreckungskammer beim Landgericht ... Somit können Sie sich vordem sachkundig machen. Auch haben Sie die Möglichkeit, sich zu wehren – und nicht, wie es Ihrer Art entspricht!

Sie schaden nicht nur der Justiz – nein, das gesamte Ansehen Ihres ehrwürdigen Senators Herrn ... – sowie dessen Fraktion.
Zur gegebenen Zeit werde ich Ihnen auch meine Klage nach § 839 BGB Amtspflichtverletzung (Ermessensmissbrauch) übersenden.
Nötigenfalls werde ich morgens Zeitung austragen, um diesen Weg der Klage bestreiten zu können! Das ist keine Drohung – nur eine Feststellung. Ein Mann wie Sie gehört in die Registratur – dem sollte man weiß Gott nicht Menschenschicksale anvertrauen.

Wobei gleich eine Frage auftaucht, woher nehmen Sie Ihre Qualifikation? Doch wohl nicht aus Ihrem Jura-Studium – das müssten Sie mir als Bürger 'mal erklären!

Michael Matzke berichtet:

In einem anderen Fall hatte sich eine Frau für ihren in Haft befindlichen Ehemann eingesetzt und bat um Vollzugslockerungen für ihn. Der zuständige Referent in der Landesjustizverwaltung, das war ich, hatte sich offenbar – genau ist mir der Fall nicht mehr erinnerlich – engagiert und nach Überprüfung des Falles erreicht, dass dem Strafgefangenen tatsächlich vom Anstaltsleiter Lockerungen gewährt wurden. Als Konsequenz sandte der Gefangene, den wohl weitere Probleme quälten, einen Brief an den Abteilungsleiter für Strafvollzug, der von seiner Frau mit unterzeichnet war und in dem es unter anderem hieß:

Leider habe ich auch diesbezüglich das Vertrauen in Herrn Dr. Matzke verloren, durch seine außergewöhnliche menschliche Art meiner Frau am Telefon gegenüber.

Etwas später erhielt ich just von dieser Frau des Gefangenen einen riesigen Blumenstrauß, und zwar in meiner Abwesenheit; sonst wäre der Strauß selbstverständlich nicht angenommen worden. Damals war mein Büro ein so genanntes Hinterzimmer; im Vorzimmer war ein junger, gerade in das Haus hin abgeordneter Richter tätig. Dieser glaubte, wie er später sagte, bei der

Frau handele es sich um eine Verwandte, die mir zum Geburtstag gratulieren wolle. Jedenfalls legte die Frau des Gefangenen mit Billigung des Kollegen den Strauß auf meinen Schreibtisch, wo ich ihn nach Rückkehr von einer Dienstfahrt vorfand. Nun war das Problem groß, denn der Blumenstrauß konnte, da die Frau längst entschwunden war, nicht mehr zurückgegeben werden. Zudem befand sich an dem Strauß ein dort befestigter Brief, dessen Inhalt damals unter den Mitarbeitern der Abteilung rund ging und zu Spott führte. Denn es hieß in diesem Schreiben zur Begründung des Blumengeschenkes:

Sie waren so gut zu mir.

Ich unterrichtete umgehend meinen Abteilungsleiter, der nach einer Bedenkzeit und einer Beratung mit seinem für Personalfragen zuständigen Abteilungsleiterkollegen entschied, da der Strauß ja nun nicht mehr zurückgegeben werden konnte, dass die Blumen am besten an eine Frau im Hause weitergegeben werden sollen, die nicht zur Vollzugsabteilung gehöre. Damit wollte man jedem Anschein einer Vorteilsannahme i. S. v. § 331 Abs. 1 StGB, die ja wirklich nicht vorlag, zumal der Blumenstrauß nur aufgrund unglücklicher Umstände bzw. der Naivität des neuen Mitarbeiterkollegen auf meinem Schreibtisch gelandet war, von vornherein entgegenwirken. Nun war ich wirklich in Nöten, denn wem sollte ich denn die Blumen überreichen? Meine Wahl fiel auf eine junge Schreibkraft in einer anderen Abteilung des Hauses, die gelegentlich in der Vollzugsabteilung aushalf und dabei auch Schreibarbeiten für mich erledigte. Die Peinlichkeit dieses Vorgangs fand ihren Höhepunkt, als ich nun mit diesem riesigen Blumenstrauß vom Parterre in die zweite Etage des Hauses gehen musste, dabei natürlich vielen Mitarbeitern der Senatsverwaltung über den Weg lief, die feixten, dann in das Zimmer der zu beschenkenden Schreibkraft eintrat und ihr den Strauß mit nicht mehr erinnerlichen Worten der Erklärung überreichte, während die Frau gerade mit zwei Kolleginnen beisammen saß und mit ihnen plauderte. Die beschenkte Schreibkraft bekam ein puderrotes Gesicht und die zwei Kolleginnen hatten ersichtlich Mühe, mit Gelächter an sich zu halten. Zum Glück hatten sich Gerede und Spott im Hause nach einigen Wochen verflüchtigt.

Es gibt aber selbstverständlich auch (aus Sicht der Anstaltsbediensteten viel zu viele) Gefangene, die sich beschweren. So beschwerte sich ein Gefangener darüber, dass ihn ein beaufsichtigender Bediensteter während der so genannten Freistunde, in welcher Gefangene Aufenthalt im Freien (in einem Anstaltshof) haben, beleidigt habe. Der Gefangene erhielt folgenden Bescheid:

Meine Ermittlungen auf Ihre Beschwerde vom ... haben Folgendes ergeben:
Der mit der Freistundenaufsicht betraute Bedienstete befand sich in einem Gespräch mit einem Kollegen. Er hat diesen Kollegen nach einem gemeinsamen Bekannten gefragt und diesen Bekannten mit »Emse Bremse« umschrieben. Die Worte »Emse Bremse« waren in keiner Weise gegen Sie gerichtet.
Ich bitte, das aufgetretene Missverständnis zu entschuldigen.

Ein anderer Strafgefangener schrieb:

Vor 14 Tagen beantragte ich eine Weckuhr für die Steckdose. Diese wurde Genehmigt. Daraufhin ließ ich mir eine Kaufen. Nach der Kontrolle derselbigen, wurde mir mitgeteilt von Herrn ..., das Uhren für die Steckdose nicht Genehmigt werden. Grund gab er erst keinen weiteren an, dann nach nochmaliger Nachfrage, Uhren die mehrfach Einstellbar sind werden nicht genehmigt. Dazu kann man eigentlich nur Lachen, denn scheinbar weiß er nicht das jede Uhr die in der Steckdose gesteckt werden, die gleichen Funktionen haben, diese nur mehrfach, um nicht mehrere Uhren gleichzeitig zu brauchen.

Selbstverständlich dürfen die Gefangenen einer Anstalt oder von Anstalt zu Anstalt sich auch untereinander schreiben. Eine besonders schöne Blüte eines derartigen Briefes wird im Folgenden dokumentiert:

Hallo Detlef, ich habe mich über Deinen Brief sehr gefreut. Du kannst ja sehr stark schreiben, das hätte ich gar nicht gedacht.
Heute war ich den ganzen Vormittag unterwegs. Beim Arzt und beim Augenarzt. Überall trifft man nette Menschen, aber viele sind arme Teufel und viele sind Spinner. Ich bin viel unterwegs hier, mir fällt immer was neues ein. Mal Arzt, mal Ohrenarzt, mal Zahnarzt, mal Augenarzt, mal Beschwerdestelle, mal Sozialarbeiter, mal Hausbüro, mal Hauskammer, mal Kirche, mal Sport usw. Ich muss mir immer was neues ausdenken. Weißt Du noch eine Stelle, wo ich hingehen kann? Nach jedem

Besuch einer Stelle mache ich immer einen Spaziergang. Ein paar Mal habe ich mich schon total verlaufen.
Ich habe an Deiner Tür gelesen »Galle«. Schreibe mir doch mal, was Du dadurch für Vorteile hast, dies interessiert mich sehr. …

Mit dem Schild »Galle« an der Haftraumtür wurde auf besondere Krankenkost hingewiesen, die der Gefangene wegen seines Gallenleidens erhielt.

Die Gefangenen dürfen auch Post von außerhalb der Justizvollzugsanstalt erhalten und umgekehrt Menschen draußen schreiben. Vor diesem Hintergrund beschwerte sich eine Frau (unter Angabe ihrer Dienstanschrift!) mit folgendem Brief bei einem Anstaltsleiter:

Ich kann mir nicht vorstellen, dass Sie solche Post durchgehen lassen. Meine feste Verbindung zu Thomas besteht und da hat ein Herr Kobel … mich nicht zu bedrohen. Kommen noch weitere Briefe, muss ich meinen Rechtsanwalt in Verbindung setzen. Ich hatte kein Interesse an Herrn Kobel, sondern er schrieb mir und ich bat ihn um einen gleichaltrigen Mann. So bin ich an Thomas gekommen und halte zu ihm. Der Neid ist groß, aber mir egal, denn geschenkt hat mir auch niemand etwas. Das Bild von Herrn Kobel habe ich zerrissen, da es die zweite primitive Beleidigung ist. Ich verbitte mir jegliche Post von Herrn Kobel, ich liebe Thomas, wenn auch nur durch Post. So, das wäre geschrieben und ich erhoffe, dass ich meine Ruhe wieder habe! Für Geld bekommt man alles okay.
Hochachtungsvoll …
P. S. Anbei 1 Briefmarke, warte auf Antwort. Bitte.

2.4 Gefangenenmitverantwortung

Das Strafvollzugsgesetz sieht vor, dass Gefangenen und Untergebrachten ermöglicht werden soll, an der Verantwortung für Angelegenheiten von gemeinsamem Interesse teilzunehmen, die sich ihrer Eigenart und der Aufgabe der Anstalt nach für ihre Mitwirkung eignen.

In der Justizvollzugsanstalt Tegel sind pro Haus bzw. Teilanstalt Insassenvertretungen gebildet worden, auch in der in der Anstalt befindlichen Sozialtherapeutischen Anstalt (SothA). Dort gab es sogar eine Insassenvertretung für eine einzelne Station (bzw. Wohngruppe). Diese schrieb an den Anstaltsleiter:

Sehr geehrter Herr Lange-Lehngut,
stellvertretend und in Absprache mit allen …, auch in unserem eigenen Interesse, und das aller Klienten der SothA nehmen wir Bezug auf den Vorfall vom Montag, den …, als ein Ei aus dem Bereich der SothA geworfen wurde. Ob diese idiotische Aktion gezielt gegen Sie war, ließ sich nicht klären, wir hoffen jedoch, dass das nicht der Fall war und sind bemüht darauf zu achten, dass sich Ähnliches nicht wiederholt. Wir bedauern den Vorfall aufrichtig und möchten ganz klar zu erkennen geben, dass wir uns von Einzelgängern, die auf solche Weise irgendeine Art von Protest von sich zu geben versuchen, deutlich distanzieren! Wir möchten uns für diese Tat des unbekannten Schwachkopfes bei Ihnen entschuldigen und Ihnen nochmals unser aufrichtiges Bedauern aussprechen! Stellvertretend für die Gesamt-IV Insassenvertretung Station 1

Der Anstaltsleiter notierte folgende Marginalie auf das Blatt: *»Ich war an dem Tage mit dem Sicherheitsbeauftragten unterwegs … auch gut, sprach der Meister.«*

3 OFFENER VOLLZUG

Das Strafvollzugsgesetz differenziert, um eine auf die verschiedenen Bedürfnisse der Gefangenen abgestimmte Behandlung zu gewährleisten, unter anderem zwischen Anstalten des geschlossenen und solchen des offenen Vollzugs. Letztere sehen im Unterschied zu den geschlossenen Anstalten keine oder nur verminderte Vorkehrungen gegen Entweichungen vor. Dafür geeignete Gefangene sollen vornehmlich im offenen Vollzug untergebracht werden.

Es lässt sich leicht vorstellen, dass die Ansichten darüber auseinander gehen, ob beispielsweise ein hoher Maschendrahtzaun nun eine *»verminderte Vorkehrung«* gegen oder ein hinreichendes Hindernis für Entweichungen darstellt. Vor diesem Hintergrund meinte ein Referent einer Landesjustizverwaltung zum seinerzeit noch angestrebten Ausbau des offenen Vollzugs (zulasten des geschlossenen Vollzugs) in einem Bundesland:

Wir sollten die Mauern ganz einfach anders betrachten.

Der offene Vollzug gilt nicht nur kriminalpolitisch als für die Resozialisierung der Strafgefangenen geeigneter, sondern ist wegen der dortigen größeren Freiheiten auch unter den Gefangenen im Allgemeinen beliebt(er). So schrieb die Verlobte eines Strafgefangenen der zuständigen Teilanstaltsleiterin einer geschlossenen Justizvollzugsanstalt einmal folgende Beschwerde:

Sehr geehrte Frau ...! Gestern habe ich durch meinen Verlobten Herrn Heubisch erfahren, mit welcher Begründung Sie seine Verlegung in den offenen Vollzug abgelehnt haben. Alle Begründungen scheinen mir an den Haaren herbei gezogen, so dass sich einem wirklich die Haare sträuben. Ich empfinde es besonders als Anmaßung Ihrerseits, die Beziehung zwischen mir und Herrn Heubisch in Frage zu stellen bzw., wie Sie es tun, abzuwerten. Nur weil andere Frauen es nicht ernst gemeint hatten, muss es nicht bei mir auch so sein! Was also kann ich bzw. Herr Heubisch dafür? Seit 16 Monaten sind wir nun zusammen und das nicht nur zum Spaß! Wir wären auch schon längst verheiratet, wenn wir nicht beide noch verheiratet wären.

Außerdem bin ich von Januar bis Dezember ... ohne Unterbrechung zu den Paargruppen gegangen. Denken Sie, dass ich das aus Langeweile getan habe?

Trotz der Differenzierungsbemühungen seitens des Strafvollzugsgesetzes bezüglich der unterschiedlichen und vielfältigen Behandlungsbedürfnisse bei den Gefangenen meinte einmal ein Referent einer Aufsichtsbehörde:

Es gibt zwei Sorten von Gefangenen; vielleicht gibt es auch noch mehr.

Und eine Anstaltspsychologin gewann folgende grundlegende Erkenntnis:

Die Insassen vermischen sich häufig so sehr, dass man sie schwer auseinander halten kann.

4 LOCKERUNGEN DES VOLLZUGES UND URLAUB

Strafgefangene sollen den Kontakt zur Außenwelt nicht verlieren. Um dies zu gewährleisten, sieht das Strafvollzugsgesetz Vollzugslockerungen wie die Arbeit außerhalb der Anstalt – mit oder ohne Aufsicht eines Vollzugsbediensteten (Außenbeschäftigung bzw. Freigang) – oder das Verlassen der Anstalt für eine bestimmte Tageszeit – mit oder ohne Aufsicht eines Bediensteten (Ausführung bzw. Ausgang) – vor. Auch Urlaub (= Verlassendürfen der Anstalt über Nacht) ist als Regelurlaub oder Sonderurlaub, beispielsweise bei Tod oder schwerer Erkrankung eines nahen Angehörigen, möglich. Voraussetzung für alle genannten Maßnahmen ist das Nichtbestehen von Flucht- und Missbrauchsgefahr. Die Gefangenen müssen gegebene Weisungen befolgen, also beispielsweise pünktlich und nicht alkoholisiert zurückkehren. Auch dürfen sie sich bei Außenbeschäftigung und Ausführung nicht von dem aufsichtführenden Vollzugsbediensteten entfernen.

4.1 Außenbeschäftigung

Ein außerhalb der Anstalt in der Landwirtschaft beschäftigter Gefangener einer offenen Strafanstalt erklärte in einer Eingabe sein unerlaubtes Entfernen von einem so genannten Außenkommando, von dem im Vollzugsjargon die Rede ist, wenn mehrere Gefangene gemeinsam außerhalb der Anstalt beschäftigt und beaufsichtigt werden, so:

Diese Art Unterdrückung und Ausbeutung, welche der Osten gut verstand, und mich seelig nicht unangetastet ließ, fand ich in mehr als stark ausgeprägter Form bei dem Bauern ... vor. Mein Hass keimte mehr und mehr gegen ihn auf. Ich versuchte an mich zu arbeiten und nicht die Flinte ins Korn zu werfen, und schluckte alles runter. Eines Tages konnte ich nicht mehr an mir halten und sagte ihm in zweifellos sachlicher Form was man im allgemeinen von ihm dachte. Nun gut, er ist ein Bauer mit Leib und Seele, so auch sein Mundwerk. Er wurde sehr Persönlich und nahm mir gegenüber eine Angriffsstellung ein. Ich antwortete ihm Wörtlich darauf er möge nicht unsachlich werden, und es sich überlegen mich anzugreifen. Daraufhin schrieh er wir sind geschiedene Leute und laß die Arbeit liegen. Auch ich bin nun sehr erregt gewesen und wollte doch noch bleiben und meine Arbeit weiter versehen weil ein Streit verraucht und er mich seinen besten Mann nannte. Nach einer halben Stunde später kahm ich zu der Einsicht das er mich doch ... – in der Anstalt – abmeldet und ich dann wenigstens für meine zehn Mark bei Edeka, was nicht weit entfernt ist mir was kaufen gehen kann, und ging vom Hof zum Einkaufsladen. Durch den Streit entgang es mir wie spät es ist und als ich zurückkahm war der VW Bus mit den anderen schon weg.

4.2 Freigang

Ein Rechtsanwalt wollte offenbar seinem Mandanten, einem Gefangenen, den täglichen Weg zu seiner und von seiner Arbeitsstätte außerhalb der Anstalt erleichtern:

Ich darf freundlichst darum bitten, Herrn Urbs die Fahrerlaubnis zum Führen eines Fahrrades zu erteilen.

4.3 Ausführung

Ein Teilanstaltsleiter einer Justizvollzugsanstalt bat den (Gesamt-) Anstaltsleiter um Zustimmung zu einer von ihm für fünf Strafgefangene vorgesehenen (Gruppen-)Ausführung zu einer Veranstaltung eines *»Partnerschaftstrainers«* mit folgender Begründung:

Der Partnerschaftstrainer ... hat ... vier Veranstaltungen angeboten, die sich mit der Problematik der Beziehungsaufnahme über Kontaktanzeigen auseinandersetzen. Die Teilnahme war nur für Klienten möglich, die bereits Erfahrungen mit Kontaktanzeigen sammeln konnten. Diese sich immer weiter ausbreitende Anbahnung von heterosexuellen Kontakten hat vielfach zum Scheitern der Beziehungen mit beidseitigen Enttäuschungen geführt. Dies aufzuarbeiten und Alternativen bzw. Verhaltensmaßregeln zu entwickeln ist das Ziel der noch laufenden Trainingsgruppe. Zur Veranschaulichung des Trainingsinhalts ist der Besuch einer Veranstaltung im Hansatheater mit dem Titel »Attraktive Witwe sucht ...« angezeigt. Danach wird die Gruppe eine abschließende Sitzung abhalten, die zur Nacharbeitung der Gruppenausführung dienen soll.

Vollzugskenner wissen, dass die Ausführung von Strafgefangenen wegen der großen Verantwortung ein Sch...job ist. Dies kommt auch in der folgenden

Belehrung eines Vollzugsbediensteten zum Ausdruck, dem ein Gefangener bei einer Ausführung *»stiften gegangen«* war:

Die Auffassung, dass die Verrichtung der Notdurft bei einer korrekt angelegten Laufkette nicht möglich ist, ist anlässlich der letzten Tagung des besonderen Sicherheitsdienstes überprüft worden. Bei dieser Demonstration ist festgestellt worden, dass Notdurft auch mit Laufkette verrichtet werden kann.

Ein Strafgefangener, der eine Ausführung zwecks Besuchs eines Bordells beantragt hatte, wurde, wie aus der Ausgabe Nr. 2 der *»Stuttgarter Zeitung«* vom 3.1.1980 unter der Überschrift *»Auch wenn es nur Sekunden dauert«* ersichtlich ist, wie folgt von der Anstaltsleitung beschieden:

Dem Antrag des Gefangenen ... vom ... auf Ausführung in ein ... Bordell kann nicht entsprochen werden.

Gründe: Abgesehen davon, dass die beantragte Ausführung angesichts der großen Anzahl von Vorführungen schon personell nicht zu vertreten ist, bestehen gegen eine Genehmigung auch anderweitige durchgreifende Bedenken. Der Besuch dient unter Zurückstellung zwischenmenschlicher Beziehungen im Allgemeinen primär der Befriedigung fleischlicher Gelüste und Begierden und damit nach wohl einhelliger Auffassung keinesfalls der Erreichung des Vollzugsziels, das ein Leben in sozialer Verantwortung anstrebt. Selbst wenn man sich über diese grundsätzlichen Bedenken hinwegsetzte, so kann dem Ansinnen des Gefangenen aber aus folgenden Gründen nicht entsprochen werden:

Bei der Ausführung ist der Gefangene gemäß Nr. ... der AV des Justizministeriums vom .... von den begleitenden Vollzugsbediensteten in der Regel ständig und unmittelbar zu beaufsichtigen. Eine Ausnahme von diesem Gebot der Beaufsichtigung kommt bei dem Gefangenen ... aufgrund des bisher gezeigten negativen Vollzugsverhaltens nicht in Betracht. Die Beaufsichtigungspflicht hätte aber in vorliegendem Fall zur Folge, dass die Beamten die von dem Gefangenen beabsichtigte sexuelle Betätigung mit einer oder gar mehreren Bordelldamen in vollem Umfang überwachen müssten. Selbst wenn der Vorgang nur wenige Sekunden dauern sollte, was bei der langen Enthaltsamkeit des Gefangenen nicht auszuschließen ist, wäre dies für die Beamten, die ja auch nur Menschen sind, schlechterdings unzumutbar. Erschwerend kommt hier hinzu, dass bei dem Gefangenen angesichts des Strafrestes und des bisher gezeigten schlechten Vollzugsverhaltens als besondere Sicherungsmaßnahme die Anlegung von Handfesseln verfügt werden müsste, was den Gefangenen bei der Durchführung seines Anliegens naturgemäß behindern müsste mit der weiteren Folge, dass möglicherweise die Begleitbeamten Hilfestellung geben müssten, was gänzlich unmöglich erscheint. Außerdem würde die Anwesenheit von uniformierten Beamten einem solchen Vorgang für außen stehende, nicht eingeweihte Dritte den Anstrich eines Justizaktes verleihen. …

Vorsorglich sei der Gefangene darauf hingewiesen, dass er auch bei künftig positiver Entwicklung mit einer Genehmigung seines Anliegens nicht rechnen kann, da das Anliegen des Gefangenen nicht unter die Regelfälle des Ausgangs nach Nr. … der AV des Justizministeriums vom … subsumiert werden kann und auch kein dem dort aufgezeigten Regelbeispiel vergleichbares Anliegen gegeben ist. Bei dem Besuch eines Bordells handelt es sich, das sei hier klarstellend hervorgehoben, insbesondere nicht um eine kulturelle oder sportliche Veranstaltung i. S. d. Nr. … der oben genannten AV. Bei der Kontaktaufnahme mit Bordelldamen liegt auch nicht der Besuch einer »anderen Person, welche die Behandlung oder Eingliederung des Gefangenen fördert«, i. S. d. Nr. … der oben genannten AV vor. Hierbei wird keineswegs verkannt, dass der Gefangene im Bordell einer gezielten Behandlung zugeführt wird und kurzfristig auch seine körperliche Eingliederung erfolgt; dies aber nicht i. S. d. in § 2 StVollzG aufgestellten Vollzugszieles. Aus all diesen Gründen konnte dem Anliegen des Gefangenen bei allem menschlichen Verständnis nicht entsprochen werden.

4.4 Ausgang

Im Wege eines Ausgangs kann ein Strafgefangener aus gegebenem Anlass, meist sozialer Art, die Anstalt stundenweise verlassen, und zwar entweder allein oder in Begleitung eines Vollzugsbediensteten, der keine Aufsichtspflichten wie bei der Ausführung hat, sondern allein durch seine Anwesenheit den Gefangenen in seinem Verhalten stabilisieren soll.

Irgendwann fand ich, *Michael Matzke*, den *»Entwurf eines Bescheides nach den Bestimmungen der am 15.9.1983 in Kraft tretenden AV des Senators für Justiz«* Berlin auf meinem Schreibtisch; die erwähnte Ausführungsvorschrift (AV) gilt längst nicht mehr. Der Scherz-Entwurf des Bescheides hatte folgenden Wortlaut:

Nach Nr. 12 Abs. 1 a) – e) AV zu § 11 StVollzG kann Ausgang grundsätzlich nur zu bestimmten Zwecken gewährt werden, die im Einzelnen aufgeführt werden.
Der von Ihnen in Ihrem Antrag vom ... angegebene Grund gehört nicht zu den dort genannten Zwecken.
Besondere Umstände, die gleichwohl ausnahmsweise in Ihrem Fall eine Ausgangsgewährung rechtfertigen könnten, haben Sie nicht vorgetragen.
Der Zweck des von Ihnen beantragten Ausgangs kann auch dadurch erreicht werden, dass Ihre sozialen Determinanten kognitiver schichtspezifischer Motivation durch die individuellen Frustrationstoleranzen permanent eliminiert werden. Daher reflektieren Sie divergierend und in Ihren Interaktionsmustern (pattern) kongruent, d. h. die Sozialisation indiziert Ihre individuelle Repression zur kollektiven Emanzipation. Der Artikulationsprozess aktiviert die sozialen Ambivalenztoleranzen, reduziert jedoch ad hoc die affektiven Interdependenzen qualitativ.
Quod erat demonstrandum – cloaca maxima!

Ein Strafgefangener begründete seinen Lockerungsantrag wie folgt:

Meinen Anträgen vom ... wegen Tagesausgangs oder eintägigem Strafurlaub trage ich nach, dass die Zeit für die Pflege eines Hügelgrabes geräumiger zu bemessen ist, als wenn ein Kleinhügelgrab oder eine U-Grabstätte zu pflegen wäre. Als der einzige Sohn des Verstorbenen bin ich Grabhügelpflegeberechtigter nach Grabhügelpflegerecht. Und auf Grund der Grabhügelpflegebestimmungen ist auch dem inhaftierten oder verfolgten Grabhügelpflegeberechtigten Grabhügelpflegeurlaub oder Ähnliches zu gewähren, wenn der Unrechtsgehalt der Straftat sich in einem normalen Rahmen hält. In Frage stehen hier sog. Privatklagedelikte, so dass Grabhügelpflegeurlaub im Rahmen der im sozialen Verständnis auszuübenden Rechtspflege ... zu gewähren ich bitte.

Ein Sozialarbeiter, der im Wege eines Ausgangs einen wegen Mordes Verurteilten – dieser hatte sein Opfer mit einem Gürtel erdrosselt und danach noch mit Fußtritten bearbeitet – in ein Restaurant begleitet hatte, berichtete über den Verlauf unter anderem Folgendes:

Auch der Umgang mit Messer und Gabel bereitete ihm keine Schwierigkeiten.

Einem Gefangenen wurden Vollzugslockerungen nicht gewährt, weil er draußen keine geeignete Bezugsperson hatte. Die Lage änderte sich, worauf ein Bediensteter in der Vollzugskonferenz äußerte:

Er hat jetzt eine Frau gefunden, mit der er regelmäßig Lockerungen machen kann.

4.5 Urlaub

Ein laut verwendetem Adressenstempel *»Alt-Mehrzweck-Akademiker«* schrieb unter Vorlage einer Vollmacht des vertretenen Gefangenen, in der es hieß, dass der Bevollmächtigte *»meine Interessen in vorbezeichneter Angelegenheit selbstlos und gebührenfrei (vertritt)«*, dem Justizsenator, *»Ressort auf Überprüfg. Gewährg. v. Regelurlaub für Strafgefangene«*, er bitte *»in aller Form und Höflichkeit ... den Herrn Senator der Justiz auf der Basis ministerieller Autorität die weisungsgebundene Staatsanwaltschaft zu veranlassen, dass ds. Versäumte der Meldung nachgeholt wird und der Strafgef. Herr ... noch in ds. Monat in den Genuss von Regelurlaub gelangt«*. Trotz der formvollendeten Formulierung des Ersuchens wurde selbstverständlich dem Ansinnen nicht entsprochen, da nun 'mal die Entscheidung über die Gewährung von Urlaub an Strafgefangene in der alleinigen Zuständigkeit der jeweiligen Justizvollzugsanstalt liegt.

Ein in der Psychiatrisch-Neurologischen Abteilung einer Justizvollzugsanstalt tätiger Arzt schrieb eine Stellungnahme *»zur weiteren Verwendung gegenüber dem Senator für Justiz sowie für evtl. weitere Urlaubs- und 2/3-Anträge«* für einen Strafgefangenen mit folgendem Wortlaut:

Die Stellungnahme beruht auf der Kenntnis der Personalakte sowie auf einem Gespräch mit Herrn Schlotz und mit seiner Ehefrau Fiona. Es handelt sich um einen jetzt 40-jährigen, verwahrlosten, minderbegabten, regelmäßig Alkohol missbrauchenden Vater von fünf ebenfalls bereits milieugeschädigten Kindern. Die durchaus zu ihm passende Ehefrau wünscht sich ihren Mann wieder in den gemeinsamen Haushalt zurück. Sie hat inzwischen dem Bruder des Delinquenten, durch den der sexuelle Missbrauch der eigenen Kinder zur Anzeige gekommen ist, Hausverbot erteilt. Sie will sich auch nicht scheiden lassen, obwohl sie jetzt einen Scheidungsgrund, auch gegen den Willen ihres Mannes, hätte. Die Kinder hängen nach übereinstimmenden Aussagen beider Eheleute an ihrem Vater und die beiden mit Fellatio und Cunnilingus sowie mutueller Onanie von ihm missbrauchten, jetzt 10- und 8-jährigen Töchter sollen sich von diesen Handlungen auch nicht sonderlich beeindruckt zeigen. In Anbetracht des Milieus ist anzunehmen, dass die Familie in Zukunft versuchen wird, dafür zu sorgen, dass derartige Handlungen nicht wieder nach außen bekannt werden. Verhindern lassen sie sich auch durch das Absitzen der vollen Strafe nicht. Da wir nicht wissen, wie weit das inkriminierte Verhalten im entsprechenden Milieu vielleicht sogar normal ist, wird Urlaub und vorzeitige Entlassung trotz sicher bestehender Rückfallgefahr ausdrücklich befürwortet.

Der Rechtsanwalt eines Imbissbuden-Besitzers erstattete eine Strafanzeige gegen einen beurlaubt gewesenen Gefangenen Zinder:

Von Interesse ist noch, dass Herr Zinder am ... in Begleitung zweier Personen im Imbiss erschien, wovon eine Person sich eine Portion Nudeln bestellte, die sie dann auf Aufforderung des Herrn Zinder, die Nudeln nicht zu bezahlen, kurzerhand bei unserem Mandanten über den Tresen warf.

Es ist zu vermuten, dass der Gefangene Zinder auf absehbare Zeit nur noch Anstaltsnudeln essen darf.

Im Jahre 1977 schrieb Prof. Dr. *Julius Posener* dem Justizsenator in Berlin folgenden Brief:

Sehr geehrter Herr Professor Baumann,
als einer der Teilnehmer an dem Gespräch über die Ablehnung eines Urlaubes für Horst Mahler am 19.1.77 möchte ich Ihnen einen Vorschlag unterbreiten.

Sie haben uns in dem Gespräch auf das Risiko hingewiesen, welches Ihrer Meinung nach besteht, dass Horst Mahler aus dem Urlaub nicht zurückkehren werde. Wir wissen, dass ein solches Risiko nicht besteht.
Da ich das weiß, biete ich Ihnen hiermit an, den Rest der Haft zu verbüßen, falls Horst Mahler nicht ins Gefängnis zurückkehren sollte. Ich tue das mit leichtem Herzen, da ich weiß, dass dieser Fall nicht eintreten wird.

Mit freundlichen Grüßen
gez. Prof. Dr. phil. h.c. Julius Posener

Auf diese Eingabe notierte der damalige Senator für Justiz in Berlin, Prof. Dr. *Jürgen Baumann*, die Randbemerkung *»siehe ›Bürgschaft‹ das war einmal … Dionysos«*, und der damalige Senatsdirektor für Justiz, wie der heutige Staatssekretär seinerzeit in Berlin hieß, *Alexander von Stahl* (der spätere kurzzeitige Generalbundesanwalt), setzte hinzu: »Ich lasse den Freund dir als Bürgen, ihn magst du, entrinn' ich, erwürgen.«

Rund drei Wochen später unterschrieb der Senator das Antwortschreiben an Prof. Dr. *Posener* mit folgendem Wortlaut:

Sehr geehrter Herr Professor!

Ihrem »mit leichtem Herzen« gemachten Vorschlag, stellvertretend für Herrn Mahler dessen Reststrafe zu verbüßen, falls er von einem Urlaub aus der Haft nicht zurückkehre, muss ich mich schweren Herzens versagen. Mag einem derartigen Angebot auch der Bürger in mir seinen Respekt nicht versagen, mag der Poet solche »Bürgschaft« in Versen preisen, der Gesetzgeber, der Spröde, weiß hierzu keinen Reim. Er besteht nun einmal darauf, dass der Verurteilte seine Strafe in persona verbüßt. Sehen Sie es ihm ebenso nach, wie Sie mir konzedieren werden, dass ich mir Ihr »Wissen« um die Rückkehr von Herrn Mahler aus dem Urlaub nicht als gesicherte Erkenntnis zu eigen zu machen vermag.

Mit freundlichen Grüßen
Ihr Jürgen Baumann

Ein Strafgefangener beschwerte sich über die Ablehnung seines Urlaubsersuchens wie folgt:

In Anbetracht der immer wieder erwähnten Resozialisierungsmaßnahmen von Seiten der Bundesjustizbehörden erlaube ich mir folgendes festzuhalten.
Ich habe nunmehr mehr als ein Drittel meiner Haft verbüßt und habe den ernsthaften Willen, mich zu bessern. Da ich nunmehr durch die Haft bedingt meinen Familienanschluss entfremdet sehe, möchte ich mich mit meiner Braut aussprechen und eventuell heiraten, um diese Bindung zu festigen. Ich habe in meiner Depression diesbezüglich einmal einen Selbstmordversuch gemacht, welcher ja zweifellos den Beweis erbringt, dass ich tatsächlich gewillt bin, mein Leben von Grund auf zu ändern. Diese Änderung, und das ist menschlich durchaus einsehbar, wird selbstverständlich gefördert und gefestigt, wenn man bei Entlassung eine feste menschliche Bindung hat. …
Da es sich wirklich in dem jetzigen Falle um die Herstellung einer festen Bindung handelt zwecks Familiengründung, welche mir ja in der Zukunft auch zweifellos mehr Verantwortungsgefühl bringen muss, ersuche ich dringendst um die Gewährung des von mir erbetenen Urlaubs.

Auch ein weiterer Strafgefangener beschwerte sich über eine ablehnende Urlaubsentscheidung:

(Ich) beantrage … eine Überprüfung, welche sich gleichzeitig über meine in der Anlage überreichte Gesamtpluspunktliste erstreckt.
Ich habe mich zuständigkeitshalber schon mit dem für mich zuständigen Stellenleiter in Verbindung gesetzt, doch bedauerlicherweise werden meine Positivitäten, überreicht als 28. … Punkteliste, nicht oder ungenügend mit der nötigen Aufmerksamkeit beachtet.
Wie Sie aus den beigefügten Ablichtungen entnehmen können, handelt es sich bei mir nicht um einen notorischen Kriminellen oder renitenten Strafgefangenen, sondern um Jemanden, der permanent versucht, den niedrigsten CW-Wert in dem Justizwindkanal zu erbringen. Es gipfelt schon an chronischem Desinteresse seitens der Justiz, wenn sich da und trotz aufgrund der nun 'mal zweifellos vorhandenen Vorteile gegenüber anderen Inhaftierten keine positiv hervorstechende Beurteilung für Vollzugslockerungen jeglicher Art ergeben.
Meine Frage zur Überprüfung ergibt sich aus der mangelhaften und unzureichenden Urlaubsablehnung unter Nichtberücksichtigung meiner mehrmals zitierten und noch gültigen Vorzüge.

Dem Schreiben beigefügt waren diverse Anlagen, in denen sorgfältigst sämtliche Termine des Wäschetauschs, der Zusatzeinkäufe, des Paketerhalts und Briefkontakts mit Personen außerhalb der Anstalt sowie der Sprechstunden (unter jeweiliger Mitteilung der Besucher/innen) des Gefangenen während seiner gesamten Inhaftierung aufgeführt waren. Des Weiteren lag eine Anlage betreffend *»Gesamtpluspunkte des Strafgefangenen ..., geb. ...«* bei, in denen der Gefangene in dreiunddreissig Punkten seine *»Vorzüge«* darzulegen versuchte. Hierzu gehörten neben *»nicht vorbestraft«* und *»Erstverbüßer«* seitens des Gefangenen für relevant erachtete Gesichtspunkte wie *»Autorennen mit eigenem Fahrzeug«, »Heirat spruchreif«, »Zusage der Kripo, dass sich mein Verhalten ... später sehr positiv auszahlen würde«, »bei der Gerichtsverhandlung vernünftig verhalten«, »besondere Umstände in der Person ...«* und *»sozialtherapiewillig«.*

Manche Menschen sind nicht nur dreist, sondern auch recht offenherzig und ehrlich, wie sich aus der nachfolgend dokumentierten, von einer Frau in der Angelegenheit ihres einsitzenden Ehemannes geschriebenen *»Dienstaufsichtsbeschwerde!«* ergibt:

> Betreff: Vorfall vom .... Anfrage auf 1 Tag Urlaub für Herrn ...
> Der eine Tag Urlaub wurde von Herrn ... abgelehnt, mit der Begründung, dass der Anstaltsleiter nicht im Hause wäre und er (Herr ...) die Entscheidung treffen müsste.
> Nach Rücksprache mit der Anstalt (nach Schichtwechsel) wurde mir mitgeteilt, dass der Anstaltsleiter den ganzen Tag anwesend war. Somit hat sich Herr ... geweigert, mich mit dem Anstaltsleiter zu verbinden. Daher sehe ich mich gezwungen, gegen Herrn ... eine Anzeige zu erstatten, wegen Ermessensmissbrauch.
> Mein Mann war, als ich anrief, volltrunken. Ich bat für meinen Mann um einen Tag Urlaub, da er nicht betrunken in die Anstalt zurückkehren sollte.

Zumindest die letztere Information, nämlich dass ihr Mann volltrunken war, hätte die Frau besser nicht gegeben, denn nun wird der Gruppenleiter, über den sich die Frau beschwerte, den Strafgefangenen wegen Verstoßes gegen die regelmäßig und somit auch in diesem Falle mutmaßlich erteilte Weisung, während Vollzugslockerungen keinen Alkohol zu trinken, als nicht (mehr) lockerungsgeeignet eingestuft haben mit der Folge, dass der Gefangene nicht mehr nur keinen Tag Urlaub erhielt, sondern überhaupt keine Lockerung mehr.

Ein Gefangener, dem vom Anstaltsleiter ein beantragter Sonderurlaub zum Besuch seiner kranken Mutter abgelehnt worden war, schrieb an die Aufsichtsbehörde:

Ich bitte um Aushändigung des Überprüfungsberichtes über die Tragfähigkeit meiner Mutter, hilfsweise die Eröffnung zum Mitschreiben derselben.

Die Entscheidung des Anstaltsleiters wog offenbar schwer.

Schließlich beschwerte sich auch die Ehefrau eines Gefangenen bei der Aufsichtsbehörde:

Gegen den Bescheid des Herrn Anstandsleiter erhebe ich Beschwerde. Habe ein Schreiben bekommen von dem Anstandsleiter, aber das Schreiben sagt mir noch lange nicht die Gründe, warum mein Mann kein Sonderurlaub gewähren bekommen hat.

Es handelte sich wohl um einen unanständigen Anstandsleiter.

5 UNTERBRINGUNG, AUSSTATTUNG DER HAFTRÄUME UND PERSÖNLICHER GEWAHRSAM DER GEFANGENEN

5.1 Unterbringung der Gefangenen

In dem Vermerk des Sachbearbeiters einer Justizvollzugsanstalt wurden ein Architekt sowie Mitarbeiter der Aufsichtsbehörde und der Anstalt um Teilnahme an einem Ortstermin gebeten, nachdem festgestellt worden war, dass *»nun auch das Muster der Fluchtraum-Fertigteilzelle angeliefert wurde«.*

Gemeint war, wie sich aus späterer Stelle des Vermerks ergibt, die mögliche Verwendung einer *»Feuchtraum-Fertigteilzelle«.*

Vollzugsbedienstete (und auch manche Gefangene) klagen nicht selten über den Lärm in einer Justizvollzugsanstalt; häufig gibt es auch Probleme aufgrund fehlender Sauberkeit, weil manche Gefangene Hygieneverhalten nicht gelernt haben und auch oftmals, wenn die Vollzugsbediensteten dies nicht energisch (zuweilen technisch durch Gazefenster) unterbinden, Essensvorräte aus den Haftraumfenstern nach draußen geworfen werden. Ein Gefangener beschwerte sich darüber mittels folgender Eingabe:

Hiermit möchte ich Sie höflichts fragen ob ihre Beamten nicht inder Lage sind, das aus den Fenster schreien zu unter sagen, denn dann möchte ich nur einmal wiessen zu was Ihre Beamten auf den Turm Sietzen woh sie doch alles überblicken können, und ihre Kolegen nur im Hause Telefonich bescheid sagen brachten welche Zellen Nummer aus den Fenztern brüllen, denn wenn mann am Tage 23 Stunden auf der Zelle ist, und den ganzen Tag die Kanibalen Unterhaltung sich anhören mus ist es sehr grausam denn ich komme mir perrsöhnlich vor als wen ich hir irgentwoh in Inztanbuhl oder in Afrika oder irgend woh auf einen Sabbad Markt mit lauter Händler nur befinde, doch geht mann dann mahl auf die Fahne und der Bedinztete Beamte komt, und mann Sagt das der Nachbar aus den Fenster Schreit dann sagter, dann sagen Sie es doch selbst oder ersagt beiden Nachbar dann, das der Nachbar seine ruhe haben möchte so das er weis wehr ihn rumgehschicht hat, denn mir ist es selbst schon passirt das der Nachbar, es am anderen tag seine kolegen es gesagt hat und ich hatte dann lauter Auslender ummich und der Nachbar mir zweimal am Hals gegangen wahr.

Das gleiche ist es mit dem Lebensmitteln die sie aus den Fenstern werfen, da mus ich leider wieder auf Ihre Bedinztete Beamten zu rückgreifen die auf den Turm sitzen denn er siet es ambesten woh was aus den Fenster geworfen wird, da vehrstehe ich nicht, das da nichts gegen unternommen wird, denn das sind doch diese Leute aus der Dritten Welt die doch angeblich verhungern, und verhungert hir her nach Deutschland kommen da es ihnen angeblich so schlecht geht und hir werfen ihre eigene Lanzleute die Entwiklungshilfe aus dem Fenster, und wollen hir aber alles haben Milch, Weisbrot, Moslem kost und alles andere noch, und das traurige ist nur da bei das sie es auch noch bekommen, so das also noch mehr aus dem Fenster raus kann es ist ja noch nicht genug was rausgeworfen wiert, dann giebt ihnen doch noch Pasteten damit noch mehr auf den Hof liegt, und es auch die außen Bevölkerung sieht was alles auf den Hof liegt, denn hir auf den F.Flügel siend gerade die Dachdecker, Klempner, Maurer, Gerüstbauer und andere Leute noch, es mus für Ihnen nicht gerade eine gute Perplisseti sein als verantwortliche Person Sie werden Sagen was nimt dieser Haft Verwarte sich eigent lich raus mit seiner euserung und seine anmazungeben, ich weis? Aber es müßte doch vorrechts wegen einjeden angehen und vor allen diengen den Ihren Beamten dochwohl an erster stelle, aber leider können diese nicht so weit denken als wie ein Pferd im Worten ausgedrückt Scheißen kann, es ist zwahr sehr traurig aber es ist so, ich glaube Sie sind einer meinung mit meiner darstellung, nur eis verstehe ich nicht bei der ganzen durchsegen die immer im Lautsprecher kommen, mit dem rauswerfen und mit den rausschreien, wie da immer gesagt wirt, das es Dissieplinarische folgen hätte, aber leider nur von Worten, ist nicht diese Sache zu über stehen, soden da müssen schon mal tatsachen von ihnen aus kommen. Das gleiche ist mit den Lautsprechern, da haben sich auch schon Leute sich beschwert das der zu Laut ist, da hat mir ein beamter gesagtich sollte ihn sagen aus welche Zellen es so laut ist dann könnte er es abstellen, also ich habe ihn ganz verdutzt nur angekukt und ihn gefragt wie ich es bewelkstelligen sollte, da sagte er das wüßte er auch nicht was sollte ich nun darauf noch antworten also hiltich besser den Mund und schreibe es Ihnen, denn gester am 3.6.83 Abens um 23 und 23.45 Uhr hatten sich auch welche aufgeregt wegen der Lauten Musig und gerufen die Lautsprecher möchten doch leiser gemacht werden und es ging ein paar mahl so, darauf hin habe ich nur gehört wie die Beamten gesagt hatten erst sich über das lautenaufregen aber zur Fahne werfen ist der jenige zu feige und so wurde die lautstärke auch nicht leiser gehstelt, so mus mann den ganzen tag nun sich den krach der eigent lich nicht seinbrauchte gezwungender mahzen anhören, doch ich fühle mich nicht in irgent einer Discotehk oder auf einen

Folksfest wo diese laute stimmung sein mus, so das mann Leute anziehen mus denn dies ist doch kein anzihender Ort wo man für Werbung sorgen mus, denn hir werden die Leute doch automatich her geliefert die sich etwas am Arsch gehengt haben und keine Reklame für diese stette brauche denn diese machen sie sich doch schon allein.

Außer dem ist da noch mit der Reinhaltung des eigenen Menschen wieso sind ihre Beamtenicht inder lage das jeder eizelne Verwarte zu Duschengehen mus so das der Beamte nur sagt nah wenn er nicht will ist es seine sache aber das ist leider ein Rirtum ihrer Beamten denn viele mit Inhaftirte stören sich daran, da mann ja auch mit den jenigen in der Freistunde auch unmittel bar zusammen trift und auch die Kannibalen die sich noch nicht einmal unter der Dusche die Unterwäsche ausziehen sich mit den Klamotten Duschen und denken dan sind sie sauber das müste auch untersagtwerd aus Higenichengründen Außer dem ist da noch die sache mit den Geschir wie soll man es sauber bekommen ohne Spülmittel den das Geschir bleibt immer schierig den mann kannes ja nur mit Kalten Wasser abspühlen und das geht sehr schlecht man schmiert alles nur in den Handtüschern und vor allem ist es eklig. Ich hoffe das Sie mich doch bitte zu einer rücksprache holen werden.

5.2 **Ausstattung der Hafträume**

Auch über Clos und das zweckdienliche Toilettenpapier lässt sich trefflich streiten. Zwar ist nach dem am 1.1.1977 in Kraft getretenen Strafvollzugsgesetz jeder Gefangene grundsätzlich in einem Einzelhaftraum unterzubringen, in dem oftmals ein so genannter Nassbereich (Toilette, Waschbecken) räumlich abgetrennt ist. In den älteren Anstalten befindet sich dieser Nassbereich jedoch im Haftraum selbst, meist nur durch einen »Schamvorhang« abgetrennt. Zudem ist in solchen Justizvollzugsanstalten die Unterbringung mehrerer Gefangener in einem Gemeinschaftshaftraum zulässig. Allerdings sehen viele Gerichte eine solche Unterbringung, wenn nicht ein abgetrennter Toilettenbereich vorhanden ist, neuerdings als menschenunwürdig und somit verfassungswidrig an.

In einer früheren Entscheidung einer Strafvollstreckungskammer beim Landgericht hieß es hierzu noch:

Eine Verletzung der Menschenwürde käme nur dann in Betracht, wenn der Antragsteller gezwungen wäre, in Anwesenheit seines Mitgefangenen die Toilette zwecks

Darmentleerung zu benutzen oder umgekehrt bei dessen Darmentleerung in der Zelle zu sein. Der Antragsteller hat eine derartige konkrete Zwangslage nicht vorgetragen. Die Anstalt hat es in der Hand, einen Gefangenen aus der Zelle zu nehmen, wenn der andere Gefangene dort seine Darmentleerung verrichten muss.

Es fragt sich hiernach der/die geneigte Leser/in, ob der Gefangene am Vortag seine Darmentleerung mit Angabe des voraussichtlichen Zeitpunkts schriftlich beantragen muss. – Wenn dies 'mal nicht in die Hose geht.

Ein Untersuchungshaftgefangener wandte sich mit folgendem Anliegen an die Aufsichtsbehörde:

Mit Datum vom heutigen Tage stellte ich einen Antrag auf Aushändigung einer Toilettenbrille bei dem zuständigen Bediensteten der hiesigen Anstalt.
Vorbezeichneter Antrag wurde zu Unrecht mit der Begründung, eine Toilettenbrille verschleiße zu schnell, außerdem müsse sich dieselbe bereits auf meinem Haftraum befinden, ablehnend beschieden.
Die Vorenthaltung des vorbezeichneten sanitären Gegenstandes verletzt m.E. Nr. 1 Abs. 2, Nr. 18 Abs. 1 unter Hinweis auf Nr. 1 Abs. 3 UVollzO, da ich mich in meinem Persönlichkeitsrecht unzulässig beschränkt fühle.
Des Weiteren sehe ich in der Ermangelung einer Toilettenbrille eine latente Gefahr für meine Gesundheit, da das Verrichten der Notdurft ohne Toilettenbrille aus Holz bzw. Plastik zum Zwecke der Wärmeisolierung zu Hämorrhoiden oder Erkältungserscheinungen führen kann.
Auch Ihnen, Herr Senator, wird eingehen, dass es kein Vergnügen ist, das entblößte Gesäß mit dem eiskalten Keramikteil des Toilettenbeckens in Berührung zu bringen.
Im Übrigen zeige ich an, dass in der o.g. Anstalt mehrere Hafträume mit einer Toilettebrille ausgestattet sind, wodurch der Gleichbehandlungsanspruch aller Gefangenen verletzt wird.

Die Eingabe ging am 21.1.1981 in der Poststelle der Aufsichtsbehörde ein, wurde dem Senator und dem Staatssekretär sowie zwei Stabsmitarbeitern, sodann dem Abteilungsleiter für Strafvollzug, dessen Stellvertreter, dem für Untersuchungshaftvollzug zuständigen Referatsleiter, von diesem *»in der Annahme dortiger Zuständigkeit«* dem für den Vollzugshaushalt zuständigen Referatsleiter und von diesem schließlich dem zuständigen Referenten vorgelegt, der sie am 30.1.2005, also neun (!) Tage nach ihrem Eingang im Hause, einem Mitarbeiter zur Bearbeitung zufertigte. Insgesamt hatten also zehn (!) Bedienstete die Eingabe abgezeichnet, bevor sie in der Sache bearbeitet wurde! Leider ist uns der weitere Verfahrensgang nicht bekannt. So kann es durchaus sein, dass der Referatsmitarbeiter, an dem das Schreiben nun hängen blieb, die Eingabe zuständigkeitshalber an den Anstaltsleiter sandte, damit dieser selbständig über eine in seinem Geschäftsbereich liegende Angelegenheit entscheiden konnte. Gegebenenfalls wird der Anstaltsleiter, nachdem auch dessen Vertreter den Vorgang zur Kenntnis genommen hat, die Bearbeitung (selbstverständlich über den Dienstweg, das heißt über den zuständigen Bereichsleiter) einem seiner Sachbearbeiter/innen übertragen haben, da er sich in der Regel nicht mit einem solchen Sch…-Thema persönlich befasst, so dass in der Summe durchaus fünfzehn öffentlich Bedienstete – eher noch mehr, weil der Sachbearbeiter vermutlich nicht ohne Rückfrage bei dem für den Gefangenen zuständigen Vollzugsbediensteten in der Sache entscheiden wird – mit der vom Gefangenen vorgetragenen Bitte beschäftigt gewesen sein mögen, bevor der Gefangene einen Bescheid auf seine Eingabe (und bestenfalls, wie beantragt, eine Toilettenbrille) erhielt. In dieser Bearbeitungszeit wird der Gefangene einiges durchgemacht haben …

Auf die Anfrage eines Landtagsabgeordneten, *»warum … die Gefangenen nur eine Rolle WC-Papier im Monat (erhalten)«*, antwortete der Anstaltsleiter:

Diese Behauptung ist falsch und stammt – wie hier bekannt – von einem Gefangenen, der genau weiß, dass er bei Bedarf jederzeit eine zweite Rolle nachfordern kann und im Übrigen selbst angegeben hat, dass er nur an jedem zweiten Tag Stuhlgang habe.

Eine Woche später verfügte die Aufsichtsbehörde:

Ich habe die Absicht, im kommenden Haushaltsjahr das bei den Anstalten des Landes benötigte Toilettenpapier öffentlich ausschreiben zu lassen. Zur Vorbereitung der Ausschreibung bitte ich um Angabe der Qualität des gewünschten Produktes (Blattzahl, Aufmachung pp.). Bei der Ermittlung des Bedarfs ist ein äußerst strenger Maßstab anzulegen.

Ein Gefangener wandte sich mit folgendem Anliegen an den Anstaltsarzt:

Das jetzt ausgegebene Clopapier ist in seiner Struktur völlig unterschiedlich und für mich zu hart. Ich bitte um Abhilfe.

Die Stellungnahme des Anstaltsarztes:

Ich vermag die Bitte nicht zu erfüllen. Das Papier sollte nicht noch rissiger werden. Es erfüllt den Zweck (vgl. anliegendes Muster).

Darauf erging folgender Bescheid des Anstaltsleiters an den Gefangenen:

Der Antrag wird abgelehnt, weil das Papier Ihren Bedürfnissen entspricht.

Nachdem der Gefangene gegen diesen Bescheid Widerspruch erhoben hatte, beschied die Aufsichtsbehörde den Gefangenen wie folgt:

Der Widerspruch wird zurückgewiesen. Die Anstalt stellt den Einsitzenden WC-Papier in ausreichendem Maße zur Verfügung.

Sehr erfindungsreich und handwerklich geschickt wussten mehrere Gefangene in einem Gemeinschaftshaftraum den abgetrennten Waschraum umzufunktionieren. Der Anstaltsleiter berichtete.

Bei hochsommerlichen Temperaturen hängten Gefangene in der 3. Etage die Verbindungstür von ihrem Haftraum zu dem anschließenden Waschraum aus und stellten diese im Waschraum quer vor die Türöffnung. Sie dichteten dann die Tür gut ab und fluteten den Waschraum bis zur Höhe der Toilette. Ein Bediensteter, der einen der Gefangenen sprechen wollte, war überrascht, dass er keinen Gefangenen im Haftraum vorfand, aber vom Waschraum her heftiges Planschen hörte. Beim Nachsehen fand er die Bescherung. Der entstandene Schaden war beträchtlich, da das Wasser in die Wände eingedrungen war und auch die elektrischen Leitungen beschädigt hatte.

Es gab also in dieser Anstalt doch so etwas wie ein Schwimmbad ...

Die den Gefangenen seitens der Anstalt zur Verfügung gestellten Sachen sind von diesen sorgfältig zu behandeln, weil sich anderenfalls stets die Frage der Haftung des Gefangenen für entstandene Schäden stellt. Bezüglich eines beschädigten Mülleimers vermerkte ein Anstaltsmitarbeiter:

Bei normalem Verkehrsgebrauch eines Metallmülleimers ist dieser als Verbrauchsgegenstand anzusehen, der nach gewisser Zeit ausgetauscht werden muss. Es liegen keine gesicherten Erkenntnisse darüber vor, dass der ... Gef. fahrlässig mit dem Mülleimereinsatz umgegangen ist, so dass keine Schadensersatzpflicht erkennbar ist. Der Vorgang sollte daher niedergeschlagen werden.

5.3 Persönlicher Gewahrsam der Gefangenen (u.a. betreffend Fernsehgeräte)

Sowohl die Ausstattung der Hafträume als auch der persönliche Gewahrsam der Gefangenen ist wegen der zu gewährleistenden Sicherheit und Ordnung der Anstalt eine ständige Quelle für Auseinandersetzungen der Justizvollzugsanstalten mit den betroffenen Gefangenen. Die einschlägige Rechtsprechung der Oberlandesgerichte singt dazu ein beredtes Lied; beispielhaft sei in diesem Zusammenhang das in Rheinland-Pfalz eingeführte (und vielfach durch die Oberlandesgerichte Koblenz und Zweibrücken gerichtlich überprüfte) *»REFA-Haftraumkontroll-System«* erwähnt, welches im Einzelfall die Frage zu beantworten sucht, ob die Ausstattung eines Haftraumes mit Gegenständen des Gefangenen unter dem Gesichtspunkt eines für die Justizvollzugsanstalt zumutbaren Kontrollaufwandes noch angemessen ist. Selbstverständlich sind Gegenstände, deren Besitz die Sicherheit und Ordnung der Anstalt gefährdet (z.B. Feilen, Sägen, Drogen) oder gegen Gesetze verstößt (z.B. NS-Propaganda-Material), verboten. Weiterhin muss der Haftraum in angemessener Zeit durchsuchbar bleiben, denn je mehr Gegenstände sich im Haftraum befinden, umso schwieriger gestaltet sich die Durchsuchung.

In einem – stringenter Logik verhafteten – Bescheid einer Aufsichtsbehörde hieß es:

Für die Aushändigung eigener Handtücher zum Sport besteht keine Notwendigkeit. Sie haben Gelegenheit, sich nach der Körperertüchtigung zu duschen.

Eine Strafvollstreckungskammer entschied einmal, die Entscheidung über den Antrag des Strafgefangenen betreffend die Gestattung eines Tauchsieders auszusetzen, »bis entweder Steckdosen in den Hafträumen der Teilanstalt … eingebaut sind oder der Verurteilte in eine Teilanstalt bzw. Haftanstalt mit Steckdosen verlegt ist.« In den Gründen hieß es:

Der Verurteilte befindet sich zur Zeit in der Teilanstalt … I, in der Steckdosen erst eingebaut werden sollen. Eine Entscheidung über die Genehmigung eines Tauchsieders wäre daher zur Zeit für den Verurteilten ohne Bedeutung und könnte nicht umgesetzt werden. Da eine Hauptsachenerledigung nicht eingetreten ist, soll eine der im Beschlusstenor aufgeführten Bedingungen abgewartet werden. Eine Entscheidung zur Zeit wäre nicht sinnvoll.

Zurückhaltung wird – schon aus Brandschutzgründen – bei der Aushändigung von Kerzen, selbst aus religiösen Gründen, geübt. Hochbezahlte Richter am Oberlandesgericht mussten sich bei einem Gefangenen, der katholisch war, sich aber seit einiger Zeit *»auch«* zum jüdischen Glauben bekannte, mit dieser Problematik befassen:

Durch die Stellungnahme des Domkapitulars des bischöflichen Ordinariats wird bestätigt, dass der Kerze im religiösen Leben des Christen wie des Juden eine allgemeine Bedeutung beizumessen ist. Im Fall einer missbräuchlichen Benutzung der Kerze als Brenn- oder Kochstelle ist es der Vollzugsbehörde aber nicht verwehrt, den Besitz zu untersagen.

Ein Gefangener hatte die Aushändigung eines Regenschirms (Knirps) beantragt; der Anstaltsleiter hatte den Antrag abgelehnt. Auf die Beschwerde des Gefangenen beschied die Aufsichtsbehörde:

Der Gefangene kann seinen Haftraum mit eigenen Sachen ausstatten, nicht nur mit Einrichtungs- oder Dekorationsobjekten, aber nicht, wenn eine Gefahr für Sicherheit und Ordnung zu befürchten ist oder die Revidierbarkeit des Haftraums beeinträchtigt wird. Das ist hier der Fall, denn der Knirps kann als Schlagwaffe oder Versteckmöglichkeit benutzt werden.

Der Gefangene antwortete hierauf:

Der hier in Rede stehende Knirps wiegt 180 Gramm (ist beigefügt) und dürfte als Schlagwaffe allenfalls als Fliegenklatsche zu gebrauchen sein und eine Gefahr für Hohlköpfe darstellen.

In der Justizvollzugsanstalt Tegel versuchte man mittels der Hausverfügung Nr. 9/1981 vom 18.5.1981 bezüglich der den Strafgefangenen zu überlassenden Hörfunkgeräte, welche die Größe der Hörfunkgeräte generell beschränkte, zu einer bürokratisch einfach zu handhabenden Lösung zu kommen. Durch die genannte Hausverfügung wurden die Abmessungen zulassbarer Geräte auf die Abmessungen von 35 cm Breite, 25 cm Höhe und 10 cm Tiefe festgelegt. Eines Tages kam aber die damals hierfür zuständige und ambitioniert-engagierte Referentin in der Senatsverwaltung für Justiz Berlin, eine abgeordnete Proberichterin und heutige Jugendrichterin, auf die grandiose Idee, der Tegeler Anstalt folgende Anweisung zu übersenden, nachdem sie zuvor tagelang in ihrem Amtszimmer gesammelte Versandkataloge studiert hatte:

… bitte ich, diese Hausverfügung erneut auf ihre Zweckmäßigkeit zu überprüfen. Eine stichprobenartig durchgeführte Untersuchung der in den Versandkatalogen von Quelle, Otto und Neckermann angebotenen Radiogeräte lässt … die Vermutung zu, dass die im Jahre 1981 festgesetzten Abmessungen … nicht mehr dem Stand der radiotechnischen Entwicklung entsprechen. Zwar werden noch Radiogeräte angeboten, die den angegebenen Größenabmessungen gerecht werden, hierbei handelt es sich aber um Monogeräte, deren Rauminhalt 5.500 cm^3 nicht übersteigt. Die bisher zulässigen Geräte haben maximal ein Raummaß von 8.750 cm^3. Bis zu dieser Raumgröße haben sich in der Radiogeräteindustrie die Abmessungen der Geräte in der Zwischenzeit jedoch dergestalt geändert, dass die in der JVA Tegel bisher verwendeten Breitenabmessungen überschritten, jedoch der angegebene Rauminhalt von 8.750 cm^3 unterschritten wird. So bietet das Versandhaus Quelle folgende Geräte an:

S. 824	Nr. 1 Universum 4-Band-Stereo Radio-Recorder
	37,5 cm Breite; 20,5 cm Höhe; 9,5 cm Tiefe = 7.313,125 cm^3
S. 824	Nr. 2 Universum 2-Band-Stereo Radio-Recorder
	38 cm Breite; **29,5 cm Höhe**; 9,7 cm Tiefe = 10.970,70 cm^3
S. 825	Nr. 7 4-Band-Stereo Radio-Recorder
	44 cm Breite; 18,4 cm Höhe; 9,9 cm Tiefe = 8.015,04 cm^3

Im Otto Katalog finden sich folgende Angebote:

S. 942	Nr. 3 Bestellnr. 649437
	39 cm Breite; 9 cm Tiefe; 19 cm Höhe = 6.669 cm^3
S. 944	Nr. 1 Bestellnr. 649459
	43 cm Breite; 10 cm Tiefe; 19 cm Höhe = 8.170 cm^3
S. 945	Nr. 9 Bestellnr. 649540
	36 cm Breite; 9 cm Tiefe; 23 cm Höhe = 7.457 cm^3

Bei Neckermann finden sich folgende Größenabmessungen:

S. 1006	Nr. 11 Palladium 10-Watt-Stereo-Radio-Recorder
	27 cm Höhe; **44 cm Breite**; **14 cm Tiefe** = 9.504 cm^3
S. 1008	Nr. 2 Palladium Stereo-Radio-Recorder
	12,5 cm Höhe; **38 cm Breite**; 8 cm Tiefe = 4.000,06 cm^3
S. 1008	Nr. 3 Palladium 4-Band-Stereo-Radio-Recorder
	19 cm Höhe; **42 cm Breite**; **11 cm Tiefe** = 8.778 cm^3

Ich bitte daher, die in der Hausverfügung 9/81 angegebenen Größenabmessungen für Radiogeräte erneut auf ihre Zweckmäßigkeit zu überprüfen und mich von dem Ergebnis der Überprüfung in Kenntnis zu setzen.

Die darauf hin durch den damaligen Vollzugsleiter Dr. *Manfred Wegener* formulierte Antwort (Stellungnahme) über das Ergebnis der Überprüfung seitens des Leiters der Justizvollzugsanstalt Tegel bestand aus einem einzigen,

u. a. die römisch-rechtliche Regel *»iudex non calculat«* bestätigenden Satz, um auf die haarsträubende Komik dieses Vorgangs aufmerksam zu machen:

Unabhängig von der durch maschinelle Datenbearbeitung festgestellten rechnerischen Fehlerhaftigkeit der auf S. 2 unter Pos. 1 (S. 824) – 7.303,125 cm^3 anstatt 7.313,125 cm^3 –, Pos. 2 (S. 824) – 10.873,70 cm^3 anstatt 10.970,70 cm^3 –, Pos. 6 (S. 945) – 7.452 cm^3 anstatt 7.457 cm^3 –, Pos. 7 (S. 1006) – 16.632 cm^3 anstatt 9.504 cm^3 – und Pos. 8 (S. 1008) – 3.800 cm^3 anstatt 4.000,06 cm^3 – genannten Stereo-Radio-Recorder – teils in 2-Band, teils in 4-Band-Ausstattung – hinsichtlich ihres Rauminhalts erscheint es – abgesehen von der grundsätzlichen Bereitschaft zur Überprüfung und ggf. Anpassung der Hausverfügung an veränderte technische Gegebenheiten – in Anbetracht der vom Unterzeichner in Augenschein genommenen, in Berliner Fachgeschäften angebotenen 48 Radio-Recorder der Marken Sony, JVC, Fisher, Hitachi, Toshiba, Sharp, Panasonic, Sanyo, Aiwa, Grundig, Telefunken (z. T. baugleich mit Quelle-Geräten), die in einer Anzahl von 32 Stück (= ca. 66,7 % der Gesamtanzahl) bei Beachtung des Rauminhalts den vorgegebenen Außenabmessungen entsprachen, vertretbar, bis auf weiteres die in der Hausverfügung niedergelegten Maße beizubehalten, zumal entgegen der dort implizit vertretenen Ansicht (nur Katalogware) der Bezug von Stereo-Radio-Recordern nicht nur durch den Versandhandel, sondern auch durch Besucher erfolgen kann und damit angebotsmäßig auch und gerade die soeben erwähnten, überwiegend aus japanischer Großserienproduktion stammenden, ebenfalls in 2- und 4-Band-Technik lieferbaren, größtenteils besser als die Kataloggeräte – z. B. mit Rec-Mute, Disc-Drive, Capstan-Servoantrieb, AMS- bzw. TPSS-Suchsystem, RIF-Schalter, Dolby B, Cue/Review-Intermix-Bedienung – ausgestatteten Radio-Recorder zur Einbringung gelangen können, was nicht ausschließt, dass durch ständige Marktbeobachtung technische Entwicklungen verfolgt und ggf. verwaltungsmäßig umgesetzt werden können, worüber dann entsprechend der dortigen Bitte ausführlich berichtet werden wird, insbesondere auch hinsichtlich des Verhältnisses der jeweiligen Außenabmessungen zu den von den Strafgefangenen bevorzugten, an einem überdurchschnittlichen technischen Standard – wie oben dargelegt – orientierten Ausstattungsmerkmalen bei der Bedienung unter besonderer Berücksichtigung ergonomischer Aspekte bei gleichzeitiger Simplifizierung mikroelektronischer Bauelemente bzw. Elementgruppen zwecks preiswerter Reparaturmöglichkeiten angesichts beschränkter – gemessen am Durchschnittsverdienst der Gefangenen – finanzieller Mittel der Inhaftierten.

Soweit bekannt, verfolgte die Referentin bedauerlicherweise den Vorgang nicht weiter; er wurde zu den Akten verfügt. Denn es wäre als justizpolitisch bedeutender Fortschritt im Falle einer extrem liberalen Änderung der Hausverfügung durchaus möglich gewesen, im Falle eines entsprechenden Marktangebotes auch einen Recorder etwa mit den Außenmaßen 525,00 cm Breite und 4,55 cm Höhe und 3,00 cm Tiefe (= 7.166,25 cm^3) zuzulassen, vorausgesetzt, das Gerät wäre mehrfach faltbar, weil es anderenfalls nicht in die üblichen Hafträume passen würde.

Zu ähnlichen Überlegungen kam der (unbekannte) Autor des Scherz-Nachtrags zur Hausverfügung 9/81 betreffend die Beschränkung der Größe der den Strafgefangenen zu überlassenden Hörfunkgeräte, welcher als vorgeblicher Sicherheitsbeauftragter der Justizvollzugsanstalt sich ebenfalls mit dieser Grundsatzfrage von fundamentaler Bedeutung in einem modernen, dem Grundrecht auf Informationsfreiheit Rechnung tragenden und medienorientierten Strafvollzug beschäftigte (- und vielleicht der in die Senatsverwaltung für Justiz Berlin abgeordnet gewesenen Proberichterin die Vorlage für ihren Eifer in Sachen Hörfunkgeräte lieferte):

In der Hausvfg. 9/81 wurde die Größe der den Strafgefangenen zu überlassenden Hörfunkgeräte aus Sicherheitsgründen auf die Maße 35 cm Breite, 25 cm Höhe und 10 cm Tiefe beschränkt.
Die Rundfunkindustrie entwickelte jedoch zwischenzeitlich Hörfunkgeräte mit Abmessungen, die den bisher üblichen Maßen nicht mehr entsprechen.

Ab sofort ist daher die Größe der Hörfunkgeräte nach dem Rauminhalt der bisherigen Maße 35 x 25 x 10 cm = 8.750 cm^3 zu bemessen.
Daraus folgt, dass z.B. nunmehr auch Hörfunkgeräte mit einer Tiefe von einem Millimeter, aber zwei Meter Höhe und 4,375 m Breite, oder Hörfunkgeräte mit einer Höhe von zwei Millimetern, einer Tiefe von einem Millimeter, aber einer Breite von 4.375 Metern (also über vier km!) zuzulassen sind. Hörfunkgeräte mit derartigen Übergrößen sind aus Sicherheitsgründen auf die jeweilige Haftraumhöhe bzw. -länge des Strafgefangenen zu stutzen oder auf einer Rolle fein säuberlich aufzuwickeln. Ein Knüllen, Knicken oder Falten von Hörfunkgeräten wird mit Rücksicht auf die Durchsuchbarkeit des Haftraumes nicht zugelassen. Das Gewicht eines Hörfunkgerätes darf 1.500 kg nicht überschreiten, um einer Beschädigung der Hafträume entgegenzuwirken.

Der Rauminhalt von Hörfunkgeräten ist mühelos zu bestimmen, indem das zu prüfende Gerät in einem Wasserbehälter (z. B. Toilette, Badewanne oder Schwimmbad) untergetaucht wird – Wasserverdrängung = Rauminhalt!

Verteiler: Großer Verteiler; nachrichtlich SenJux

Eigene Fernsehgeräte durften nach der früheren, mittlerweile nicht mehr geltenden Regelung im Strafvollzugsgesetz nur in begründeten Ausnahmefällen zugelassen werden. In den meisten Bundesländern wurden strenge Anforderungen an das Vorliegen eines solchen Ausnahmefalles gestellt. Viele Anträge von Gefangenen wurden abgelehnt. Entsprechend hoch war die Zahl von Beschwerden, Widersprüchen und Anträgen auf gerichtliche Entscheidung.

In einem Bescheid der Aufsichtsbehörde an einen Gefangenen hieß es:

Nach ärztlicher Stellungnahme behindert Einäugigkeit an sich die Teilnahme am Gemeinschaftsfernsehen nicht. Ein Ausnahmefall ist nur dann zu bejahen, wenn besondere Umstände, wie z. B. Gebrechlichkeit, vorliegen. Soweit Sie den Dunst im Fernsehraum nicht vertragen, steht Ihnen ein Nichtraucher-Fernsehraum zur Verfügung.

Ein Gefangener hatte wegen seines Blasenleidens bei der Strafvollstreckungskammer des Landgerichts ein eigenes Fernsehgerät beantragt. Das Gericht begründete die Ablehnung des Antrags wie folgt:

Der Anstaltsarzt hat überzeugend ausgeführt, dass bei dem Antragsteller eine neurogene Blasenstörung vorliege, die ihn zu verzögerter Urinabgabe veranlasse. Daher liegt kein Ausnahmefall vor.

In einem anderen Gerichtsbeschluss hieß es:

Aufgrund eingehender Untersuchungen hat der Anstaltsarzt festgestellt, dass die Füße des Antragstellers warm und sein Fußpuls tastbar gewesen sei. Die Füße seien daher für eine Teilnahme am Gemeinschafts-Fernsehen ausreichend durchblutet.

Besonders intensiv befasste sich eine Richterin einer kleinen Strafvollstreckungskammer des Landgerichts mit dem Antrag eines Gefangenen und beschloss Folgendes:

... Der Betroffene hat zu seinen gesundheitlichen Schwierigkeiten, die seiner Meinung nach einen Ausnahmefall im Sinne des § 69 Abs. 2 Strafvollzugsgesetz begründen, im wesentlichen vorgetragen, er verfüge infolge chirurgischer Eingriffe nicht mehr über einen intakten Schließmuskel am After. Der reguläre Schließmuskel sei nach einer Operation insuffizient geblieben. Darauf hin sei an jener Stelle ein Muskelstück aus seinem rechten Bein ringförmig verlegt worden, welches er zwar durch eine Bewegung des Beines etwas beeinflussen könne, womit sich die normale Funktionsweise eines Schließmuskels am After jedoch nicht ersetzen lasse. Dadurch komme es bei ihm zu unkontrollierten Entweichungen von Darmgasen und Kot. ... könne deshalb nicht am gemeinsamen Fernsehempfang teilnehmen, da er sonst mit einer unzumutbaren Belästigung seiner Mitgefangenen rechnen müsse ...

Nach dem eigenen Vortrag des Betroffenen muss davon ausgegangen werden, dass seine Verdauungstätigkeit an sich in einem normalen Bereich liegt und dass er lediglich nicht in der Lage ist, Gasentweichungen oder Stuhlaustritt zurückzuhalten und dadurch über den vom Organismus an sich gesteuerten Austrittsmoment hinaus zu verzögern. Er müsste also jedenfalls bei beginnendem Stuhlaustritt hastig den Fernsehraum verlassen, selbst wenn er dadurch gerade eine besonders spannende Bildfolge versäumen sollte, während andere Gefangene in ähnlicher Situation ihre Schließmuskel betätigen und einen günstigeren Augenblick zur Verrichtung ihrer Notdurft abwarten könnten. Andererseits befindet sich aber nach dem insoweit unwidersprochen gebliebenen Vortrag des Anstaltsleiters neben dem Raum, in welchem der Betroffene am gemeinsamen Fernsehprogramm teilnehmen könnte, eine Toilette, die rasch zu erreichen ist und von den Strafgefangenen jederzeit aufgesucht werden kann. Der Betroffene könnte sich dort säubern und anschließend in den Fernsehraum zurückkehren, um das Programm weiter anzusehen. Wie der Anstaltsleiter weiter unwidersprochen vorgetragen hat, werden dem Betroffenen zur Erleichterung der Sauberhaltung besondere Slips zur Verfügung gestellt, die nach Gebrauch weggeworfen werden können. Mit einer ungebührlich langen Zeit für die Säuberung braucht deshalb nicht gerechnet zu werden. Unter diesen Umständen lässt sich auch die Geruchsbelästigung der Mitgefangenen durch austretenden Kot ganz oder fast ganz vermeiden, wenn der Betroffene sofort bei den ersten Anzeichen für beginnenden Kotaustritt auf die Toilette eilt, was ihm zuzumuten ist. Soweit es um Gasentweichungen geht, dürfte es für die Verunreinigung der Luft in dem während einer längeren Zeit ununterbrochen benutzten Fernsehraum nicht entscheidend darauf ankommen, ob die Entweichung mehr oder weniger kontrolliert erfolgt. Ganz lassen sich Gase, die aus dem Darm entweichen wollen, ohnehin nicht für längere Zeit zurückhalten.

Es wird nicht verkannt, dass der Betroffene angesichts der besonderen Bedingungen des Strafvollzuges ein Fernsehprogramm auch bei zwischenzeitlich auftretendem Stuhlgang ununterbrochen genießen könnte, wenn er den Apparat in der Zelle hätte. Er könnte dann zum Beispiel auf dem in der Zelle befindlichen Toilettenbecken sitzen und das Programm verfolgen, während sein Darm sich entleert. Er könnte eventuell auch das Wechseln der Slips bis zum Ende des Fernsehprogramms hinausschieben, da außer ihm niemand unter der Geruchsbelästigung zu leiden hätte. Auf solche Erleichterungen hat der Betroffene jedoch keinen Anspruch, zumal sie einer vernünftigen Vorbereitung auf das spätere Leben in Freiheit nicht dienlich erscheinen. Nach dem allgemeinen Kulturverständnis in unserer Gesellschaftsordnung wird der Betroffene in der Freiheit auch nicht mit vollgekoteter Hose oder auf einer Toilette sitzend und seinen Darm entleerend einem Fernsehprogramm folgen können, wenn er sich nicht völlig von anderen Menschen absondern will. Er wird vielmehr in entsprechenden Situationen den Fernsehraum verlassen müssen, wie interessant das Programm auch immer sein mag. Dabei kann es ihm nur nützlich sein, wenn er gelernt hat, besonders wachsam auf die ersten Anzeichen einer beginnenden Darmentleerung zu achten und die Säuberung rasch vorzunehmen. Es kann sich auch positiv auf seine spätere Lebensgestaltung auswirken, wenn er die Erfahrung gemacht hat, dass er trotz seines Leidens an Gemeinschaftsveranstaltungen teilnehmen kann, dass er dort nicht unerträglich sein muss und dass es ihm nicht peinlich zu sein braucht, wenn er den Raum ab und zu fluchtartig verlassen muss.

Zwischenzeitlich ist die Bestimmung des Strafvollzugsgesetzes so geändert worden, dass den Gefangenen im Regelfall ein eigenes Fernsehgerät gestattet wird. Die Gerichte brauchen sich also mit derartigem Sch… nicht mehr zu befassen.

5.4 Haltung von Tieren

Der für die Entscheidung über etwaige Beschränkungen des persönlichen Gewahrsams des betreffenden Untersuchungsgefangenen, der die Haltung von Tieren in seinem Haftraum erbeten hatte, zuständige Richter, ein Kammervorsitzender, schrieb dem Gefangenen Folgendes:

In Ihrer Strafsache erbitte ich die Vorlage einer amtstierärztlichen Unbedenklichkeitsbescheinigung betr. Haltung von Laubfrosch, Zierfischen oder anderer von Ihnen gewünschter Tiere in der Haftanstalt. Nach der Begründung Ihrer diesbezüglichen Anfrage bestehen Bedenken, ob Sie über die notwendigen Fachkenntnisse verfügen und als ernsthafter Tierliebhaber gelten wollen.

Der Richter fügte in einem zweiten Absatz geradezu fürsorglich hinzu:

Mit Besorgnis nehme ich zur Kenntnis, dass Sie ein Hochschulstudium aufzunehmen gedenken, ohne allerdings die Fachrichtung anzugeben, da die Zahl der Studienplätze selbst für Hochbegabte schon beschränkt ist und die Abfassung Ihrer Anträge darauf hindeutet, dass Ihnen noch einiges Grundwissen fehlt. Ich darf Sie bitten, Ihre Pläne noch einmal zu überdenken, um sich nicht unnötigen Enttäuschungen auszusetzen.

Ein Gefangener stellte folgenden Antrag:

Ich bitte, mir ein Legehuhn halten zu dürfen, es fällt unter die Kategorie der Vögel und artikuliert sich nicht so aggressiv und lautstark wie die hier vertretenen Wellen- und Nymphensittiche. auch benötige ich aus gesundheitlicher sicht jeden Tag ein frisches Ei.

In den 1980er-Jahren tauchten in den Berliner Vollzugsbehörden verschiedene »Hausverfügungen« auf, die angeblich vom Sicherheitsbeauftragten des Leiters der Justizvollzugsanstalt Tegel stammten, tatsächlich aber reine Jux-Verfügungen waren und, wie von Vielen vermutet wurde, wohl von einem gewissen Obersozialrat *M.* verfasst waren (– welche Urheberschaft aber nie eingeräumt oder nachgewiesen wurde). Obwohl es sich also hierbei um Ulk handelt, soll die nachstehende *»Hausverfügung 1/85«* wegen ihrer überzeugenden Komik, die darin besteht, dass hiermit auch der bürokratische Formalismus im Strafvollzug auf die Schippe genommen wird, der Leserschaft nicht vorenthalten werden:

Stichwort Tierhaltung

1. Die Therapie von Strafgefangenen wird durch die Haltung von Tieren maßgeblich unterstützt. So waren z. B. zwei als besonders aggressiv bekannte Strafgefangene kurze Zeit nach der Aushändigung eines Löwen nicht mehr wieder zu erkennen und haben darüber hinaus keinen Ton mehr von sich gegeben.
Anträgen auf Haltung eines Tieres ist daher zukünftig gem. den §§ 19, 70 StVollzG unter folgenden Voraussetzungen zu entsprechen:

2. Vorab hat ein Anstaltspsychologe gutachtlich festzustellen, ob das vom Strafgefangenen begehrte Tier seiner Behandlung dient, weil z. B. emotionale Defizite eines Inhaftierten nur durch Tiere mit fell- oder federartiger Oberfläche (Pelle), wie Mäuse (ohne Fleder!), Geier, Enten, Sträuße u. ä., aufgearbeitet werden können. Tiere mit glatter Pelle – wie Amöben, Kröten, Rollmöpse u. ä. – sind in derartigen Fällen nur begrenzt hilfreich!

3. Der Antragsteller hat seine Sachkunde in der tierschutzgerechten Haltung des von ihm begehrten Tieres nachzuweisen und darzulegen, dass er den Ansprüchen und Erwartungen des Tieres in seinem Haftraum gerecht werden kann. So ist es nicht hinzunehmen, dass der Antragsteller mit den Fäkalien seines Elefanten – etwa 1/2 m^3 täglich – regelmäßig die Haftraumtoilette verstopft oder gar bei der Begattung des Tieres die Haftraumdecke durchbricht.

4. Der Antragsteller hat das ihm ausgehändigte Tier während seines Aufenthaltes im Freien (§ 64 StVollzG) bei sich zu führen und bei schlechtem Wetter für eine tiergerechte Verkleidung des Tieres (Blauzeug!) zu sorgen. Um die Schäden bei Unfällen durch Zusammenstöße gering zu halten, haben sich im Freien alle Strafgefangenen und ihre Tiere anzuschnallen. Verstöße gegen die Anschnallpflicht werden disziplinarisch durch den Entzug der Anschnallgurte für fünf Minuten bis zu einer Stunde (!) geahndet.

5. Da am Welttiertag (1.10.) alle Tiere statistisch zu erfassen sind, werden die in der JVA Tegel verausgabten Tiere in der ADV-Anlage der Zahlstelle gespeichert. Aus Datenschutz- und Rationalisierungsgründen sind folgende Abkürzungen in die ADV-Anlage einzugeben:
5.1 »BESI« für sog. Besitzstandstiere (Tiere, die bereits über ein Jahr von ihrem Strafgefangenen betreut werden)
»TEPI« für sog. Therapietiere (Tiere, die den Strafgefangenen aus therapeutischen Gründen verordnet wurden)
5.2 Sodann sind die Gattungs- und Rassenbezeichnungen der Tiere in Kurzform – jeweils zwei Buchstaben – anzuhängen:
»HU« für Hund und »PU« für Pudel – also »BESIHUPU« oder »TEPIHUPU«
»KA« für Katze und »SI« für Siam – also »BESIKASI« oder »TEPIKASI«
»VO« für Vogel und »ST« für Strauß – also »BESIVOST« usw.
Die sich aus dieser Regelung ergebenden, in der ADV-Anlage gespeicherten Wortschöpfungen lassen mühelos jeden Zugriff zu den Daten über die Tierhaltung in der JVA Tegel zu.

6. Abgänge oder Verendungen von Tieren sind der Zahlstelle jeweils in Kurzfassung etwa wie folgt weiterzuleiten:
»Der BESIHUPU des Strafgefangenen Müller – BuchNr. ... – ist nach der Einnahme von AKO (Anstaltskost) verendet« oder
»Die TEPIKASI (Therapiesiamkatze) des Strafgefangenen X – BuchNr. ... – hat den BESIVOST (Besitzstandsvogelstrauß) des Strafgefangenen Y – BuchNr. ... – verspeist«

7. Großer Verteiler

Ein Gefangener, der in der Küche einer alten Justizvollzugsanstalt arbeitete, hatte folgenden Antrag gestellt:

Hiermit bitte ich mir auf Kosten der Anstalt eine Mausefalle zur Verfügung zu stellen, da sich auf meiner Zelle die dazu gehörenden Tierchen befinden und mir diese meine wenigen, durch schwere Arbeit verdienten Lebensmittel verzehren. Den Speck für die Falle stifte ich gern selber.

Nach dem Motto »*Warum einfach, wenn es auch kompliziert geht*« **war dieser Antrag für den Anstaltsleiter Anlass, praktisch die gesamte Anstalt damit zu be-**

schäftigen. Zur Erklärung von dessen nachfolgender Verfügung muss darauf hingewiesen werden, dass die Verwaltungs- und Vollzugsabteilungen in vielen Justizvollzugsanstalten mit römischen Ziffern bezeichnet werden, zum Beispiel: VI = die Vollzugsgeschäftsstelle, X 4 = der Abteilungsbeamte im Haus 4, X = der Leiter des allgemeinen Vollzugsdienstes usw. Die Verfügung des Anstaltsleiters auf den vorstehenden Antrag des Gefangenen lautete:

Vfg.

1) X 4: bitte Eingang bestätigen. Zusatz: »Sie erhalten nach Überprüfung der Angelegenheit weiteren Bescheid.«

2) VI: bitte Gefangenenpersonalakte und Disziplinarvorgang beifügen.

3)
X 4
X 1
X
Betreuer/in
bzw. VIII und III 2
m. d. B. um Stellungnahme (Befürwortung? was will der Gef. eigentlich?).

4) Sodann Wiedervorlage.

Aus dem uns vorliegenden Antrag ergeben sich keine Stellungnahmen, sondern lediglich die Verfügung eines anderen Bediensteten: *»X a: Mausefalle an den Gefangenen aushändigen.«* Und weiter ist der Vermerk zu lesen: *»Mausefalle ausgehändigt.«*

Die Tierhaltung hat jedoch nicht nur für Gefangene Bedeutung, wie die Dokumentation der nachfolgenden Schriftstücke verdeutlicht, bei denen es um den Einsatz von Gänsen in einer neu eröffneten, weitläufigen Anstalt des offenen Vollzugs geht. Bei der Feier des 60. Geburtstages des früheren Präsidenten des damaligen Justizvollzugsamtes Rheinland, Dr. *Klaus Koepsel*, wurde eine Gänsetaufe veranstaltet, und zwar wurde ein Ganter auf den Namen »August« – offenbar in Anspielung auf den Namen des Abteilungsleiters im

Justizministerium – getauft. Dieser Ganter sollte im Rahmen der geplanten Gänsezucht in der Justizvollzugsanstalt Euskirchen das Leittier sein. Der offenbar sowohl von dieser Taufaktion als auch von der Gänsezucht in der Justizvollzugsanstalt Euskirchen zuvor nichts ahnende damalige Vollzugs-Abteilungsleiter im Justizministerium des Landes Nordrhein-Westfalen, Ministerialdirigent *Erhard Starke*, griff diese Planung mit einem humoristischen Erlass an den Präsidenten des Justizvollzugsamts Rheinland auf. Sowohl dieser Erlass als auch der darauf ergangene Bericht des Präsidenten sowie schließlich das Schreiben des Justizministeriums des Landes Nordrhein-Westfalen an das Bundesjustizministerium (und nachrichtlich an die Landesjustizverwaltungen) sollen, obwohl hier der Spaß gewollt war und sich nicht unbewusst aus dem Gegenstand oder gewählten Formulierungen ergibt, im Folgenden (in der genannten Reihenfolge) vollständig dokumentiert werden:

Betr.: Justizvollzugsanstalt Euskirchen; hier: Einsatz von Gänsen

Sehr geehrter Herr Präsident!
Anlässlich der Feiern zu Ihrem 60. Geburtstag ... im Hof Ihrer Residenz ist dem Justizministerium erstmals bekannt geworden, dass Sie beabsichtigen, in der JVA Euskirchen Gänse halten zu lassen.

Es wäre begrüßenswert gewesen, wenn Sie gleichzeitig mit der Taufe des Leit-Ganters August unter Hinweis auf die Schriften (Az. V 47) eines gewissen, seit mindestens 45 Jahren auch Ihnen bestens bekannten Herrn Livius, der sich über den Einsatz von Gänsen wie folgt geäußert hat »47 (1) Arx Romae Capitoliumque in ingenti periculo fuit ... quieti datum est.«, ein neues organisationsentwicklungsgemäß abgespecktes Personalbedarfskonzept für die JVA Euskirchen vorgelegt hätten.

Ich darf Sie bitten, das unverzüglich nachzuholen und dabei gutachterlich zu der Rechtsfrage Stellung zu nehmen, ob die Haltung von Gänsen in einer Justizvollzugsanstalt einer 2/3-Zustimmung des Landtags oder zumindest einer Entscheidung des Kabinetts bedarf sowie ob und ggfls. welche der Gewerkschaften bei zukünftigen Tarifverhandlungen mit den Gänsen zu beteiligen sein wird. Darüber hinaus sollte sich das Gutachten auch mit der Frage befassen, ob es den Gänsen aus geflügelpsychologischen Gründen zugemutet und mit ihren Grundrechten in Einklang gebracht werden kann, zu Weihnachten mit Genuss von den von ihnen bis zum letzten Atemzug bewachten Gefangenen verspeist zu werden.

Aus der Sicht des Fachreferats Wirtschaft und Arbeit ist noch auf Folgendes aufmerksam zu machen:
Wie selbst aus Berichten der Grenztruppen der DDR (»Gänsefleisch mal'n Goffer offmachen?«) hervorgeht, hat man auch dort mit Wachgänsen durchweg positiv zu beurteilende Erfahrungen gemacht. Wegen ihrer dreidimensionalen Verwendungsmöglichkeiten zu Lande, zu Wasser und in der Luft dürften sie sich vorzugsweise im Außenbereich der Anstalt einsetzen lassen. Im Hinblick auf ein einheitliches Erscheinungsbild und die räumlichen Verhältnisse in den meisten Vollzugsanstalten sollte jedoch der Frage nachgegangen werden, ob statt der vorgestellten allgemeinen Wachgans ein kleineres Exemplar der Gattung Gänsesäger (Mergus merganser) für eine Erprobung herangezogen werden sollte. Angehörige der vorgenannten Art tragen zumindest im Brutkleid flaschengrüne Federn. Da sie auf Nisthöhlen angewiesen sind, könnten sich allerdings hinsichtlich der Belegungsfähigkeit der Anstalt Änderungen ergeben, die ich zuvor mit mir abzustimmen bitte.

Der Modellversuch dürfte mit relativ geringem Arbeitsaufwand durchgeführt werden können. Eine Übernahme der Kosten aus Mitteln der Titelgruppe 70 kommt daher nicht in Betracht. Ich gehe vielmehr davon aus, dass die Aufwendungen aus den Ihnen noch verbliebenen Restmitteln bei Kapitel 04 020 Titel 529 20 bestritten werden können.

Im Hinblick auf die auch in der Öffentlichkeit geführte Diskussion über Pensionslasten sollte diesem Bereich besondere Aufmerksamkeit gewidmet werden. Als Kostendämpfungsmaßnahme könnte sich anbieten, einen kompletten Jahrgang (auch im Erprobungszeitraum) öffentlichkeitswirksam – sofern er nicht in der anstaltseigenen Küche landet – spätestens Anfang November eines jeden Jahres unter Übernahme in das Verhältnis als Martinsgans in den Werkdienst umzusetzen und ihn dort bestmöglich einer weiteren Verwendung zuzuführen. Den Abgabepreis setze ich unabhängig von der Zahl der im Einzelnen geleisteten Flugstunden vorsorglich auf 7,99 DM/kg fest.

Mit freundlichem Schnattern
Im Auftrag
Starke

Bericht des Präsidenten des Justizvollzugsamts an das Landesjustizministerium:

Betr.: Justizvollzugsanstalt Euskirchen; hier: Einsatz von Gänsen; Bezug: Erlass vom ... (4434 E – IV G. I)

Sehr geehrter Herr Ministerialdirigent,
es ist mir eine große Ehre, durch den oben angegebenen Erlass gebeten zu werden, eine der bahnbrechendsten Neuerungen des Justizvollzuges in Nordrhein-Westfalen konzeptionell vorzubereiten. Ich werde mich dieser Aufgabe selbstverständlich mit außerordentlicher Gründlichkeit und großem Arbeitseifer widmen, bitte jedoch um Verständnis, wenn das im Bezugserlass erbetene Konzept etwas auf sich warten lassen muss. Sie wissen besser als ich, wie sehr Herr Minister bei Organisationsentwicklungsprozessen – und um einen Solchen handelt es sich sicher bei dem angesprochenen Projekt – Wert darauf legt, dass eine umfassende Basisbeteiligung erfolgt, dass insbesondere die Betroffenen Gelegenheit haben, innovative Gedanken in den Organisationsentwicklungsprozess einzubringen. Die Mitarbeiterinnen und Mitarbeiter des Vollzugsamtes und ich selbst werden in der Justizvollzugsanstalt Euskirchen demgemäß umfangreiche Basiserhebungen initiieren müssen. Selbstverständlich werde ich auch die Bezirkspersonalvertretung in die Diskussion einschalten. Da mir bisher nicht bekannt geworden ist, dass auch Gänse über eine berufsständische Vertretung verfügen, muss es wahrscheinlich dabei sein Bewenden haben, dass mit Hilfe des in der Gänsezucht erfahrenen Küchenbeamten der Justizvollzugsanstalt Euskirchen Einsichten und Erkenntnisse der betroffenen Tiere auf rustikale Weise ergründet werden. Ich bin selbst gespannt, mit welchen innovativen Vorschlägen wir rechnen dürfen und werde um zügige Erledigung des Berichtsauftrages bemüht bleiben.

Hinsichtlich der aus römischer Zeit stammenden Planungsüberlegungen darf ich mir die Anmerkung erlauben, dass am Rande der Gänsetaufe mehrere Teilnehmer des Empfangs die Erwartung zum Ausdruck gebracht haben, die geplante Gänsezucht in Euskirchen würde zur Erhöhung der Bewachungsqualität im Vollzug nutzbar gemacht werden können, weil man von den »alten Römern« her wisse, dass kein Lebewesen sich für Bewachungsaufgaben in so hervorragender Weise eigne, wie dies bei Gänsen der Fall sei. Ich habe schon in den informellen Gesprächen am Rande des Empfangs dieser für mich vollen Umfangs nachvollziehbaren Erkenntnis nicht nur nicht widersprochen, sondern freudig zugestimmt und zu erkennen gegeben, dass es mein besonderes Anliegen ist, angesichts der außerordentlich angespannten Haushaltslage unseres Landes wirksame Einsparvorschläge zu entwickeln. Allerdings war mir die im Bezugserlass außerordentlich differenziert angesprochene rechtliche und tatsächliche Problematik des Arbeitseinsatzes von staatlich approbierten Gänsen nicht deutlich. Insofern bitte ich um Nachsicht, dass ich erst aufgrund des Bezugserlasses die für das von Ihnen mit Recht eingeforderte Konzept notwendigen Erhebungen anstelle.

In der Angelegenheit werde ich baldmöglichst weiter berichten.

Mit vorzüglicher Hochachtung und tierumfassendem Verständnis
Dr. Klaus Koepsel

Schreiben des Justizministeriums NRW an das Bundesministerium der Justiz:

Betr.: JVA Euskirchen; hier: Einsatz von Gänsen;
Bezug: Ohne; jedoch unter Hinweis auf den dortigen Vorgang: Luftsicherungsmaßnahmen im Bereich von JVA'en (II B 2 – 4434 – 24 0386/96);
Anlg.: 2 Schriftstücke in Ablichtung

Die Finanznot des Landes Nordrhein-Westfalen ist dermaßen groß, dass derzeit bereits Leiter nachgeordneter Behörden von sich aus anfangen zu überlegen, wie gespart werden kann.
Im Eifer des Gefechts wird dabei leider oft übersehen, dass alle Sparvorschläge auch mit bundes- und landesrechtlichen Vorschriften in Einklang stehen müssen. Ein klassisches Beispiel eines nicht sauber durchgeprüften Sparmodells ist der Vorschlag des Präsidenten des Vollzugsamts Rheinland, wie er sich aus anliegendem Schriftverkehr ergibt.

Die Antwort des Präsidenten des Vollzugsamts Rheinland auf meinen Erlass vom ... lässt jedoch erhoffen, dass der Sparvorschlag mit den einschlägigen landesrechtlichen Vorschriften in Übereinstimmung gebracht werden kann. Deshalb soll der Vorschlag auch von hier gefördert werden.

Ich wäre dankbar, wenn von dort aus das Bundesverkehrsministerium zu folgenden Fragen um eine Stellungnahme gebeten und mir über das Ergebnis der Prüfung eine Mitteilung gemacht werden würde:
a) Müssen Gänse im Falle der Nacheile (Nachflug) hinter einem fliehenden Gefangenen (§ 87 StVollzG) ihren Flug – und ggf. wo – anmelden?
b) Müssen Sie dabei Flugpapiere – ggf. welche – mit sich führen und
c) welche Formalitäten sind zu erfüllen, damit sie vom nationalen und internationalen Radar (Euro-Control Maastricht) erfasst und geleitet werden?

Große Sorge bereitet in diesem Zusammenhang der Umstand, dass nur für bestimmte Justizvollzugsanstalten ein generelles Überflugverbot besteht. Der von dem Einsatz der Gänse zu erwartende Spareffekt könnte allzu leicht dadurch wieder zunichte gemacht werden, dass sich infolge der europäischen Freizügigkeit im Umkreis der Testanstalt in Euskirchen zu viele Gänsegeier niederlassen. Ich wäre deshalb dankbar, wenn beim Bundesverkehrsministerium ein Überflugverbot für Gänsegeier – zunächst für die Justizvollzugsanstalt Euskirchen – erwirkt werden könnte. Einzelne Verluste von Gänsen bei der Nacheile (§ 87 StVollzG) könnten natürlich verschmerzt werden.

Mit tierischem Vergnügen
Ohne Auftrag
Starke

6 ANSTALTSVERPFLEGUNG

6.1 Zu Verpflegungsangeboten der Justizvollzugsanstalten

Zur Anstaltsverpflegung bestimmt das Strafvollzugsgesetz lapidar, dass *»Zusammensetzung und Nährwert ... ärztlich überwacht (werden). Auf ärztliche Anordnung wird besondere Verpflegung gewährt. Dem Gefangenen ist zu ermöglichen, Speisevorschriften seiner Religionsgemeinschaft zu befolgen«*. Das den Gefangenen angebotene Essen muss täglich vom Anstaltsleiter oder von einem Beauftragten zwecks Überprüfung gekostet werden; eine Essensprobe wird eingefroren. Gesundheitsamt und Anstaltsarzt überprüfen die Einhaltung der Hygienevorschriften in den Anstaltsküchen. Die Anstaltsverpflegung ist zumeist sehr schmackhaft, auch wenn viele Gefangene dies anders beurteilen. In vielen Anstalten sind besonders die Eintöpfe und selbst gefertigte Soßen berühmt.

In dem Bescheid einer Aufsichtsbehörde gegenüber einem Gefangenen heißt es:

Mit dem Wort Kaffee, das bei der Aufstellung des Speiseplanes verwendet wird, bezeichnet man das beim Frühstück und Abendbrot zu reichende Getränk, ohne konkrete Aussagen über die Art der Zusammensetzung. Für Kaffee gibt es eine mannigfache Auslegung, z. B. kann damit Malzkaffee, Zichorienkaffee, Bohnenkaffee u. a mehr gemeint sein. Ein bestimmter Anspruch lässt sich aus dem Wort nicht herleiten. Dieses zeichnet sich vielmehr durch eine funktionell ambivalente Interpretationsstruktur aus. Nach der Verpflegungsordnung ist als Getränk Kaffee, Tee oder Kakao vorgesehen, unter Kaffee ist hier ausschließlich Kaffee-Ersatz zu verstehen.

In dem Protokoll einer Tagung der Leiter der Wirtschaftsverwaltung der Justizvollzugsanstalten, die u. a. für die Anstaltsküche zuständig sind, waren folgende Hinweise zu finden:

Der Referent weist darauf hin, dass man Backobst niemals offen mit ebenfalls offenen Gebinden von Quellgemüse lagern darf. Durch den angenehmen Geruch, den das Backobst verströmt, werden Schädlinge angelockt, die erstaunlicherweise nicht das Backobst, sondern nur das Quellgemüse befallen.

In einem Erlass eines Justizministeriums wird folgender Frage nachgegangen:

Es stellt sich die Frage, ob dem Wunsch der Vegetarier unter den Gefangenen nach einer besonderen Kost entsprochen werden sollte. Ohne größere Schwierigkeiten dürfte dies bei Anhängern des sog. Lacto- bzw. Lacto-Ovo-Vegetarismus möglich sein. In diesen Formen des Vegetarismus ist der Verzehr von Produkten lebender Tiere gestattet. Auf Probleme stößt jedoch die Ausgabe einer Verpflegung, die den Vorstellungen der sog. Vegans entspricht. Diese lehnen auch den Verzehr von Produkten lebender Tiere ab. ... Es wäre erforderlich, auf besondere Nahrungsmittel wie z.B Weizenkeimprodukte, Nüsse, besondere Früchte, Säfte von Hagebutten und Sanddorn zurückzugreifen. Die in der Verpflegungswirtschaft tätigen Kräfte sind aufgrund ihrer Vorkenntnisse nicht in der Lage, solche Speisen herzustellen. Das wäre erst nach intensiver Schulung möglich ...

Gefangene können sich auch von ihrem Haus- oder Taschengeld aus einem von der Anstalt vermittelten Angebot zusätzliche Nahrungs- oder Genussmittel kaufen. In einer Justizvollzugsanstalt hatte der Anstaltsleiter verfügt, dass künftig beim Wochen-Einkauf der Gefangenen von ihrem Geld eine Einkaufsbeschränkung auf ein Kilogramm Frischfleisch gilt. Auf die hierauf erfolgte Beschwerde eines Sicherungsverwahrten beschied die Aufsichtsbehörde:

... fand in dieser Entscheidung Berücksichtigung, dass ein Kilo Frischfleisch pro Woche und Person als Zusatznahrung zur weiterhin gereichten Anstaltsverpflegung durchaus ausreichend ist. Ein Kilo Frischfleisch ergibt acht Schnitzel mittlerer Größe, so dass zusätzlich an jedem Tag in der Woche mindestens ein Schnitzel zubereitet werden könnte. Die Menge ist ebenfalls als Fleischmahlzeit für eine fünfköpfige Familie für einen Tag (also für eine Person für fünf Tage) ausreichend. Weiterhin können aus der Menge fünf Steaks á 200 gr (übliche Größe in öffentlichen Lokalen) herausgeschnitten werden, so dass Sie an fünf Tagen eine Steakmahlzeit hätten.

Da Sie sich durch den Einkauf mit Zusatznahrungsmitteln wie Würstchen in Gläsern oder Dosen, Fertiggerichte in Dosen, Pilze und Wurst in unbegrenzter Menge eindecken können, ist die Beschränkung auf ein Kilogramm pro Woche – oder vier Kilogramm pro Monat – Frischfleisch als Zusatznahrung völlig ausreichend und bedeutet auch keine Beeinträchtigung Ihrer Rechte als Sicherungsverwahrter.

Na dann Mahlzeit!

Die diesbezüglichen Einkaufsinteressen weiblicher Gefangener sind natürlich andere und von den jeweiligen Versorgungsfirmen zu berücksichtigen. Dies gelingt nicht immer, wie die folgende Bemerkung eines Aufsichtsreferenten belegen mag:

Firma X. wird nicht den Bedürfnissen der Frauen gerecht.

6.2 Beanstandungen des Essens

Die zuvor seitens eines Justizministeriums behandelte Problematik vegetarischer Ernährung griff ein Untersuchungsgefangener in seiner Beschwerde über die ihm gereichte Verpflegung auf:

Ich möchte gem. UVollzO Nr. 73 Beschwerde einreichen, Betreffent des essen. Am 18.8. habe ich Brathering bekommen, ich bin jedoch Feketarier. Des gleichen heute, gab es Suppe, ohne ein Fleischersatz ... Ich möchte betonen wen mein essen in dieser vorm so bleibt, werde ich nicht weiter essen. Ich glaube wen das essen schon nicht ausreichend ist, habe ich jedoch das recht auf, sei es Fleischersatz, sei es Gemüse, oder Obst, einen gewiesen ersatz, oder ist hering Feketarisch?

Ein Gefangener wurde wie folgt beschieden:

Die Beschwerde wird zurückgewiesen. Die Linsensuppe habe ich selbst probiert. Sie schmeckte wohl ein wenig süß-sauer, war aber von der Grundsubstanz einwandfrei. Die Bratrollmöpse waren ebenso einwandfrei. Von 600 Gefangenen waren Sie der Einzige, der einen Durchfall erlitt. Meines Erachtens ist dieses Unwohlsein auf andere Umstände zurückzuführen.

Michael Matzke berichtet:

Mitte der 1980er-Jahre war ich als junger Assessor Teilanstaltsleiter in der Justizvollzugsanstalt (damals hieß sie noch Untersuchungshaftanstalt) Moabit. Nur kurze Zeit nach meinem dortigen Dienstantritt wurde ich mit einem so genannten Vormelder (Antrag) eines Untersuchungshaftgefangenen konfrontiert, den ich aufgrund meiner damaligen berufspraktischen Unerfahrenheit nicht eigenständig bearbeiten wollte, sondern in die wöchentliche Dienstbesprechung bei dem (Gesamt-)Anstaltsleiter einbrachte und dort vortrug. An dieser Dienstbesprechung nahmen neben dem Anstaltsleiter, der die Sitzung leitete, alle drei Teilanstaltleiter, der Sicherheitsbeauftragte und der Personalleiter teil, also sechs Männer, die bis auf mich über langjährige Vollzugserfahrungen verfügten. Mit seinem Vormelder beklagte sich der Gefangene darüber, dass er in seinem *»Kohlgemüse vom Dienstag … eine mittelgroße Küchenschabe vorgefunden (habe). Das kann der diensttuende Beamte bestätigen, dem ich dieses Tierchen zeigte. Mich würde interessieren, in welcher Form Sie auf meine Beschwerde reagieren«.* Ungeachtet der Formulierung der Eingabe des Gefangenen am Ende (*»Mich würde interessieren, … «*), die als Beleg dafür gesehen werden mag, dass nicht wenige Gefangene ihre Beschwerden als Zeitvertreib und/oder als Frustventil gegenüber den Anstaltsmitarbeiterinnen und -mitarbeitern ansehen, sah ich mich nun in meiner damaligen Unerfahrenheit vor das Problem gestellt, entweder eine aufwändige Untersuchung der Anstaltsküche nach dortigem Ungeziefer zu veranlassen, welche aber bezüglich der Eingabe nicht wirklich eine Klärung herbeigeführt hätte, oder aber den Gefangenen im Glauben an die Schabe zu trösten oder aber sogar rundheraus die Behauptung des Gefangenen abzustreiten. Alle durchdachten Alternativen erschienen mir nicht recht befriedigend; also trug ich die Beschwerde vor und fragte um Rat, wie ich denn hier am besten zu reagieren habe. Einer der beiden anderen Teilanstaltsleiter, Obersozialrat M., der sich bereits seit seiner Ausbildungszeit privat auch als Komiker (Entertainer) verdingte, gab den Rat, den Gefangenen wie folgt zu bescheiden:

Auf Ihre Eingabe vom ... teile ich Ihnen mit, dass ich keinen Grund Ihrer Beschwernis und somit auch keinen Anlass zur Abhilfe sehe. Denn Ihre Beschwerde ist unberechtigt; es handelte sich um einwandfreies »Schabe(n)fleisch«.

Ein Gefangener beschwerte sich einmal, weil zwei Gefangene türkischer Herkunft als so genannte Hausarbeiter das Anstaltsessen austeilten:

Hauptgrund für meine Beschwerde ist, dass **alle** türkischen Gefangenen gemäß ihrer Sitte nach dem Stuhlgang mit der Hand, den Fingern und Wasser ihren After reinigen statt mit WC-Papier.

In der Juristenzeitung 1983 auf Seite 814f. ist folgende Glosse von Prof. Dr. *Heinz Müller-Dietz,* einem der Großen im Strafvollzug(srecht), veröffentlicht:

Die Anstalt duldet keine Anstalten oder Anstaltsbrot, Anstaltswasser und Anstaltsluft müssen nun einmal sein

Ein Gefangener beantragte, ihm den Betrieb eines Toasters zu gestatten: der Genuss von Anstaltsbrot habe zur Folge, »dass sein seelisches Wohlbefinden erheblich gestört sei, was sich in psychosomatischen Symptomen äußere: es träten nicht nur Magenschmerzen auf, sondern er erleide beim bloßen Wahrnehmen des Brotes ans Psychotische grenzende Zustände, welche beispielsweise zu Magenkrämpfen und Schweißausbrüchen führten.« Der Anstaltsarzt bestätigte diese Symptome; überdies stellte er fest, dass das Anstaltsbrot für den Gefangenen Symbolcharakter für seine Haftsituation besitze. »Als der Anstaltsleiter die Angelegenheit mit dem Gefangenen besprach und ihm vorhielt, auch wenn er das Anstaltsbrot röste, müsse er es wahrnehmen und zum Zerschneiden sogar in die Hand nehmen, antwortete der Gefangene, er habe die Absicht, sich gegebenenfalls Toastbrot zu beschaffen.« Der Antrag wurde abgelehnt.

Das gleiche Schicksal erlitt der Antrag des Gefangenen auf Erlass einer einstweiligen Anordnung, die ihm den Besitz des Toasters verschaffen sollte. Das Gericht fand dafür eine Begründung, die das Problem ins Grundsätzliche rückte:
»Nach dem Vorbringen des Gefangenen hat es den Anschein, als gehe der Widerwille des Gefangenen gegen Anstaltsbrot nicht auf die Beschaffenheit dieses Brotes, sondern allein auf die Tatsache zurück, dass es sich um Anstaltsbrot handelt. Da diese Tatsache nicht dadurch aus der Welt geschafft werden kann, dass der Gefangene das Brot röstet, besteht keine Notwendigkeit, dem Gefangenen den Betrieb eines Toasters zu gestatten.
Soweit der Gefangene dazu vorgebracht hat, ... er werde sich gegebenenfalls Toastbrot verschaffen, vermag das Gericht nicht einzusehen, warum der Gefangene dieses Brot, das dann nicht mit dem bei ihm psychosomatische Störungen auslösenden Makel behaftet wäre, nicht auch ungeröstet essen könnte.

Im Übrigen war zu bedenken, dass ein Gefangener, der dazu neigt, psychische Allergien gegen die Anstaltsverpflegung aufzubauen, durch nichts dazu gebracht werden könnte, seinen Widerwillen auf ein einziges Nahrungsmittel zu beschränken. Die Möglichkeit ist daher nicht auszuschließen, dass der Gefangene schließlich auch durch das in der Vollzugsanstalt aus dem Hahn fließende Wasser oder gar durch die in der Vollzugsanstalt zur Verfügung stehende Atemluft in seinem psychischen Befinden beeinträchtigt werden würde, nur weil es sich um Anstaltswasser und Anstaltsluft handelt. Der Gefangene könnte es auf diese Weise dahin bringen, dass er sich selbst als haftunfähig ansieht.« Und – wie man hinzufügen muss – schließlich gar kein Gefangener mehr ist.

Womit sich allerdings sein Antrag erledigt hätte.

Trotz ihrer Komik hinterlässt die nachfolgende Geschichte, die ein Gefangener in seinem Antrag auf gerichtliche Entscheidung bei der Strafvollstreckungskammer des zuständigen Landgerichts wegen Schadenersatzanspruchs *»gegen Wächter Herr Schlämbihme, Bediensteter in der VERWAHR & SICHERUNGSANSTALT, wegen seelischer Grausamkeit im Dienst/Amt«* berichtet, einen schalen Nachgeschmack:

Ich war zu der angegebenen Zeit Hausreiniger auf III u. IV OG, hier war der Wächter Herr Schlämbihme der Stationer. Es wurde an diesen Tag wie jeden anderen tag auch wieder das Mittagessen ausgeteilt, die Essenwagen wieder zurück in die Küche verbracht und auf dem Rückweg am Dienstzimmer des Wächters Herr Schlämbihme sage ich »guten Hunger«, weil er auch am Tisch saß und am essen war: Wächter Herr Schlämbihme sagte zu mir, na mein Hausarbeiter Luckerwendt hier das ist eine Schweinshaxe und **nicht** das Ding da das ihr auf dem Teller habt, aber – ich bin gar nicht so, mein Hausreiniger bekommt von mir von der Schweinshaxe etwas ab. Dies ist eine Schweinshaxe und **nicht** son Ding mit großen Knochen und etwas Fleisch dran, das man suchen muss, dieses waren den Wächter Herr Schlämbihme seine Worte, ich sagte, essen sie man sie brauchen das nötiger als ich, denn immerhin sind sie der psychologisch besonders gut geschulte ordentliche Bedienstete. Ich bin nun selbst zum essen in den mir zugewiesenen Haftraum gegangen. – In der Tat, die Schweinshaxe die wir die Gefangenen bekommen hatten, war echt nur ein großer Knochen mit »etwas« Fleisch daran. – Den Wächter Schlämbihme seine Schweinshaxe war echt groß wie aus dem Laden gekauft, während der Unterhaltung (Luckerwendt ./. Schlämbihme) war Schlämbihme tüchtig am essen, das Fett lief ihm am Mundwinkel herunter!

Ich im Haftraum bin noch am essen, da kommt ein Gefangener zu mir in den Haftraum mit den Worten: Du Rudi an der Türklinke hier an deiner Tür hat der Schlämbihme eine Plastiktüte gehängt. Ich nehme die Sache soweit gar nicht ernst und esse wie gewohnt zu Ende, als dann den Haftraum verlasse um die Teeküchen und Flure zu reinigen, mache ich aus Gewohnheit die Türklinke nach unten, dass bedeutet, dass ich nicht im Haftraum bin und jeder Mitgefangene, kennt dieses. Hier nehme ich verständlicher Weise auch die Tüte von der Türklinke und sehe auch rein, der Inhalt einpaar abgenagte großen Knochen und ne Schwarte v.Schwein; an der Gittertür zum Hauptflur steht der Wächter Sch. und hält sich seinen Bauch vor lachen und in diesem lachen unter Sprachschwierigkeit, sagt der Wächter Schlämbihme: haben sie doch nun auch von meiner **Schweinshaxe** abbekommen Luckerwendt, davon können sie sich eine herrliche Brühe kochen/machen.

Diese Demütigung vor den vielen anderen Mitgefangenen trieben Tränen in meine Augen ich lief heulend/weinend in den mir zugewiesenen Haftraum und ließ meinen tränen freien lauf. Sicher hatte ich die Plastiktüte mit Inhalt auf den Fußboden geschmissen, und auch da liegen gelassen. Ich meine, dass ich kein geistig zurückgebliebener Vollidiot bin, und daher sage ich, hier gibt es bestimmt Grenzen, auch für den Bediensteten in der VERWAHR & SICHERUNGSANSTALT oder? Und hier sind die Grenze 100%ig weit überschritten!

Das lachen das der Wächter hören ließ war kalt und (dreckig) an der Gittertür, dieses lachen vor ZIG anderen Mitgefangenen erniedrigend, bloßstellend, mir – vor anderen Mitgefangenen Aggressivität in seinem lachen deutlich zeigte. Es war **nicht** mehr als eine geballte Ladung Menschenverachtung was der Wächter Sch. da zeigte.

Zeugen sind hier genügend vorhanden und auch **nicht** nur Zeugen als Mitgefangene von mir, nein – es sind auch Beamte da denen hat Sch. stolz erzählt was er sich dem L. seinem Hausreiniger gegenüber erlaubt hat, (weil der Hausreiniger L. Ihm dem Wächter Sch. hier und da erhebliche Schwierigkeiten gemacht hat) die Beamten fragen mir heute noch, na Herr L., wann hängen wieder Knochen an Ihrer Zellentür?

Grundsätzlich lasse ich mir auch **nicht** in der Haft von Bediensteten diesbezüglich Menschenverachtend erniedrigen und bitte deshalb, dass hier mein Antrag statt gegeben wird auf Schadenersatzanspruch in Höhe von 5000,– DM.

7 UNTERRICHT UND ARBEIT DER GEFANGENEN

7.1 Bildungsstand der Gefangenen

Gefangene haben oftmals einen katastrophalen (Aus-)Bildungsstand, insbesondere, wenn sie nur Sonder- oder Hauptschulen besucht hatten und häufig den Schulbesuch schwänzten. Auch sind abgeschlossene Berufsausbildungen bei der Mehrzahl der Gefangenen nicht vorhanden. Diese Misere, welcher das Strafvollzugsgesetz durch die Verpflichtung der Vollzugsbehörden zu begegnen versucht, den Gefangenen *»Fähigkeiten für eine Erwerbstätigkeit nach der Entlassung zu vermitteln«* durch *»Zuweisung wirtschaftlich ergiebiger Arbeit«*, durch *»Gelegenheit zur Berufsausbildung, beruflichen Weiterbildung, Umschulung oder Teilnahme an anderen ausbildenden oder weiterbildenden Maßnahmen«* sowie durch Schul- und berufsbildenden Unterricht, wird im Folgenden durch Eingaben, die besonders schlimme Beispiele haarsträubender Orthographie- und Grammatikunkenntnisse von Gefangenen belegen, dokumentiert.

Die nachfolgende Eingabe eines Strafgefangenen ging bei einer Landesjustizverwaltung ein und wurde vom zuständigen Referatsleiter ohne weitere Bemerkung förmlich abgezeichnet und seinem Sachbearbeiter zugeleitet.

... ich werde stendick von Justiz Beamten beschimpft und Beleidikt Bedroht verleunit und Propoziert. Ich Hate mich an das Landgericht Berlin gewannt an den Vorsitzende One ervollg das gericht duldet diese Schikannen oder sogar Befolen disolen mich mit gewahlt unwahrheiten den komenden Prozez Beeinflusen dar ist jedes mitedell rächt. Di Beamten lügen sich unter einnander was gegen mich Vongierren kann, si haben am ... in meine Priwat Sachen einige gegen Stände in meine eigene Sachen fer Stägt und mich Beschrahft, und das Gericht Hat den Beamten ge glaupt die Lügen der Beamten, macht miessbrauch der Behörden, gegen mich will das Gericht ein Vin gierte Mordes anzeige Von der Schutz Poizei dar sie mich in meiner Wohnung am ... mich Schwere Verlädzuhnen zu ge fürd Haben so das ich in einen-Krangehauss lemzgeferlich susam ge Treden wurde ein operatief ein ge Krifen werden muste, um das zufer Schleiern was Polizei getan haben, um dass zu geräschtferdigen. Klagen mich wegen ver Suchter Mordes ann, dass Hat man Schön auss ge Dacht die Herrn Beamten um dass fer gehen der Behörden zu ge räschtferdigen dass Unrescht. Wass an mich gegannen wude Soll ich allz opfer Välschlichen weisse ein ekzenpell Forbereitet. Des wegen bin ich in Untersuchungsgefangenner, Sollten sie nichtsz unter nehmen werde ich mich an dass Bundess Gerichthof wenden und Deutschland Anklargen ander Menschen räscht Kommiesjon wegen Gewallt fer Bräschen der Staartliche Unräscht der Bürger unter wofen ist die Tendenz zum drieten reisch wieder an ge wendet werden die metoden werden schon wider angewededt um die Beföllgerung zuunder Jöchen.

Die nachfolgende Eingabe eines Gefangenen wurde an den Petitionsausschuss eines Landesparlamentes gesandt.

An das Petesons Aauschus
Bin an ... Brutal zusamen geschlargen Worden unt gereten ins geschläscht gereten unt bewusst Fallsche aussagen gemacht zu haben um di Mishanlung zu fer Tuschen es Wurde bekante ich sei Betrugen ttotall Betrugen zum Ahrst in Krankenhaus mit ein Rättuns Wargen Kopferläszung wode Behandlt Kurze zeit Schpeter sollte ich Raus in feihe gesäst Werden fon zwei Kraken Fleger nam mich hoch Schläten mich Rauss dursch Zufall Karm eine Krakenschester sie hörte beide Fleger Sachten, must mich Sofoll Saufen ich Schwante Hallt: Hallt Rufde die Krankenschester, er ist nicht betrungen er Hat ei Kreislauf Kollarpss, si lekten mich hien si karm zu mire, Ich er zellte Was geschen wahr, si Machte meine Hosse Auf unt laufte zum Ahrst das nenensiuten Sucht ich gehenicht Weg biss dieser Mann inKrankenhaus aufgenommen ist, sihlip nestentag bistder Arzt Schäf Arzt Kam, untsachte er wirt aufgenommen, si gink, Ich Sate bestendang, es Wahr meine Flischt an gleichentarg wurde OPerriet Lebensgeferliche unt Lebensnotwendig Operrazion.
Wurde ich Von der Polizei mishandllt miehandellt. und Ferleunet bein Arzt D.

Ein (deutscher) Strafgefangener schrieb an die für ihn zuständige *»Psysckologin«* folgenden Vormelder:

Ich bitte um Ferlegung weil ich Sehich Kabut gehe. und mit den Närfen an äende bin. und weil mir die Teke auf den Kofflet. und ich weis nich was ich Tuhen wertde. und Bitte Ferlegen sie mich sohst gehe ich Kabut und Bitte Ferlegen sie mich Bitte. und ichHate es hir nit mär Aus bitte Ferlegen sie mich das ich hir Rauskomme sohs gehe ich Kaput ich bin Strafer bis ... Bitte Ferlegen sie mich Bitte. K.H.

Die Psychologin vermerkte, dass sie mit dem Gefangenen gesprochen habe, und verfügte den Vormelder *»z. d. PA«* — d. h. zu der Gefangenenpersonalakte.

7.2 Unterricht

Nachdem im vorigen Kapitel ein sicherlich eindrucksvoller Einblick in die Bildungsbedürftigkeit mancher Gefangener gewährt wurde, gilt dieses kurze Kapitel dem Unterricht an sich. Nachfolgend wird ein in einer Justizvollzugsanstalt gefertigter Vermerk einer offenbar nicht mit Deutsch als Muttersprache aufgewachsenen dortigen Lehrerin vorgestellt, um auf beindruckende Weise Zeugnis über das in aller Regel liebenswürdige und respektvolle Verhältnis zwischen den dortigen Schülern (Gefangenen) und dem Lehrpersonal abzulegen:

Bericht aus dem Schulunterricht über M. L.

M. sorgte bereits am 1. Schultag für Gehöhr in der Lerngruppe:
1. Als »Neuer« besäße er einen Freibrief (er könne den Unterricht verlassen, wann er es wolle);
2. Die Lehrerin bestimme schon überhaupt nicht über ihn;
3. Es sei hier eine Therapieeinrichtung, wo der Klient und die Gruppe über alles bestimme.

Während des Rechnens an der Tafel lieferten ihm sprachliche Unsicherheiten der Lehrerin bezüglich der deutschen Zahlenfolge einen Grund zu einem stark beleidigenden und persöhnlichen Angriff. Diesen versuchte er später mit seiner Nazi-Gesinnung abzuschwächen.

Die Arbeitsatmosphäre besserte sich nach einem Gespräch in der Psycho-Gruppe. Seine Angriffe beschränkten sich auf Zwischenrufe und abwertende Bemerkungen. Das stark zurückhaltende und auf M's Fragen eingehende Verhalten der Lehrerin schloss einen wiederholten Angriff gegen sie aus. So lokalisierten sich seine Angriffe auf A.L. (bei jedwede Bewegung oder mündlicher Beteiligung dessen im Unterricht). Diese Angriffe liefen wie folgt ab: – Schläge auf Kopf und Nacken; – provokatives Auflegen seiner Beine auf den Tisch von A., möglichst auf seine Schulsachen.

Diese tätlichen Angriffe wurden am ... durch provozierende Unterbrechungen des Unterrichts und durch wiederholtes, unentschuldigtes Verlassen des Unterrichtsraumes gekrönt.

7.3 Arbeit

Strafgefangene sind – im Gegensatz zu Untersuchungsgefangenen – zur Arbeit verpflichtet. Bei der Arbeitszuweisung ist auf die körperlichen und geistigen Fähigkeiten Rücksicht zu nehmen. Arbeitsplätze gibt es zum einen in den Unternehmerbetrieben in der Anstalt; dort lassen freie Unternehmer meist Haushalts- oder kleinere Industriegüter produzieren. Die Anstalten selbst verfügen über Eigenbetriebe wie beispielsweise Küche, Gärtnerei, Schlosserei und Tischlerei. Es sind für die den Gefangenen zuzuweisenden Arbeiten sowie für die erforderlichen Einrichtungen zur beruflichen Bildung und arbeitstherapeutischen Beschäftigung in den Justizvollzugsanstalten die dafür notwendigen Betriebe vorzusehen. Vor diesem Hintergrund wurde im Jahre 1986 für die Justizvollzugsanstalt (damals Untersuchungshaftanstalt) Moabit ein später auch gebautes und betriebenes Kfz-Werkstattgebäude geplant. Bei der Suche nach einem geeigneten Standort innerhalb der Anstalt vermerkte der seinerzeit zuständige Anstaltsmitarbeiter Folgendes:

Der Hof 11 wird von der Prüfabteilung der SenBauWohn – VI – als Standort ... als ungeeignet beurteilt; wegen der Bodenbeschaffenheit (ehem. Urstromtal!) würde eine entsprechende Gründung unverhältnismäßig hohe Kosten verursachen.

Dass die Lage Berlins in einem ehemaligen Urstromtal dieser Stadt nicht nur eine herrliche Naturlandschaft mit vielen Seen und großen Findlingen beschert hat, sondern auch den Bau einer Kfz-Werkstatt in einer Justizvollzugsanstalt verhindert, war bis dato unbekannt.

Einer der kernigen Anstaltsleiter alten Schrots und Korns liebte Vermerke in Kurzform. So brachte er das Ergebnis eines Zugangsgesprächs, verbunden mit der Entscheidung über den Arbeitseinsatz des rückfällig gewordenen Zugangs, auf den Punkt:

Bekannt, bekloppt, belehrt: Schälküche!

Da viele Gefangene, wie schon im Kapitel 7.1 erwähnt, keine abgeschlossene Berufsausbildung und damit auch schlechtere Chancen auf dem Arbeitsmarkt nach der Haftentlassung haben, stellt der Gesetzgeber die berufliche Aus- und Weiterbildung der Arbeit gleich. In diesem Sinne beantragte ein Strafgefangener einmal Folgendes:

Ich bin Sexualtäter und beantrage Umschulung.

Nicht selten ist eine gewisse Widerwilligkeit bei Gefangenen anzutreffen, zu arbeiten oder zu lernen. Dies drückt sich manchmal auch in Schlechtleistungen oder versteckter Sabotage aus.

Ein Gefangener, dem offenbar seine Bandscheiben Probleme machten, beschwerte sich einmal über die ihn betreffende Arbeitszuweisung:

Bitte nehmen Sie Rücksicht auf meine Bandschaben!

Ein anderer, in der Justizvollzugsanstalt Tegel in der dortigen Sozialtherapeutischen Anstalt, welche von dem Betreffenden gemäß einer früheren Durchnummerierung der Häuser in der Tegeler Anstalt als Haus 4 bezeichnet wurde, einsitzender Gefangener, der nach eigener Einlassung *»eine Unterbringung nach § 63 StGB (hat)«*, gegen den aber offenbar gemäß § 67 Abs. 2 StGB die ebenfalls verhängte Freiheitsstrafe oder ein Teil derselben vor der Maßregel zu vollziehen war, beklagte sich in seiner Eingabe an den Senator für Justiz in Berlin über die ihm zugemutete Arbeit, die zu leisten er sich nicht imstande sah und weshalb er fürchtete, aus dem »Haus 4« heraus verlegt zu werden *(»ich möchte hier im Haus 4 meine Behandlung haben«):*

… aus verschiedenen Gründen gibt es bei mir Probleme mit der Arbeit. Der eine Grund: Ich leide an beiden Kniegelenken unter einer Arthrose, die durch Senkfüße hervorgerufen wurden. Ich trage Einlagen. Eine Arbeit die ständig im stehen ausgeführt wird ist daher nicht möglich. In der Schlosserei 1 arbeitete ich solange es ging. Als es nicht mehr ging, aus oben genannten Gründen, bat ich um einen Arbeitsplatzwechsel. Die Einlagen sind hier in der Anstalt vom Orthopäden angefertigt worden. Die meisten Arbeitsstellen sind im Stehen zu verrichten, und die Firmenmeister und Anstaltsmeister mögen es nicht so, wenn man sich hinsetzt. In der Schlosserei 1 wäre ich am Anfang beinahe deshalb herausgeflogen. Dazu kam, das ich nicht so leistungsfähig bin, wie andere Personen. Mit mühe konnte ich die Entlassung abwehren, musste später aber doch einsehen, das es keinen Zweck hat – wegen dem Stehen. Die zweite Sache wäre, das ich nicht so leistungsfähig bin, wie andere Personen. Als ich noch in der Freiheit war, war es mir auch unmöglich eine Arbeitsstelle länger als 2 Monate durchzuhalten, was wohl nicht mit Faulheit zu tun hat, was einem von der bürgerlichen Gesellschaft der Einfachheit halber gerne unterstellt wird. Hier im Haus 4 herrscht die Antitherapeutische Unsitte, dass jeder Klient arbeiten muss. Wenn ich arbeit habe bin ich auch gerne bereit zu arbeiten. Nur soll man mir dann auch welche geben, aber auch Behinderungen akzeptieren. Vom Versorgungsamt Berlin habe ich einen Teilabhilfebescheid vom …, das ich dreißig von Hundert Erwerbsgemindert bin mit der vorliegenden Begründung: Angstneurose. Die Angelegenheit mit meinen Füßen ist da noch nicht mit einbezogen. Wahrscheinlich würden sich dadurch noch mehr von Hundert ergeben. Dr. H. hatte auch in seinen gerichtsmedizinischen Gutachten geschrieben, das ich ein unproduktiver Mensch bin. …

Wenn die seinerzeit betroffenen Therapeuten doch nur begriffen hätten, dass zuweilen – jedenfalls bei Nichtberücksichtigung von Angstneurosen – ihre Antitherapie unsittlich ist …

Ein Unternehmerbetrieb beschwerte sich bei der Anstaltsleitung:

Unser Kunde … reklamiert die letzte Lieferung Kordel-Tragetaschen. In einem der Beutel hat jemand seine Notdurft verrichtet; teilweise dienen die von uns produzierten Taschen als Lebensmittelverpackung. Es ist daher in Zukunft zwingend erforderlich, dass derartige Vorkommnisse hundertprozentig ausgeschlossen werden.

Und ein Richter beschwerte sich über die Qualität der von der Anstalts-Schneiderei gelieferten Robe:

Bei einem Vergleich mit anderen Roben muss ich feststellen, dass diese Robe besonders schwer ist. Bereits nach wenigen Sitzungsstunden am ... hat der Besatz Wellen geschlagen. Das Tragen dieser Robe ist mit der Würde des Gerichts nicht vereinbar.

Das Antwortschreiben des Arbeitsinspektors an den Richter lautete:

Schon um die Würde des Gerichts nicht zu beeinträchtigen, möchte ich anbieten, von dem Auftrag ohne Kosten für Sie zurückzutreten.

8 BESONDERE BEHANDLUNGSMASSNAHMEN

Das Strafvollzugsgesetz benennt wichtige Behandlungsmaßnahmen zur Erreichung des Vollzugsziels, also der so genannten Resozialisierung. Bereits durch das Wort *»mindestens«* in § 7 Abs. 2 StVollzG macht der Gesetzgeber deutlich, dass über die dort benannten hinaus auch weitere Behandlungsmaßnahmen möglich und, wie die nachfolgenden Hinweise verdeutlichen, auch zumindest diskutiert werden.

Hierbei sollte vor keiner Erfolg versprechenden Maßnahme zurückgeschreckt werden, wenn sie denn verfassungsgemäß ist und finanziert bzw. mit den gegebenen Ressourcen vor Ort realisiert werden kann. Dies sollte jedoch nicht dahingehend missverstanden werden, dass sogar der Tod eines Gefangenen, der ja unzweifelhaft jeder künftigen Straftat nach seiner Entlassung strikt vorbeugen würde, in Betracht gezogen wird. Sie stutzen? Nun, ein Gefangener wandte sich mit folgender Eingabe an die *»sehr geehrten Damen und Herren«:*

Am … wurde ich verhaftet unter dem Akt. Z. … Unter diesem Akt. Z. wurde ich als Strafgefangener eingeliefert und musste die Strafe im Haus … bis zum … absitzen. Am Morgen des … teilte man mir mit, dass ich ab sofort Untersuchungsgefangener sei und wurde noch am selben Tage umgelegt.

Diese Darstellung erscheint doch sehr unwahrscheinlich, weil der Gefangene gegebenenfalls nicht seine Eingabe hätte schreiben können …

8.1 Mentalpflege

Eines Tages traf in einer Justizvollzugsanstalt das nachfolgende Angebot betreffend *»Mentalpflege von Häftlingen«* von dem Ingenieur *W. K.* aus Nürnberg ein.

Bitte prüfen Sie die Nützlichkeit des Mentalgerätes der – MMS-Multi und Serie. Dieses Hilfsmittel unterstützt die Häftlingsbetreuung und Häftlingsausbildung mit »SUPER LEARNING QUALITÄT«. Mit dem Mentalgerät kann die Einflussnahme auf die Bewusstseinslage, auf die Stimmung und Verstimmung tiefgreifend und wirksam bewirkt werden. Das Verfahren der optisch-/akustischen Stimulation ist äußerst sanft und funktioniert auf Knopfdruck. Das Mentalgerät der SL-Klasse hat 34 Automatik-Festprogramme und eine frei programmierbare Station. Damit können die verschiedensten Stimulationsrichtungen schnell und bequem angesteuert werden. Mit Impulsbrille und Kopfhörer wird das Schwingungsfeld übertragen. Die Mehrplatzanlage erlaubt Einzel- und Gruppenbehandlung. ... Zielsetzung: Drastische Reduzierung der Rückfallquote von Haftentlassenen; Verbesserung der Verträglichkeit und Verhaltensweise in der Haft.

Diesem Angebot wurde seitens der Vollzugsbehörde nicht nachgegangen.

8.2 Gummipuppen, Intimmassagesalons und Dirnen als Möglichkeiten sexueller »Ventile«

Der zumindest in Berlin stadtbekannt gewesene Rechtsanwalt *Hanns-Ekkehard Plöger*, der in der Nacht zum 21.5.2005 verstorben ist (siehe hierzu die Meldung *»Exzentriker aus Überzeugung«* im Tagesspiegel vom 24.5.2005, Seite 12), machte dem Senator für Justiz in Berlin einmal zum Betreff *»Möglichkeit der Anschaffung einer so genannten Gummipuppe für Häftlinge in der Strafanstalt Tegel, die noch keinen Urlaubsanspruch haben«* folgendes schriftliches Angebot:

Sehr geehrter Herr Senator,
ich werde von verschiedenen Häftlingen angesprochen, ob es nicht möglich ist, dass Häftlingen auch eine Gummipuppe, wenn auch nur zeitweise, zur Verfügung gestellt wird. Sie wissen, dass der Gesetzgeber die Frage der Sexualkontakte während eines Besuches im Sinne des § 24 StVollzG ungeregelt ließ. Bisher wurden Sexualkontakte noch nicht einmal den Ehefrauen der Häftlinge gestattet, und es wurden auch keine Möglichkeiten geschaffen, diese Kontakte herzustellen. Damit wird es für Häftlinge immer schwieriger, das Eheband aufrecht zu erhalten. Der Anspruch für Eheleute ergibt sich aus Art. 6 GG. Ähnliches dürfte auch für Langstrafige und für Nichturlaubsberechtigte gelten. Gefangene, die urlaubsberechtigt sind, haben die Möglichkeiten, ihre sexuellen Probleme zu mildern, vgl. auch OLG Frankfurt in NJW 78, S. 334. Ihnen ist sicherlich bekannt, dass Seeleute die Möglichkeit haben, ihre sexuellen Bedürfnisse an einer Gummipuppe auszutoben. Im Hinblick auf eine spätere Resozialisierung ist es auch für Strafgefangene von allergrößter Bedeutung, dass sie ihre normale Beziehung zur Sexualität nicht verlieren. Es kann nicht im Sinne des Staates sein, dass Gefangene schwul oder sexuell abartig werden, nur weil ihnen der gänzliche Kontakt zur Weiblichkeit oder zur Befriedigung ih-

rer sexuellen Bedürfnisse genommen wird. Auch die Selbstbefriedigung kann auf Dauer den Normbereich im Sexuellen zerstören. Ich wäre bereit, der Haftanstalt Tegel ein oder zwei dieser Gummipuppen zu stiften, damit den Gefangenen die spätere Eingliederung in die Gesellschaft nach der Haftverbüßung erleichtert wird. Ich bitte auch zu prüfen, ob nicht dem einzelnen Gefangenen auf Antrag und auf eigene Kosten eine solche Gummipuppe als Zelleninventar zur alleinigen Benutzung gestattet wird. Eine Durchschrift dieses Schreibens geht direkt an den Leiter der Justizvollzugsanstalt Tegel ebenfalls mit der Bitte um Stellungnahme. Durch die begehrte Maßnahme könnten auch die Gefahren einer Ansteckung wegen Aids vermindert werden. Darüber hinaus muss bei einem Volk mit sinkenden Geburtenzahlen auf die Erhaltung der Zeugungsfähigkeit geachtet werden.
Mit vorzüglicher Hochachtung
Plöger, Rechtsanwalt

Obwohl der Leiter der Justizvollzugsanstalt Tegel auf die tatsächlich ihm vom Rechtsanwalt *Plöger* übersandte Ablichtung seines Briefes an den Justizsenator notierte, dass *»keine Antwort«* erfolgen solle, wurde eine Stellungnahme doch erforderlich, weil der zuständige Referent in der Strafvollzugsabteilung der Senatsverwaltung für Justiz, nachdem der seinerzeitige Justizsenator Prof. Dr. *Rupert Scholz* auf die *Plöger*'sche Eingabe notiert hatte *»Was meint denn die V dazu?«* (gemeint war die Abteilung V – Strafvollzug – der Senatsverwaltung für Justiz in Berlin), den Tegeler Anstaltsleiter um interne Stellungnahme gebeten hatte und dem Rechtsanwalt den Zwischenbescheid erteilte, dass die Eingabe bearbeitet werde und ihm *»in Kürze weiterer Bescheid (erteilt)«* werde. Zwar ist uns dieser angekündigte Bescheid nicht bekannt – allerdings wurden in der Justizvollzugsanstalt Tegel niemals Gummipuppen eingesetzt –, jedoch soll der Bericht, den der mit der Stellungnahme beauftragte seinerzeitige Vollzugsleiter der Anstalt Dr. *Manfred Wegener* fertigte, nachfolgend dokumentiert werden, weil dieser sein Entsetzen über die bürokratische Bearbeitung dieses offenkundigen Blödsinns durch die Aufsichtsbehörde geradezu genial-verächtlich mit nur einem einzigen Satz zum Ausdruck bringt:

Abgesehen davon, dass (höchst-)richterliche Entscheidungen (OLG Nürnberg VollzD 1975, 4/5-9 – BayVerfGH NJW 1973, 1644 – BVerfG 1 BvR 117/68 und 357/68 [unveröffentlicht]; vgl. auch Schöch, in: Kaiser/Kerner/Schöch, Strafvollzug, 3. Aufl. 1982, § 5 Rdn. 19, ders. In UTB 706, Strafvollzug, 3. Aufl. 1983, S. 103 und 150) bereits die Verpflichtung der Vollzugsbehörden zur Ermöglichung ehelichen Geschlechtsverkehrs in der Vollzugsanstalt im Rahmen des verfassungsrechtlich gewährleisteten Prozesses ehelicher Interaktion ablehnen (deutlich LG Regensburg ZfStrVo SH 1978, 27; umfassend Hoffmeyer, Grundrechte im Strafvollzug, 1979, S. 202 ff.) und somit erst recht kein Anspruch auf Ermöglichung sexueller Befriedigungshandlungen im Wege von Ersatzhandlungen jedweder Art besteht, obwohl in der Literatur (Hoffmeyer, a. a. O., S. 205 m. Fußn. 156; Übersicht bei Schwind, in: Schwind/Böhm, StVollzG, 1983, § 24 Rdn. 12 und § 27 Rdn. 7 a. E.) seit langem – auch unter rechtlichen Aspekten – die Unterdrückung jeglicher sexueller Bedürfnisse, die zu einer gesteigerten Reizbarkeit und Aggressivität der Inhaftierten führt und nachhaltige Emotionslosigkeit und psychische Labilität hervorruft (Hoffmeyer, a. a. O., S. 205/206), angeprangert wird unter Hinweis auf individual- und sozialpsychologische Erkenntnisse, gleichwohl Rechtsanwalt Plöger auch den Begriff der Eingliederung nicht in einer am Willen und an der Interpretation des Gesetzgebers (Bundesministerium der Justiz [Hrsg.], StVollzG, Regierungsentwurf mit Begründung, Begründung Teil B II, S. 69, Grundsätze, S. 75) orientierten Weise auslegt und zudem – in der Literatur (Hoffmeyer, a. a. O., 205) allerdings kritisierte – Gründe der Sicherheit und Ordnung gegen eine Bereitstellung von Gummipuppen sprechen (z. B. ist eine zerstörungsfreie Durchsuchung einer Gummipuppe nicht möglich), so sollte – nicht zuletzt auch im Blick auf vergleichbare ausländische Vollzugssysteme – eher, auch und gerade wegen der grundgesetzlichen Wertordnung und des vom Bundesverfassungsgericht als »wertentscheidende Grundsatznorm« bezeichneten Art. 6 GG, geprüft werden, ob und unter welchen Voraussetzungen partnerbezogener Geschlechtsverkehr ermöglicht werden könnte, weil nur diese Form sexueller Aktivität als Installation ausgewogener Kommunikationsmöglichkeiten der Geschlechter, quasi als reglementierte Verkehrs-Übung (so Hoffmeyer, a. a. O., S. 207), als Voraussetzung der Entstehung verfassungsrechtlicher Institutionen im Kontext des Sozialisationsanspruches des Gefangenen (Wegener MDR 1981, 617, 620) anzuerkennen ist, während die Ersatzbefriedigung mit einer Gummipuppe auch nicht jenen Entfremdungs- und Deprivationsfolgen entgegenwirken kann, die bei der Versagung partnerbezogenen Geschlechtsverkehrs entstehen und somit auch nicht die Auseinandersetzung mit dem anderen (ggf. gleichen) Geschlecht im Rahmen eines auf soziale Lernfelder ausgelegten Behandlungsvollzuges möglich ist.

Michael Matzke war und ist mit diesem seinerzeitigen JVA-Mitarbeiter, der später den Strafvollzug verließ und erfolgreicher Hochschullehrer wurde, befreundet. Er erhielt den Schriftwechsel intern zur beiderseitigen Belustigung mit folgendem Nonsens-Vermerk:

Die konzentrierte Wesens- und Interpretationsaussage in Verbindung mit der systematisierten und qualifizierten Seinsproblematik überzeugt selbst dann, wenn man von einer machtvollen Wachstumspotenz anderer ausgeht.

Eine weitere geniale Ein-Satz-Stellungnahme dieses Vollzugsleiters gegenüber der Senatsverwaltung für Justiz in Berlin – wiederum als stiller Protest gegen dortige sinnlose, bürokratische Bearbeitungsweise – findet sich im obigen Kapitel 5.3.

Bereits zuvor erließ der unbekannte Spaßvogel und Mitarbeiter im Berliner Justizvollzug, der wohl vielfach seinen Ulk trieb und dieses Mal mit »KiKi« unterschrieb, folgenden – fiktiven – Bescheid an einen Gefangenen:

Sehr geehrter Herr G!

Ihrem Antrag vom ... auf Überlassung und Benutzung einer grünen Sexpuppe der Marke »Supergeil« von der Fa. Beate Uhse entspreche ich. Aus Sicherheitsgründen habe ich die Puppe jedoch wie folgt behandelt:

1. Um Versteckmöglichkeiten auszuschließen, wurden alle Öffnungen der Puppe sachgerecht mit Kunststoffklebemasse verschweißt.
2. Um eine Verwendung der Puppe als Attrappe unmöglich zu machen, habe ich sodann den Kopf und die Beine der Puppe abgetrennt und zu Ihrer Habe gegeben.
3. Zur Erhaltung der Übersichtlichkeit in Ihrem Haftraum wurde dann die Luft in der Puppe durch ein Wasserstoff-Heliumgemisch ersetzt, damit die Puppe stets sichtbar an der Decke Ihres Haftraumes schwebt. (Einem eventuellen Fluchtversuch, etwa mit Hilfe der gasgefüllten Puppe über die Mauern der Anstalt zu fliegen, wird durch einen Abschuss der Puppe begegnet!)
4. Zuletzt wurden wegen der besonderen Explosionsgefahr (Wasserstoff-Heliumgemisch!) mehrere signalrote Aufkleber »Rauchen verboten!« am Puppencorpus angebracht.
Die Ihnen überlassene Sexpuppe darf an Mitgefangene nicht ausgeliehen werden, um einer Übertragung von ansteckenden Krankheiten (After-eight) entgegenzuwirken.

Hochachtungsvoll KiKi

Ein unter sexueller Not erheblich leidender Gefangener schrieb die folgende, völlig ernst gemeinte Eingabe:

Betrifft: Antrag zur Finanzierung meiner sexuellen Bedürfnisse
Bedingt durch meine zwangsweise Unterbringung in der K. Bo. N. (Irrenhaus) – gemeint war die in Berlin-Wedding gelegene Karl-Bonhoeffer-Nervenklinik – und der Inhaftierung in Moabit muss ich seit mehr als zweieinhalb Jahren meine sexuellen Bedürfnisse auf unmenschliche Art und Weise unterdrücken. Um meine übermächtigen, normalen sexuellen Bedürfnisse befriedigen zu können, beantrage ich eine einmalige Beihilfe im Rahmen der Zahlstelle von 500,– DM, damit ich einen Intimmassagesalon besuchen oder, falls ich keine Ausführung von dem Anstaltsleiter erhalte, mir eine Dirne ins Haus bestellen kann. Aus gesundheitlichen Erwägungen und Befürchtungen ersuche ich Sie um eine beschleunigte Bearbeitung meines Antrages, da ich befürchte, dass mir in Kürze der Hoden platzt und mir um die Ohren wegfliegen wird.
In freudiger Erwartung und Ihnen im Voraus für Ihr Verständnis dankend ...

Als der Gefangene feststellen musste, dass das Verständnis für das Anliegen des Gefangenen auf Seiten der Anstaltsbediensteten gering war, schrieb er eine weitere Eingabe:

Ich beantragte am ... beim Hausbüro eine einmalige Beihilfe von 500,- DM für den unbedingt notwendigen Besuch eines Bordells. Da meine sexuelle Notlage mich dermaßen bedrückt, dass zu befürchten ist, dass ich – wenn ich meinen Hoden nicht bald auf natürliche Art und Weise entleeren darf – in naher Zukunft zum Homosexuellen, Frauenmarder oder Kinderficker werde, ersuche ich Sie dringlichst um Ausgänge.

Wenn Sie als Anstaltsleiter noch menschlich fühlen und auch denken können, dann schaffen Sie die Voraussetzungen dafür, dass ich nicht zum Sittenstrolch, Frauenschänder und Sexualmörder werde. Mein sich ankündigender Samenkoller sollte auch Grund genug für Sie sein, die im Hause arbeitenden Sozialarbeiterinnen und Ärztinnen durch Männer zu ersetzen, da sich bei mir deutliche und nicht länger unterdrückbare Vergewaltigungstendenzen abzeichnen. Um diese Frauen, die ich mittlerweile sehr lieb gewinnen konnte, würde es mir doch sehr leid tun. Ich möchte Ihnen einen Schock für den Rest des Lebens ersparen, weshalb ich mich verzweifelt und Hilfe suchend an Sie wende. Sie als Mann und Anstaltsleiter müssten mich doch verstehen. Bitte helfen Sie mir, aber nicht mit einem Jahr Verlängerung.

Sollte mein Anliegen im Strafvollzugsgesetz nicht enthalten sein, so bitte ich um eine Erneuerung und Erweiterung des neuen Strafvollzugsgesetzes.

8.3 Hochzeit

Ein Gefangener lud den damaligen Leiter der Justizvollzugsanstalt Celle, Dr. *Paul Kühling*, mit folgendem Schreiben zu seiner Hochzeit ein:

Hiermit lade ich Sie herzlich ein, bei meiner Trauung teilzunehmen. Diese findet am ... gegen 9 Uhr 30 auf dem Standesamt hier in Celle statt. Ihre Anwesenheit wäre für mich sehr wichtig, weil diese mir einen großen Rückhalt geben würde.

Ein Bediensteter notierte auf diesem Schreiben:

Das glaubt der Gefangene nur. Die Trauung wird **hier** stattfinden.

Ein anderer Bediensteter vermerkte:

Soll die Ehe glücklich sein, so lade Dr. Kühling ein.

Der eingeladene Anstaltsleiter verfügte schließlich:

Wie kommt dem P. denn in den Sinn,
dass ich für ihn der Rückhalt bin?
Auch müsste ich die Braut beäugen,
eh' ich die Trauung soll bezeugen.
Lädt er zu seinem Hochzeitsfeste
denn auch noch andere Ehrengäste?
Ich will vorerst nicht fragen weiter.
Dr. Kühling, Anstaltsleiter

8.4 Allgemeine Datenverarbeitung

In einer vom zuständigen Referenten einer Landesjustizverwaltung erstellten *»Einzelbeschreibung der ADV-einsetzenden Stelle für jede ADV-Maßnahme«* heißt es unter der Überschrift *»Kurzbeschreibung der ADV-Maßnahme«*, dass *»die Verwaltungsaufgaben in den Justizvollzugsanstalten ... mit Hilfe der ADV rationeller erledigt werden (sollen)«*. Als eines von drei *»insbesondere«* formulierten Zielen der ADV-Maßnahme wird genannt, *»das Anliegen der Resozialisierung auch dadurch zu fördern, dass das Zahlungsverfahren für Insassen transparenter und flexibler gestaltet wird«*.

Ob zwischenzeitlich eine Kausalität zwischen Resozialisierungserfolgen und transparenter und flexibler Gestaltung von Zahlungsverfahren für Insassen nachgewiesen werden konnte, ist uns nicht bekannt.

9 RELIGIONSAUSÜBUNG

Eines Tages erhielt Pater *Vincens*, ein rund dreißig (!) Jahre in der Justizvollzugsanstalt Tegel tätig gewesener katholischer Seelsorger und eine Berlin-weit und darüber hinaus bekannte und geachtete Persönlichkeit (vgl. *Dietmar Bührer/Ehrfried Orth:* Seelsorge im Knast; Portrait eines Paters. Berlin 1991), ein Werbeangebot der Berliner Morgenpost, das wie folgt adressiert war:

Herrn Vincenz, Pate, Seidelstr. 39, 13507 Berlin
Sehr geehrter Herr Pate, ...

Im November 1962 wurde zwischen dem damals so genannten *»Vorstand der Strafanstalt Tegel«* und einem 18-jährigen Organisten ein Vertrag über das Orgelspiel bei den katholischen Gottesdiensten in der Anstalt abgeschlossen. In dem die Kündigung betreffenden § 3 des Vertrags hieß es u.a., dass *»bei Schließung der Strafanstalt Tegel ... das Vertragsverhältnis ohne vorherige Kündigung (erlischt)«*.

Von einer solchen – völlig unrealistischen Schließung – träum(t)en so genannte Abolitionisten ...

10 GESUNDHEITSFÜRSORGE

10.1 Krankenbehandlung

Das Strafvollzugsgesetz bestimmt, dass *»für die körperliche und geistige Gesundheit des Gefangenen ... zu sorgen«* ist und dass *»Gefangene ... Anspruch auf Krankenbehandlung (haben), um eine Krankheit zu erkennen, zu heilen, ihre Verschlimmerung zu verhüten oder Krankheitsbeschwerden zu lindern«*. Erfahrungsgemäß leiden Gefangene tatsächlich häufig an Krankheiten, weil ihre Zwangssituation beim Vollzug der Freiheitsstrafe zu Bewegungsmangel führt und oft an den Nerven zerrt und einschlägige Symptome hervorruft. Nicht selten sind körperliche Beschwerden auch auf unzureichende hygienische Vorkehrungen der Gefangenen oder auf ihre ungesunde Lebensweise (vor dem Gefängnisaufenthalt, aber auch während des Vollzugs der Freiheitsstrafe) zurückzuführen. Auch werden Arztbesuche in der Anstalt bzw. Krankenbehandlungen seitens der Gefangenen vielfach als willkommene Abwechslung vom »Knastalltag« oder als Gelegenheit betrachtet, persönliche Zuwendung zu erhalten oder sich bei Mitgefangenen mit irgendeinem tatsächlichen oder vorgeblichen Leiden interessant und wichtig zu machen. In der Folge haben es im Vollzug tätige Mediziner häufig mit Simulanten oder »schwierigen Patienten« zu tun, deren Behandlung und menschlicher Umgang wegen des zudem oft fehlenden Vertrauensverhältnisses zueinander oder wegen schlicht unberechtigter Forderungen des Gefangenen problematisch ist.

Ein solchermaßen betroffener Anstaltsarzt schrieb anlässlich einer von drei Strafgefangenen verfassten Petition an den Petitionsausschuss eines Landesparlaments, zu der er durch den Anstaltsleiter Stellung zu nehmen aufgefordert war, seinen ganzen Frust von der Seele:

Ich bedauere zunächst, die ursprüngliche Frist nicht eingehalten zu haben, da ich in Urlaub war und ein Anderer sich nicht bereit gefunden hat, den Unfug der Gefangenen zu beantworten.

Zunächst entnehme ich mit großem Erstaunen, dass sich hier ein Gefangenenrat, Rechtsform: BGB-Gesellschaft gebildet hat. Nun wäre es natürlich sehr zu begrüßen, wenn sich die Gefangenen mit der Beachtung der Rechtsnormen sehr intensiv beschäftigen würden, doch sind es dann meist Lippenbekenntnisse gegenüber Behörden mit dem Ziel, Vergünstigungen und Hafterleichterungen zu erlangen und somit den Richterspruch zu paralysieren.

Diesem Trio: Rechtsform BGB-Gesellschaft kann ich nach Durchsicht ihres Schreibens zunächst den dringenden Rat geben, wenigstens das 8. Gebot zu lernen: Du sollst nicht falsch Zeugnis reden wider deinen Nächsten, sonst geht diese BGB-Gesellschaft gleich baden.

Man kann den ganzen Unfug der Gefangenen eigentlich nur als Beschäftigungstherapie des Strafvollzuges ansehen mit dem Ziel, durch ständige Beantwortung von Eingaben eine sinnvolle ärztliche Tätigkeit unmöglich zu machen, denn es kann sich ja Jeder denken, dass eine Beantwortung dieser Eingaben viel Zeit durch Aktenstudium, Konzeptvorbereitung und Diktat erfordern.

So ist z.B. aus der Akte von Stöller zu entnehmen, dass er seit seiner erneuten Inhaftierung … über eine große Fülle von Beschwerden klagte. Es fehlt in der Tat nur eine Erkrankung: nämlich die von ihm zitierte schmerzhaft verlaufene schleichende Lymphdrüsen-Erkrankung. Manchmal zweifelt man an dem normalen Geist dieser Leute, die sich aus der Fülle der hier vorgetragenen Beschwerden nun bestimmt einige Krankheiten hätten aussuchen können, wo für den Arzt die Beweisführung bezüglich der erfolgreich durchgeführten Therapie etwas schwierig geworden wäre. Aber nein, es muss ausgerechnet eine Krankheit sein, die sie nun noch nie vorgetragen haben.

… Mir ist also unerklärlich, wie der Gefangene zu der Diagnose einer Blutarmut kommen will, da er nie zu einer Laboruntersuchung hingegangen ist. Andere Patienten draußen wären dankbar, wenn ihnen nur ein Bruchteil der diagnostischen und therapeutischen Maßnahmen angeboten worden wäre wie S. hier im Strafvollzug, so dass man unter Berücksichtigung des Verhaltens von S. diese Petition eigentlich nur als Gipfel der Unverschämtheit bezeichnen muss.

… Eine vegetative Dystonie hat in unserer hektischen Zeit bald jeder zweite Mensch und sie ist daher praktisch nur noch dann als krankhaft anzusehen, wenn sie in massiver Form das Allgemeinbefinden beeinträchtigt. Davon kann aber bei S. keine Rede sein, außerdem habe ich im November … festgehalten, dass S. die von mir dafür verordneten Medikamente nur unregelmäßig einnimmt. Dafür raucht er aber wie ein Weltmeister und wundert sich dann, wenn seine nervösen Magenbeschwerden eine Zunahme des Körpergewichts verhindern.

... Alle von S. jeweils vorgetragenen Beschwerden sind sowohl in ... als auch hier von den jeweiligen Anstaltsärzten sachlich richtig behandelt worden, sofern uns das bei der mangelnden diagnostischen und therapeutischen Bereitschaft des Gefangenen möglich war. Bei der Fülle der hier vorgetragenen Beschwerden muss man dann noch berücksichtigen, dass der Gefangene erst ganze 24 Jahre alt ist, also auf der Höhe seiner Leistungsfähigkeit stehen sollte, was man aber nur bezüglich der kriminellen Intensität sagen kann.

Genau so verhält es sich mit Grundolf. Dieser »gebrechliche Mensch« ist jetzt 34 Jahre alt, sein Vorstrafenregister ist länger als seine Haare und während er bei der Aufnahme in ... mit normalem Schuhwerk lief, wird ihm jetzt auf Kosten des Strafvollzuges ein orthopädisches Schuhwerk verpasst, weil er einen Ballen-Hohlfuß hat, der aber die körperliche Leistungsfähigkeit kaum behindert.

... Er war genau wie S. am ... bei mir in der Sprechstunde, ... und er meint nun gleich lautend, ebenfalls an Blutarmut zu leiden. Zu der von mir ... angesetzten Blutuntersuchung ist er jedoch – genau wie S. – nicht erschienen und seitdem wurde er bei einem Arzt hier nicht mehr gesehen.

... Ob bei dem Gefangenen ein Wirbelsäulenschaden besteht, weiß ich nicht. Dementsprechende Angaben hat er nie gemacht – auch früher nicht – und ein Röntgenbild der Wirbelsäule wurde bisher im Strafvollzug nicht ausgeführt. Wenn also Herr G. nicht noch ein Röntgenbild aus der Tasche zaubert, kann ich also auch nicht sagen, wie er zu diesen Erkenntnissen kommt. Bis jetzt ist nicht zu ersehen, ob er Blut bildende Medikamente benötigt, und Herr G. hält die Klärung dieser Frage auch nicht für erforderlich. Was er unter einer Aufbaukost versteht, ist mir unbekannt, da ich nur unter den mir vorgeschriebenen Kostformen wählen kann, und da kommt der Begriff Aufbaukost nicht vor. Ich kann auch nicht sagen, was Herr G. unter einer Fußruhe versteht, die ihm nicht ausgehändigt wird, da sich in der Krankenakte keinerlei Aufzeichnungen befinden, die auch nur andeutungsweise mit einem solchen Begriff in Zusammenhang gebracht werden können. ... Im Übrigen muss man aber Herrn G eine Bärenkonstitution zubilligen, denn er raucht seit 18 Jahren täglich 100 Zigaretten. Jetzt im Strafvollzug sollen es allerdings nur täglich 30 Zigaretten sein, da er aber nicht arbeitet, darf Jeder dreimal raten, wie er selbst diese reduzierte Menge bezahlt.

Den 3. Fall, Konz, möchte ich nur kurz umreißen, denn ich behandele den Gefangenen schon seit längerer Zeit nicht mehr. K. versucht hier, den Geisteskranken zu spielen, was er aber nach Ansicht unseres Psychiaters ... und auch nach meiner Überzeugung nicht ist. Er ist zwar eine hochgradig abnorme Persönlichkeit, aber sicher nicht im Sinne einer echten Schizophrenie. Schließlich ist dieses Schreiben zwar als grober Unfug zu bezeichnen, jedoch nicht eine unlogische Ausführung wie bei einem Geisteskranken. Der Mann hat leider einen pathologischen Hass auf alle Ärzte und hat auch draußen schon Ärzte zusammengeschlagen. ...

Ich darf Ihnen zum Abschluss noch die Zeit ansagen, die ich zur Beantwortung dieser Stellungnahme benötigt habe: es sind genau 5 Stunden, und Jeder kann sich ausrechnen, wohin wir kommen, wenn diese lieben Menschen in diesem Haus dies fortsetzen.

Ein anderer Gefangener beschwerte sich über einen Anstaltsarzt wie folgt:

Dr. P. erscheint mir, bedingt durch sein hohes Alter, überfordert und inkompetent. Zahlreiche Beschwerden haben bislang nicht zu seiner Ablösung geführt. Er führt die Krankenakten nicht ordentlich. So konnte er eine Verordnung in meiner Akte, die er selber geschrieben hat, später nicht mehr lesen. Manchmal vergisst er die Eintragungen völlig und kann sich auch beim nächsten Termin vier Tage später nicht mehr an seine Diagnose erinnern.

Als ich ihm vor einiger Zeit den verheerenden Zustand meines Zahnfleisches, bedingt durch die vitaminarme Ernährung, vorführte, musste ich mir als Therapie sein Zahnfleisch anschauen, das zugegeben noch schlimmer war. Ein Besuch beim Zahnarzt wurde abgelehnt; später laborierte ich tagelang mit einer eiternden Zahnfleischfistel herum. Am ... bat ich Dr. P. um Behandlung der Pilzerkrankung meiner Fußnägel. Jetzt zeigte er mir den Pilzbefall seiner Fingernägel.

Was muss ich mir wohl im Falle eines Hämorrhoidenleidens anschauen?

In dem Beschwerdebrief eines offenbar gebildeten Gefangenen war Folgendes zu lesen:

Ich protestiere, weil die Räumlichkeit total in vereistem Zustand, ungeheizt ist und beschwere mich mit dem Ziel, dass umgehend der Realschulraum situationsadäquat beheizt wird, zumal ich im Einzelfall an einem akuten Hämorrhoidalleiden erkrankt bin. In meinem besonderen Fall heißt, dass mein Hämorrhoidalleiden durch Missachtung der gesundheitlichen Fürsorgepflicht ins Extrem, Proctitis cum fissura ani, hineinlaviert werden soll (vgl. meine krankheitsspezifische Therapie durch Tampositorien cum bella donna sowie Spezialsalbe von der Apotheke).

Ein Strafgefangener verweigerte die Arbeit in einem Betrieb, in dem Alu-Gussteile mittels Feilen entgratet wurden. Bei seiner Anhörung im Disziplinarverfahren brachte er vor, er habe Hämorrhoiden und befürchte eine Infektion durch den Metallstaub. Darauf hin wurde der Gefangene der Anstaltsärztin mit der Bitte um Stellungnahme vorgestellt. Von dort kam er ohne Stellungnahme zurück und war bereit zu arbeiten. Auf die Frage des Abteilungsleiters in der (bayerischen) Vollzugsanstalt, was die Anstaltsärztin gesagt habe, wollte er zunächst nicht mit der Sprache heraus. Endlich gestand er mit niedergeschlagenem Blick:

Sie hat gesagt, ich würde doch nicht mit dem Arsch feilen.

In einem Gerichtsbeschluss hieß es:

Der Antragsteller leidet unter Hämorrhoiden und muss daher auf ärztliche Anordnung dreimal wöchentlich ein halbstündiges Wannenbad nehmen. Am ... spielte der Antragsteller in der Wanne sitzend mit drei anderen Gefangenen Karten. Während dieser Zeit, die er sehr ausdehnte, war es anderen Gefangenen nicht möglich, ihrerseits ein Wannenbad zu nehmen.

In einem Fall eines Gefangenen, der sich außerhalb des Vollzugs einem niedergelassenen Arzt vorgestellt hatte, wurde von diesem folgendes »Ärztliche Attest« zur Vorlage bei »der Justiz« gefertigt:

Herr H. S., geb. am …, Wohnung …, befindet sich in meiner Behandlung.
Bei Herrn S. handelt es sich um einen Zust. n. einem Herzinfarkt mit einer erheblichen koronaren Herzkrankheit bei Herzmuskelschwäche. Darüber hinaus hat er eine chron. Bronchitis, einen Bluthochdruck und eine Erkrankung der großen Körperschlagader sowie eine Steingallenblase. Trotz einschlägiger Medikation haben sich die Befunde laufend verschlechtert. Herr S. ist hilfsbedürftig und bedarf der ständigen Pflege und Wartung.

Ziel dieses Attestes war es, *»die Justiz«* dazu zu bewegen, dass die vom Arzt vorgeschlagene Ehefrau des Patienten dessen *»Pflege und Wartung«* übernehmen könne.

Wie aus vorstehendem Fall deutlich wird, können Gefangene in notwendigen Fällen außerhalb der Anstalt medizinisch behandelt werden. Dafür stehen erforderlichenfalls nebst einer Verlegung in ein externes Krankenhaus im Falle ambulanter Behandlung die Rechtsinstitute *»Urlaub, Ausgang und Ausführung aus wichtigem Anlass«* zur Verfügung. Vor diesem rechtlichen Hintergrund fertigte ein Anstaltsarzt folgenden Vermerk an die Anstaltsleitung mit der Bitte um weitere Veranlassung:

Bei dem Obengenannten liegt folgender Sachverhalt vor: Glasaugenprothese-Anpassung notwendig.
Es handelt sich hierbei um ein Ereignis, das mit den medizinischen Mitteln der … Vollzugsanstalten und des Krankenhauses der … Vollzugsanstalten nicht behandelt bzw. diagnostiziert werden kann.

Daher ist die Ausführung des Obengenannten ärztlicherseits zwingend erforderlich, und zwar:
Am … (9.00 Uhr) in folgende Krankenanstalt: Berliner Kunstaugen-Institut D. Leipold-Kuller GmbH …

Ein Gefangener beschwerte sich wegen angeblicher Schäden durch eine Röntgenuntersuchung wie folgt:

Mehrfach war ich im Pony-Gacius-Krankenhaus.

Gemeint war das Bonifatius-Krankenhaus.

Das besondere Thema der Geschlechtsumwandlung betraf der nachfolgend dokumentierte Brief eines Gefangenen an den leitenden Arzt des Vollzugs eines Bundeslandes:

Sehr geehrter Herr Dr. K.!
Auf Ihre Ablehnung betreffend Ihr schreiben von 11 Mai 84 wegen meiner Hormone erhebe ich einspruch.

Gründe. Da ich mir auch bei Ihnen nicht vorstellen kann, das Sie Sexualwissenschaft studiert haben, sonnst hätten Sie nehmlich mein Antrag statgegeben, und noch viel weniger der Anstaltz Arzt der mir wort wörtlich zu verstehen gab, das Er noch nicht mal wuste was eine Geschlechtsumwandlung ist, ich verstehe nicht wie der Mann hier als Arzt überhaupt zugelassen wurde??? Den soetwas weiß doch heutzutage jeder Praktischer Arzt der in der Westlichen Welt zugelassen wurd. Ich weiß zwar nicht über wehn Sie Ihre Überprüfung bezogen haben, aber das wahren ja wohl auch nicht die erfahrensten Herren, oder will man mich hier mit absicht körperlich kaput machen??? Ich schreibe Ihnen hier mal eine Adresse auf über der Sie sich erkundigen können, beträffend meines Antrags und die Pfungsjonen der Hormone, den es ist schon eine gewisse menge Hormone nötich für den Körper die man braucht bevor man sich einer Geschlechtsumwandlung unterzieht, da ich mich gleich nach meiner Entlassung auch Operieren lassen will.

Hier die Adresse woh ich mich von hier aus auch schon für die Operatzion angemeldet habe. Deutsche Gesellschaft für Sexualforschung, Martinistr. 52, 2000 Hamburg 20.

Es besteht auch keine bedenken der Bezahlung, die Kosten würde natürlich ich übernehmen da ich über genügend Eigengeld verfüge, wenn man mir die Hormone über die Anstalt kaufen würde.

Ich hoffe doch das ich diesmal auf Ihr verständnis stoße, und aus mediezinischer sicht mein Antrag statgeben.
Hochachtungsvoll …

10.2 Der Hygiene dienende Fürsorge

Die Gefangenen haben keine Duschen in den Hafträumen, sondern nur ein Waschbecken und eine Toilette. Gleichwohl hat jeder Gefangene die Möglichkeit, mindestens einmal in der Woche ein Duschbad in einer zumeist etagen- oder wohngruppenweise vorgehaltenen Sammeldusche zu nehmen. Ein für Bauangelegenheiten in einer Aufsichtsbehörde zuständiger Mitarbeiter bemerkte einmal zu diesem Thema recht zweideutig:

Ich kenne die Duschgewohnheiten der Gefangenen.

In einer Anordnung einer Aufsichtsbehörde zur *»Reinigungsordnung«* betreffend *»Badelatschen nach Anlage 3 laufende Nr. 16«* schrieb der Referent:

Nach Prüfung durch die Hygienefachberaterin … können die von uns beschafften Badelatschen nach thermischer Desinfektion bei 75° bis 105° C erneut zur Ausgabe gelangen. Die dortige Erfahrung der letzten Jahre hat gezeigt, dass bei 75° C die Badelatschen keinerlei Materialschaden nehmen. Aus hygienischer Sicht ist diese Temperatur insbesondere für Pilzspuren ausreichend. Wir bitten, ab sofort für eine Wiederausgabe verwendbare Badelatschen den Gefangenen nicht mehr zu überlassen, sondern zurück zu nehmen und nach der o. a. Desinfektion eine weitere Verwendung sicherzustellen. Wir empfehlen, um unnötige Arbeitsgänge zu vermeiden, die Badelatschen den Gefangenen bei Verlegungen zu belassen und erst bei der endgültigen Entlassung aus dem Justizvollzug eine Rückgabe zu bewirken. Die hiernach bei den Entlassungsanstalten vermehrt anfallenden Badelatschen sollten paarweise gebündelt den aufnehmenden Anstalten zur Bestandsverstärkung zugeleitet werden, wobei der Desinfektionsort hierbei untereinander abzustimmen ist. …

Ein Anstaltsarzt berichtete dem Anstaltsleiter Folgendes:

Es kommt nach meinen Informationen vor, dass Katzen auch in den Zellen der Sicherungsverwahrten sind, in denen diese auch Kuchen backen. Es besteht ein gewisses Gesundheitsrisiko, wenn in einer »Backstube« Katzenschmutz zur Anreicherung des Mehls und der Kucheninhalte beigemengt sind. Ich bitte diesem Umstand abzuhelfen.

10.3 **Suizidprophylaxe**

Die Suizidrate unter Gefangenen ist leider höher als in der Gesellschaft draußen. Einige Gefangene verkraften die mit der Inhaftierung verbundene psychische Belastung nicht. Selbstverständlich unternehmen die Vollzugsbediensteten alle Anstrengungen, Suizide zu verhindern. Bewährte Maßnahmen hierbei sind neben intensiven Gesprächen durch Vollzugsbedienstete, insbesondere Psychologen und Sozialarbeiter, die Zusammenlegung des suizidgefährdeten Gefangenen mit anderen Gefangenen oder die regelmäßige Beobachtung des Betreffenden durch Vollzugsbedienstete, denn es gilt die Erkenntnis, dass Suizide regelmäßig in unbeobachteten Situationen durchgeführt werden. Vor diesem Hintergrund meinte ein Vollzugsdienstleiter einmal in einer Dienstbesprechung:

Auch wer nicht beobachtet wird, muss am Leben bleiben.

Wie wahr, wie wahr! Denn wie formulierte einmal ein Mitarbeiter einer Aufsichtsbehörde in einer Besprechung?

Ich glaube schon, dass das Rechtsgut Leben ein sehr hohes ist.

11 FRAUENSTRAFVOLLZUG

11.1 Frauenanstalten

Unter den Gefangenen insgesamt sind nur etwa fünf Prozent weiblich. Ein Kriminologe hatte dies während eines Vortrags auf einer Arbeitstagung der Bundesvereinigung der Anstaltsleiter im Strafvollzug e. V. (heute: Bundesvereinigung der Anstaltsleiterinnen und Anstaltsleiter im Justizvollzug e. V.) wie folgt begründet:

Die Frauen sind kriminologisch unterbelichtet.

Vor diesem Hintergrund sind die Frauenanstalten oder, wie das Strafvollzugsgesetz es auch zulässt, abgetrennte Vollzugsabteilungen für Frauen (in Anstalten für Männer) kleine, überschaubare Einrichtungen, in denen es zumeist familiärer und vertraulicher als im Männervollzug zugeht.

Im März 1985 wurde die in Berlin-Plötzensee errichtete neue Justizvollzugsanstalt für Frauen Berlin, von Spöttern *Justizvollzugsanstalt für Frauen Berlins* genannt, in Betrieb genommen. Diese Einrichtung wird, weil sie für die Belange des Frauenvollzugs zu groß und mit zu vielen Sicherheitsvorkehrungen (vgl. zu Letzterem noch im nachfolgenden Kapitel) gebaut war, mittlerweile jedoch für den Vollzug an männlichen Gefangenen genutzt; die weiblichen Gefangenen sind in den Jahren 1996 bis 1998 je nach Gefangenenstatus auf die Standorte Berlin-Neukölln, -Lichtenberg, -Reinickendorf und -Pankow verteilt worden.

Vor der Inbetriebnahme der Frauenanstalt in Plötzensee waren, wie man sich denken kann, jahrelange Vorbereitungsarbeiten erforderlich. Die Bauplanungen erfolgten auf Grund eines Beschlusses des Senats von Berlin vom 13.7.1976 und waren veranlasst durch den Ausbruch von vier weiblichen Gefangenen, die wegen terroristischer Gewalttaten verurteilt waren, Anfang Juli 1976 aus der damals für weibliche Gefangene zuständigen Anstalt in der Lehrter Straße. Zu den Vorbereitungsarbeiten gehörte auch die Frage, ob und gegebenenfalls wie die seitens der Architekten mit Zustimmung der beteiligten Berliner Senatsverwaltungen für Justiz und für Bauwesen errichteten Wachtürme in der Umwehrungsmauer der Anstalt benutzt werden sollen. Zwar waren diese seinerzeit, weil die Anstalt in einer Zeit des Eindrucks terroristischer Freipressungen von Gefangenen seitens der RAF und anderer Terrorgruppen geplant und konzipiert worden war, gebaut worden. Andererseits war die (damals wie heute geltende) Tatsache nicht zu übersehen, dass weibliche Gefangene kaum einmal Anstalten machen, aus einer Anstalt auszubrechen. Im Übrigen stand in Frage, ob eine etwaige Benutzung der Türme, wie seinerzeit üblich, mit männlichem Sicherheitspersonal erfolgen sollte oder ob auch insoweit weibliche Bedienstete eingesetzt werden sollten. Und schließlich wurde diskutiert, ob gegebenenfalls weibliches Sicherheitspersonal mit Waffen, etwa Langwaffen, ausgerüstet werden sollte. Vor diesem Hintergrund voller offener Probleme schrieb der seinerzeit in der Senatsverwaltung für Justiz zuständige Referent folgenden Satz in einem an die Hausleitung gerichteten und zur Entscheidung vorgelegten Vermerk:

Es muss entschieden werden, ob die Türme mit weiblichem Personal bewaffnet werden sollen.

11.2 **Aus dem Anstaltsleben**

In den Sechziger-, Siebziger- und Achtzigerjahren des vergangenen Jahrhunderts war es eine Selbstverständlichkeit, dass für die Leitung von Frauenanstalten oder Abteilungen für Frauen nur Frauen in Betracht kamen. Dr. *Helga Einsele,* die langjährige Leiterin der Frauenanstalt in Frankfurt am Main-Preungesheim, und andere Anstaltsleiterinnen hatten hohe Maßstäbe gesetzt, an denen ihre Nachfolgerinnen häufig scheiterten. Einige von ihnen gaben, von den Auseinandersetzungen mit den weiblichen Bediensteten und Gefangenen ge- und entnervt, schon nach kurzer Zeit auf. Inzwischen werden viele Frauenanstalten von Männern erfolgreich geleitet. Es bedarf dazu allerdings einer gewissen Statur, wie die nachfolgenden Aufzeichnungen des Anstaltsleiters der Justizvollzugsanstalt für Frauen in Frankfurt am Main-Preungesheim, *Norbert Müller,* zeigen:

Der neue Chef, erstmals ein Mann, hatte die Leitung der Frauenhaftanstalt übernommen. Man kannte sich nicht, und alles lief noch recht förmlich und etikettebetont ab, wie das bei und mit Damen eben so ist. Die Dienstleiterin des offenen Vollzugs, eine imposante weibliche Erscheinung, hatte sich zum Gespräch angemeldet und trug dem neuen Anstaltsleiter in dessen Büro einen komplizierten Fall vor. Zur Verdeutlichung ihres Anliegens hatte sie die umfangreiche Gefangenenpersonalakte mitgebracht. Sie trat seitlich an den auf seinem Schreibtischsessel sitzenden Chef heran, bückte sich über ihn und seinen Schreibtisch, auf den sie die Akte legte, und begann, ihre Finger jeweils an den entscheidenden Stellen in der Akte als »Lesezeichen« zu benutzen. Als alle ihre Finger in der Akte verschwunden waren, aber nicht ausreichten, wandte sie dem Chef Hilfe suchend den Kopf zu und bat: »Stecken Sie mir doch bitte mal Ihre Finger von hinten rein!«

Just in diesem Augenblick hatte die Vorzimmerdame das Chefbüro betreten; die Luft schien zu erstarren – Atemstillstand bei den Anwesenden! Die Frauenblicke kreuzten sich wie Sarazenerklingen, doch dann gab es kein Halten mehr: befreiendes Lachen von allen Dreien, der Bann war gebrochen.

Die weiblichen Bediensteten hatten sich über die Qualitätsunterschiede zwischen städtischer und ländlicher Frischkost unterhalten. Der Anstaltsleiter, von dem bekannt war, dass er außerhalb der Stadt wohnte, hatte deshalb zum Vergleich frische Landeier von freilaufenden Hühnern mitgebracht. Als sich die Damen wieder einmal über das Thema unterhielten, bemerkt eine von ihnen anerkennend: »Der Chef hat aber schöne Eier!«

In diesem Augenblick trat die Vollzugsleiterin ein, die für ihre offene und direkte Art bekannt war, und entrüstete sich: »Woher willst du das denn wissen? Du kennst ihn doch gar nicht!«

Der Anstaltsleiter traf sich alle zwei Wochen mit den von den Gefangenen gewählten Interessenvertreterinnen der einzelnen Abteilungen seiner Anstalt. Bei einem Treffen hatte er alle ihre brennenden Fragen beantwortet, auch die, ob es für ihn als Mann in der Frauenanstalt nicht zugängliche Tabubereiche gebe. Er hatte ebenso die heftige Diskussion, mit der sie ihn konfrontiert hatten, ob den Gefangenen in der Freizeit »Oben ohne« zu gestatten sei, mit seiner Entscheidung beendet. So meinte er, seine Feuertaufe hinter sich zu haben, als aus Gründen der Übersichtlichkeit der Hafträume die Zahl der den Frauen überlassenen eigenen Kleidungsstücke begrenzt werden sollte. Um jedes einzelne Kleidungsstück wurde von den Inhaftierten mit der Vollzugsdienstleiterin mit zäher Hartnäckigkeit gefeilscht; eine Einigkeit war nicht zu erzielen. Die Entscheidung musste vertagt werden. Beim nächsten Treffen mit der Interessenvertretung der Gefangenen übergab eine Inhaftierte dem Anstaltsleiter ein mehrseitiges Kompendium mit dem fürsorglichen Wunsch: »Damit Sie sich ein Bild machen können, wovon die Rede ist.«

In mühevoller Kleinarbeit hatten die Frauen Abbildungen von Damenunterwäsche, Reizwäsche in allen Variationen, aus Versandhauskatalogen herausgeschnitten und, neu arrangiert, aufgeklebt. Es folgte Schweigen; elf Augenpaare fixierten den Anstaltsleiter. Diesem musste nun schnell etwas Passendes einfallen. Scheinbar konzentriert blätterte er Seite um Seite um. Dann kam sein Kommentar: »Schade, es ist nichts Neues dabei. Dies hier kenne ich alles schon!«

Großes Lachen, und dann war das Thema erledigt.

Zwei Nachtdienstbeamtinnen meldeten dem Anstaltsleiter folgendes außerordentliche Vorkommnis aus der vergangenen Nacht: »... betätigte die Untersuchungsgefangene W. um 1.30 Uhr die Notrufanlage. Wir hörten Frau W. schrecklich weinen, und es war ihr nicht möglich, sich zu artikulieren. Als wir die Haftraumtür öffneten, saß sie auf dem Schrank und hatte panische Angst. Da Frau W. auf ihr Bett deutete und schrie, dachten wir, Frau W. hat Halluzinationen, dass sie Dinge sähe, die wir nicht erkennen konnten. Als dann eine Maus über das Bett huschte, war die Gefangene außer sich. Sicherheitshalber riefen wir die Schwester des Anstaltskrankenhauses auf die Station, die sich ebenfalls um Frau W. kümmerte. Nachdem die Hofstreife (zwei männliche Bedienstete) die Maus entfernt hatte, aber Frau W. nicht zu beruhigen war, wurde sie um 1.45 Uhr für den Rest der Nacht ins Anstaltskrankenhaus aufgenommen.«

Der Anstaltsleiter kommentierte die Meldung wie folgt: »Zum Glück sind nicht auch noch Feuerwehr, Technisches Hilfswerk und Notarzt gerufen worden!«

Die Dienstleiterin einer Frauenvollzugsabteilung neigte ungewollt zu gelegentlichen Versprechern. So riss ihr in einer Vollzugskonferenz der Geduldsfaden, als eine Diskussion über den Zusammenhang zwischen einer korrekten Sachbearbeitung bei der Vorprüfung von Vollzugslockerungen und der Aktenführung nicht enden wollte. Es platzte förmlich aus ihr heraus: »Das ist doch ganz einfach! Da legt man sich die Frau vor sich auf den Tisch und nimmt sie sich einmal gründlich her!«

Eine Rückfallbetrügerin konnte sich des Mitgefühls aller mit ihr befassten Bediensteten wie auch ihrer Mitgefangenen sicher sein: als inhaftierte Mutter trug sie nicht nur Sorge um zwei halbwüchsige Kinder, die schmalen Finanzen und den Erhalt der Wohnung; ausweislich der von ihr vorgelegten Bescheinigungen der Universitätsklinik war ihrem Ehemann auch noch ein Oberschenkel amputiert worden. Alle litten, und wer wollte angesichts dieser Notlage in der Familie noch Vollzugslockerungen widersprechen? Doch stattdessen erhielt die Gefangene eine neue Anklageschrift: »Im Herbst beantragte die Angeschuldigte bei der Staatsanwaltschaft, die Strafvollstreckung zu unterbrechen, da ihrem Ehemann angeblich ein Oberschenkel amputiert worden sei und er daher ihrer Pflege bedürfe. Hierzu legte sie Kopien zweier angeblich von der Universitätsklinik ausgestellter, vom 4.11. und 1.12. datierender Bescheinigungen vor. In Wahrheit war bei ihrem Mann lediglich eine Kniegelenk-Implantation vorgenommen worden. Die fraglichen Bescheinigungen hatte die Angeschuldigte selbst erstellt, indem sie von anderen, wirklich von der Universitätsklinik stammenden Schreiben den Briefkopf und die Unterschriftenzeilen abschnitt, auf einen leeren Briefpapierbogen aufklebte und auf diesen dann mit Schreibmaschine den jeweiligen Bescheinigungstext schrieb und diese ›Bescheinigungen‹ sodann in Kopie den Behörden vorlegte.«

Eine Gefangene beschwerte sich mit folgenden Worten: »Sehr geehrter Herr Anstaltsleiter, es ist schon eine bodenlose Frechheit und Unverschämtheit, dass ich mich beschwere …«

Entweichungen oder gar Ausbrüche aus einer Frauenanstalt kommen selten vor. Doch gilt wohl auch hier, dass Tugend oft nur ein Mangel an Gelegenheit ist. So ist Folgendes zu berichten: Ostersonntag. Große Aufregung in den Abendstunden. Die Stationsbeamtin hatte schon überall gesucht, ihr fehlte eine Gefangene »im Bestand«. Je mehr Zeit verging, um so unklarer wurde, wann man die Gefangene zuletzt gesehen hatte. Noch nach der Freistunde im Hof? Schließlich dehnte man die Suche auf das gesamte Anstaltsgelände aus. Ein Beamter nahm sich den Müllcontainer auf dem Wirtschaftshof vor und wurde fündig. Im Abfall unter Kartons hatte sie sich versteckt und auf den Abtransport des Containers gewartet. Die Idee war nicht schlecht – doch welches Müllabfuhrunternehmen fährt schon an Feiertagen?!

12 SICHERHEIT UND ORDNUNG

12.1 Geordnetes Zusammenleben in der Anstalt

Zur Aufrechterhaltung der Sicherheit und Ordnung in der Anstalt hat der Strafgefangene die Pflicht, Anordnungen der Vollzugsbediensteten zu befolgen, auch wenn er sich durch sie beschwert fühlt. Verstößt ein Gefangener schuldhaft gegen seine Pflichten, so können gegen ihn Disziplinarmaßnahmen angeordnet werden. Die härteste Disziplinarmaßnahme ist der Arrest.

Der Leiter einer westfälischen Justizvollzugsanstalt, der an einem nervösen Augenzucken litt, belegte einen Strafgefangenen im Disziplinarverfahren mit fünf Tagen Arrest. Als der Gefangene von vor einem vor dem Büro wartenden Mitgefangenen gefragt wurde, was er denn bekommen habe, antwortete dieser:

Fünf Tage Arrest. Aber er meint das nicht so, denn er hat mir mit einem Auge zugezwinkert.

In einer so genannten *KiKi*-Spaßverfügung eines unbekannten Autors in einer Justizvollzugsanstalt hieß es unter der Überschrift *»Disziplinarmaßnahmen in deutschen Strafvollzugsanstalten im Wandel der Zeit«:*

1937: Ein Strafgefangener beleidigt einen Wärter durch die Anrede »dumme Sau« – Maßnahme: Der Strafgefangene wird bei einem »Fluchtversuch« erschossen.

1957: Ein Strafgefangener beleidigt einen Aufseher durch die Anrede »dumme Sau« – Maßnahme: Der Strafgefangene wird gemäß Nr. 182 Abs. 10 DVollzO mit vier Wochen Arrest belegt.

1977: Ein Gefangener beleidigt einen Beamten durch die Anrede »dumme Sau« – Maßnahme: Nachdem der Gefangene bei seiner Anhörung das Wort »dumme« zurückgenommen hat, erteilt ihm der Anstaltsleiter eine Verwarnung (§ 102 Abs. 2 StVollzG).

1987: Ein Klient bezeichnet seinen Betreuungsbeamten als »dumme Sau« – Maßnahme: Der Betreuungsbeamte berücksichtigt, dass die Großmutter des Klienten nicht rückenschwimmen konnte und somit dessen Verhalten aus tiefenpsychologischer Sicht sozialadäquat ist. Der Betreuungsbeamte entschuldigt sich bei seinem Klienten und verspricht ihm, derartige Gedanken nicht mehr zu äußern.

1997: siehe 1937! (?)

12.2 Technische Sicherheitsvorkehrungen

In einer weiteren *KiKi*-Spaßverfügung hieß es:

1. Die neu installierte drahtlose Ruf- und Alarmanlage führte durch falsche Bedienung zu derartig vielen Fehlalarmen, dass ich mich gezwungen sah, die Alarmanlage nunmehr außer Betrieb zu setzen.

2. Soweit die tragbaren Geräte weiterhin keine hörbaren Informationen in den Schlüsselraum vermitteln, werde ich zunächst die Mikrofone tot legen – und später, falls das starke Rauschen in den Lautsprechern nicht beseitigt werden kann, auch diese abschalten lassen.

3. Die Anschaffung der Geräte halte ich auch nach dem Abschalten sämtlicher Funktionen für nützlich, weil die Geräte ihren Träger ungemein schmücken und darüber hinaus im Notwehrfall als Schlag- oder Wurfwerkzeug benutzt werden können. In diesem Falle ist die Antenne des Gerätes unter Berücksichtigung des Grundsatzes der Verhältnismäßigkeit nicht herauszuziehen, um den Strafgefangenen nicht ernsthaft zu verletzen und ihn möglicherweise auch noch mit Blindheit zu schlagen.

4. ...

Und schließlich schlug der *KiKi*-Autor erneut zu und veranlasste Folgendes:

Vermerk: Besucher der Anstalt dürfen aus Sicherheitsgründen keine eigenen Regenschirme in den Anstaltsbereich einbringen. Um jedoch die Besucher beim Überqueren des Anstaltsgeländes vor Regen zu schützen, sind ihnen anstaltseigene Regenschirme leihweise zu überlassen.

Verfügung:
1. Die anstaltseigenen Regenschirme sind aus Sicherheitsgründen folgendermaßen auszustatten:
Die Stoffbespannung der Schirme ist von der Polsterei, die Schirmkrücken sind von der Schlosserei I zu entfernen, um jede Versteckmöglichkeit auszuschließen. Zur Sicherung der Schirme vor evtl. Diebstählen wird dann die Schlosserei II in deren mittleren Metallstab, der an beiden Enden zu verschweißen ist, die Kennzeichnung »Eigentum der JVA Tegel« und einen Hinweis auf die Strafbestimmung des § 242 StGB (Diebstahl) einstanzen.

2. Evtl. Beschwerden nass gewordener Besucher sollte wie folgt begegnet werden:
»Aus den Bestimmungen des Strafvollzugsgesetzes können Sie keinen Anspruch auf die Aushändigung eines Ihren Wünschen und Vorstellungen entsprechenden Schirmes ableiten.«
oder »da haben Sie wohl den Hof zu langsam überquert«
oder »Sie sollten dem Leiter der JVA Tegel lieber dankbar sein, dass er Ihnen eine derart fürsorgliche Hilfe angedeihen lässt.«

3. Großer Verteiler, nachrichtlich an Sen Jux

12.3 Gefährdung der Sicherheit von innen

Sicherheit und Ordnung der Anstalt verlangen u. a. gründliche Kontrollen der Gefangenen nach Rückkehr aus Urlaub, Ausgang oder Freigang. Dazu gehören auch gelegentliche Durchsuchungen bei vollständiger Entkleidung des Gefangenen, um zu verhindern, dass Waffen, Feilen, Drogen o. a. eingeschmuggelt werden. Dagegen gibt es immer wieder Beschwerden.

Ein Gefangener protestierte wie folgt:

Auch der Umstand, dass das Vollzugsziel das Behandlungsziel als Soll-Vorschrift ersetzt hat, bedeutet noch lange nicht für den Vollzugsstab einer JVA, einen Gefangenen einfach in meinen Arnus zu sehen. Auch beantrage ich, dass der Sanitäter mich in Zukunft richtig meinen Arnus kontrolliert, in dem er mir seinen langen Finger einführt und die Prostata massiert.

Diesem Antrag war wohl kein Erfolg beschieden. Ein anderer Gefangener hatte sich gegen die körperliche Durchsuchung an die Strafvollstreckungskammer beim Landgericht gewandt und Alternativen vorgeschlagen. Darauf hin beschloss das Gericht:

Das Betasten des Darmausganges fällt noch unter den Begriff der Durchsuchung. Die Anstalt ist nicht verpflichtet, auf diese Durchsuchung zu verzichten und den Gefangenen unter Aufsicht seinen Darm entleeren zu lassen. Die Durchführung der Durchsuchung des Darmausganges muss der Gefangene dulden.

Selbstverständlich dürfen auch Sachen von Gefangenen durchsucht werden, allerdings ohne diese zu beschädigen. Ein Anstaltsleiter meinte zu diesem Problem einmal sehr scharfsinnig:

Man muss sich nur einmal einen Kulturbeutel vorstellen. Wenn man den zerschneidet, um die letzte Falte nach Rauschgift usw. kontrollieren zu können, ist der ja auch nichts mehr wert.

Gefangene dürfen wegen der dadurch potenziell bedrohten Sicherheit und Ordnung der Anstalt keinerlei unerlaubten Kontakt mit Personen außerhalb der Anstalt aufnehmen. Der Verstoß gegen dieses Verbot kann für die »Person« draußen sogar mit einer Geldbuße geahndet werden. Im Rahmen eines gegen einen Strafgefangenen geführten Disziplinarverfahrens wegen dessen unerlaubter Kontaktaufnahme zu einer Frau außerhalb der Anstalt vermerkte ein Vollzugsbediensteter:

Mir gegenüber äußerte sich der Gefangene, dass er nicht gewusst habe, dass es verboten ist, sich mit jemand außerhalb der Anstalt zu unterhalten. ... Seine Bekannte wollte ihm im übrigen nur mitteilen, dass sie wahrscheinlich schwanger sei. Er könne auch nicht verstehen, dass seine Bekannte wegen so einer Kleinigkeit von der Polizei abgeführt wurde.

Im Sommer des Jahres 1983 spielte sich folgender dramatischer Fall in einer Justizvollzugsanstalt ab. Alles ins Rollen brachte ein Vollzugsdienstleiter mit folgendem Vermerk vom 7.7.1983, den er seinem Teilanstaltsleiter mit der Bitte um Weisung vorlegte:

Am 6.7.83 verwies ich Herrn W. – ein Justizvollzugsobersekretär – … auf die bestehende Bekleidungsordnung. In diesem Zusammenhang forderte ich den Bediensteten auf, ohne Dienstjacke die nicht zur Dienstbekleidung gehörenden Hosenträger abzulegen oder die Dienstjacke wieder anzulegen. Der Bedienstete zeigte sich jedoch uneinsichtig und kam meiner Weisung nicht nach.
Ein Auszug aus der Bekleidungsordnung besagt, dass im Dienst regelmäßig die vollständige Dienstkleidung zu tragen ist. An heißen Tagen kann das Tragen der Dienstkleidung im Anstaltsbereich ohne Jacke gestattet werden.

Der so in die Pflicht genommene Teilanstaltsleiter vermerkte darauf hin am nächsten Tag:

Aufgrund des … Vermerks habe ich heute den Bediensteten W. gesprochen.
Er behauptete, das Tragen von Hosenträgern sei aus medizinischen Gründen (Magenleiden) erforderlich und ein verdecktes Tragen (unter der Dienstjacke) wegen der derzeitigen Wetterlage nicht zumutbar.
Ich habe Herrn W. – bis zur Klärung der Angelegenheit in der Ebene I – vorläufig gestattet, unter den Voraussetzungen, dass
1. ein ärztliches Attest über die medizinische Notwendigkeit der Hosenträger vorgelegt wird,
2. die Farbe von bisher rot in eine unauffälligere und besser zur Dienstkleidung passende (blau oder grau) geändert wird,
bei Hitze sichtbar Hosenträger zu tragen.

Am 13.7.1983 konnte der Teilanstaltsleiter dankbar vermerken, dass »*Herr W. … sich heute bei mir (am 11. und 12.7. hatte er keinen Dienst) mit blauen Hosenträgern vorgestellt und das anliegende Attest vorgelegt (hat)*«. Hierbei handelte es sich um ein am 13.7.1983 ausgestelltes, also anlassbezogen erbetenes »*Ärztliches Attest zur Vorlage bei Leitung der Berliner Vollzugsanstalten*« für Herrn W., in dem es hieß:

Aus medizinischen Gründen ist das Tragen von Hosenträgern bei dem o.g. Patienten dringend erforderlich.

Diese Bescheinigung wurde von einem praktischen Arzt mit Unterschrift und Stempel versehen. Es ist schon erstaunlich, welche Beurteilungskompetenz selbst bei derartigen komplizierten Spezialdiagnosen und -therapien das Studium der Medizin ihren Absolventinnen und Absolventen verleiht.

Zugleich legte sich der Teilanstaltsleiter den Vorgang *»zum Vortrag auf der Bespr.Ebene I«* zurecht. Bei der so genannten Besprechungsebene I handelt(e) es sich um eine jeweils dienstags stattfindende Besprechung beim Anstaltsleiter, an der alle drei (damals vier) Teilanstaltsleiter, der Verwaltungsdienstleiter und der Sicherheitsbeauftragte der Anstalt teilnahmen. – Dort, in der so genannten Ebene I, wurde nun knapp eine Woche später Folgendes zum TOP *»6. Tragen von Hosenträgern zur Dienstkleidung«* beschlossen und protokolliert:

Der Unterzeichner trägt vor, dass ein Beamter des Allgemeinen Vollzugsdienstes der TA II zusätzlich zur Dienstkleidung sichtbar Hosenträger trägt. Ein ärztliches Attest, welches die Notwendigkeit des Tragens von Hosenträgern bescheinigt, hat der Beamte vorgelegt. Es besteht Einigkeit darüber, dass trotz dieses Attestes das sichtbare Tragen von Hosenträgern, welches im Widerspruch zur Bekleidungsordnung für den Berliner Justizvollzug steht, aus Sicherheitsgründen nicht gestattet werden kann.
Der Bedienstete ist darauf hinzuweisen, die Vorschriften der Bekleidungsordnung einzuhalten (das Tragen der Dienstkleidung ohne Jacke wird dann nicht gestattet, wenn Hosenträger getragen werden).
Im Auftrag: TAL II.

Offenbar hatte dieser Teilanstaltsleiter nicht nur die Bürde des Vortrags bei diesem höchst problematischen Vorgang, sondern auch der Protokollierung dieser Besprechung zu tragen. Zudem musste der Teilanstaltsleiter nun energisch einschreiten und vermerkte am 29.8.1983 Folgendes:

Betrifft: JVollzObersekretär W.W.; hier: Tragen von Hosenträgern
Nach Wiederaufnahme des Dienstes – Herr W. war mehrere Wochen krankheitsbedingt abwesend – habe ich heute Herrn W. den Beschluss der Ebene I vom 19. Juli 1983 eröffnet, wonach das sichtbare Tragen von Hosenträgern zur Bekleidungsordnung im Widerspruch steht und zu unterlassen ist.

Da Herr W. sichtbar Hosenträger trug, habe ich ihn aufgefordert, die Dienstjacke anzuziehen. Dies sagte mir Herr W. zu, da die augenblicklichen Lufttemperaturen nicht unbedingt ein Ablegen der Dienstjacke erforderten. Im übrigen äußerte er sein Unverständnis über eine derartige Regelung, die er für unverhältnismäßig hält. Er hat sich inzwischen anwaltlich beraten lassen und äußerte, dass er nicht bereit sei, an heißen Tagen, um die Hosenträger zu verdecken, die Dienstjacke zu tragen. Insofern wolle er es auf ein etwaiges Disziplinarverfahren ankommen lassen.

Er bat um eine schriftliche Anordnung, um »etwas in der Hand zu haben« und dagegen vorgehen zu können.

Ein solches Ansinnen des Bediensteten *W.* war von ihm vielleicht nicht gründlich bedacht worden, denn nun kam die geballte Macht der Anstaltsleitung zum Tragen, die nicht nur der Aufsichtsbehörde berichtete, sondern diesem querköpfigen Justizvollzugsobersekretär Folgendes durch den seinerzeit in der Anstalt als stellvertretenden Anstaltsleiter fungierenden und berüchtigten Sicherheitsbeauftragten beschied:

Sehr geehrter Herr W.!
Wie mir aufgefallen ist, tragen Sie während des Dienstes zusätzlich zur Dienstkleidung sichtbar Hosenträger. Diese Bekleidung entspricht nicht der Bekleidungsordnung für den Berliner Justizvollzug. Es gelangen nur Gürtelhosen zur Ausgabe. Das Tragen von Hosenträgern ist nicht vorgesehen.

Ich habe das von Ihnen vorgelegte ärztliche Attest zur Kenntnis genommen, worin Ihnen die Notwendigkeit des Tragens von Hosenträgern aus medizinischen Gründen bescheinigt wird. Unabhängig von einer eventuell erforderlich werdenden amtsärztlichen Bestätigung dieser Feststellung kann ich jedoch ein sichtbares Tragen der Hosenträger nicht zulassen und gestatte dementsprechend dann, wenn Hosenträger getragen werden, das Ablegen der Dienstjacke an heißen Tagen nicht. Ich fordere Sie auf, Ihre Dienstkleidung der Bekleidungsordnung für den Berliner Justizvollzug entsprechend einzurichten und Hosenträger nur noch verdeckt zu tragen. Sollten Sie dieser Aufforderung nicht nachkommen, werde ich dies als Nichtbefolgung einer dienstlichen Anordnung bewerten und gegebenenfalls dienstrechtliche Maßnahmen einleiten.

Hochachtungsvoll
In Vertretung …

Nun waren also die Muskeln angespannt und die Aufsichtsbehörde eingeschaltet, so dass der Vorgang seinen bürokratischen Gang ging und in der Aufsichtsbehörde mindestens neun weitere Mitarbeiterinnen und Mitarbeiter des (zumeist höheren) öffentlichen Dienstes beschäftigte. Zunächst wies die Aufsichtsbehörde den Anstaltsleiter am 14.9.1983 an, dass *»ich ... die Auffassung (vertrete), dass dieser Vorgang keine personalrechtliche Angelegenheit darstellt und deshalb aus dem Dienstheft zu entfernen ist«*. Sodann prüfte der für Dienstkleidung zuständige Referent und sein Mitarbeiter im Hause der Aufsichtsbehörde auf Veranlassung des dortigen Personalreferats, ob und ggf. was aus seiner Sicht zu veranlassen sei. Deren Überlegungen schlugen sich in folgendem Vermerk nieder:

... Das dienstliche Interesse zum Tragen von Dienstkleidung besteht in der Kenntlichmachung der Dienstkleidungsträger als Landesbeamte, an der bestmöglichen Erfüllung der dienstlichen Aufgaben oder in der notwendigen Repräsentation für den Dienstherrn (Nr. ... Dienstkleidungsverordnung – DKLV). Unter Beachtung dieses Grundsatzes ist weder in der DKLV noch in der Bekleidungsordnung der Senatsverwaltung für Justiz (BklOJust) ein Verbot über das Tragen von privatem Zubehör – gemeint waren die privaten Hosenträger des Herrn *W.* – vorgesehen.

Dem steht nicht im Wege, dass an heißen Tagen das Ablegen der Dienstjacke gestattet werden kann (Nr. 4 BklOJust).
Insofern bestehen aus hiesiger Sicht keine Bedenken, das Tragen von Hosenträgern, soweit sie sich mit gedeckten Farben wie grau oder blau der Dienstkleidung anpassen, zu gestatten. Bei medizinischer Indikation gebietet es sogar die Fürsorgepflicht des Dienstherrn, einem derartigen Wunsch eines Bediensteten statt zu geben.
Von mir ist aus vorgenannten Gründen nichts weiter zu veranlassen.

1. Inwieweit Sicherheitsbedenken ... gegen Hosenträger bestehen könnten, kann von hier nicht beurteilt werden.

2. Ob ... ein Disziplinarverfahren nach vorstehend aufgeführter Sachlage für zweckdienlich angesehen wird, ist ebenfalls von mir nicht zu übersehen.

Nachdem also aus Sicht der Bekleidungsvorschriften nichts zu machen war und der dafür zuständige Referent nicht ansprang, um den unbotmäßigen Bediensteten der Justizvollzugsanstalt in die Schranken zu weisen, schrieb der für die Dienstaufsicht zuständige Leiter des Personalreferates, ein Senatsrat der Besoldungsgruppe A 16, quasi in einer Art Übersprungshandlung folgenden Vermerk:

Die Angelegenheit ist aus dienstrechtlichen Gründen noch nicht erledigt. Es besteht ein Verbot der Anstaltsleitung. Es muss bereits jetzt entschieden werden, wie die Aufsichtsbehörde bei einer Übertretung reagieren sollte. Falls wir die Auffassung der Anstalt nicht teilen, müssten wir dies vorher mitteilen. Trotz des eher komischen Anlasses (das Wort Hosenträger reizt bereits zum Schmunzeln) muss gesehen werden, dass es um die Autorität der Anstalt und damit um eine Grundsatzfrage geht. Auch in der Sache erscheint der Standpunkt der Anstalt nicht von vornherein unsinnig. Man könnte argumentieren, dass bestimmte Bekleidungsvorstellungen geeignet sind, die Bediensteten in den Augen der Gef. und der Öffentlichkeit lächerlich zu machen.

Zunächst sollte jedoch V H – der für Angelegenheiten der Sicherheit und Ordnung in den Justizvollzugsanstalten dieses Bundeslandes zuständige Referatsleiter – Gelegenheit erhalten, Stellung zu nehmen.

Donnerwetter, durch das im vorstehenden Vermerk benutzte Wort »Schmunzeln« zeigte sich ja doch durchaus eine wenigstens klitzekleine Prise Humor in der Aufsichtsbehörde. Diese reichte jedoch noch immer nicht aus, um den Fall endlich mit der Anweisung an den Anstaltsleiter, den Fall nun schnellstmöglich salomonisch abzuschließen, aus der Welt zu schaffen. Die Angelegenheit macht deutlich, dass durch die ziemlich sinnlose Beschäftigung von vielen teuren Beamten sowohl in der Anstalt als auch in der Aufsichtsbehörde mittels Aufwerfen einer »Grundsatzfrage« (= prinzipienreitende Muskelaufpumpfrage) nicht nur Bekleidungsvorstellungen geeignet sind, öffentliche Bedienstete in den Augen der Öffentlichkeit lächerlich zu machen. Der für den Strafvollzug zuständige Abteilungsleiter in dieser Aufsichtsbehörde, ein Senatsdirigent der Besoldungsgruppe B 5, über dessen Schreibtisch die Akte an den Referatsleiter VH geleitet wurde, notierte fast etwas hilflos: *»Das Ergebnis ist eindeutig, bitte Verwaltungsaufwand gering halten«*, bevor der Sicherheits-Referatsleiter das den Vorgang krönende Ergebnis seiner Sicherheitsüberprüfung vermerkte:

Aus Sicherheitsgründen ist es erforderlich, dass einem Bediensteten, insbesondere im Falle der Nacheile, die Hose nicht rutscht. Dies zu verhindern sind Hosenträger nach allgemeiner Lebenserfahrung geeignet. Eine sicherheitsrelevante »Lächerlichkeit« vermögen sie m. E. nicht zu begründen.

Ob sich der Referatsleiter für Personalangelegenheiten damit zufrieden gab und der Anstalt nun endlich mitteilte, dass die Hosenträger-Affäre ein Ende habe und der Justizvollzugsobersekretär W. in der Justizvollzugsanstalt dem etwaigen Rutschen seiner Diensthosen wie bisher durch – selbstverständlich unauffällige graue oder blaue – Hosenträger entgegenwirken könne, blieb uns leider unbekannt.

Auch die nachfolgende Ergänzung einer Parodie (nach: Diakonie Report Nr. 2/1997, aus: Trallenkieker, April-Juni 1997) um die Antwort durch einen Justizvollzugsbeamten seitens eines uns unbekannten Scherzboldes betrifft die Sicherheit und Ordnung der Anstalt bis auf den Grund:

Ein Mensch fragt: »Wo geht's denn hier zum Bahnhof?«

Es antworten:
– ein Sozialpädagoge: »Ich weiß nicht, aber lassen Sie uns doch darüber reden.«
– ein Sozialarbeiter: »Keine Ahnung, aber ich fahre Dich ganz schnell hin.«
– ein Gesprächstherapeut: »Sie möchten also wissen, wo der Bahnhof ist?«
– ein Tiefenpsychologe: »Sie wollen verreisen? Das macht mich neugierig.«
– ein Psychoanalytiker: »Sie meinen dieses lange dunkle Gebäude, wo die Züge immer rein und raus, rein und raus … fahren?«
– ein Verhaltenstherapeut: »Heben Sie Ihren rechten Fuß. Schieben Sie ihn vor. Setzen Sie ihn jetzt auf. Sehr gut! Hier haben Sie ein Bonbon.«
– ein Gestalttherapeut: »Du, lass das voll raus, dass Du zum Bahnhof willst.«
– ein Bioenergetiker: »Machen Sie mal Sch… Sch… Sch… Sch… Sch… Sch…«
– ein Psychotherapeut: »Wenn Du das wirklich willst, wirst Du den Weg auch finden!«
– ein Psychiater: »Bahnhof, Zug fahren? Welche Klasse?«

Und wie antwortet ein Justizvollzugsbeamter auf die Frage nach dem Bahnhof?
»Ausbruchsvorbereitung? – **Alarm !!!**«

12.4 Angriffe gegen eine Anstalt von außen

Wie der nachfolgende Bericht eines Anstaltsleiters an seine Aufsichtsbehörde beweist, sind Belange der Sicherheit des Staates und seiner Einrichtungen nicht nur Themen der heutigen Zeit. Mögliche terroristische Angriffe haben bereits in der zweiten Hälfte des zwanzigsten Jahrhunderts (zur Zeit der studentischen Unruhen in der Bundesrepublik Deutschland) die Sicherheitskräfte beschäftigt und seltsame Blüten hervorgebracht:

Betr.: Sicherheit der Strafanstalt …;
hier: Maßnahmen zur Sicherung der Anstalt gegen Angriffe von außen

Am … hat in der hiesigen Anstalt eine Besprechung mit leitenden Beamten und Unterführern der 8. Bereitschaft der II. Abteilung der Bereitschaftspolizei stattgefunden, die u. a. die Sicherung der Anstalt gegen Angriffe von außen zum Gegenstand hatte.

Seitens der Polizei wurde angeregt, zu prüfen, ob die Möglichkeit besteht, in das Waldgelände, das sich östlich der Anstalt – zwischen Turm I und II – bis nahe an die Anstaltsumwehrung erstreckt, eine breite Schneise zu schlagen. Hierdurch könnte eine wesentlich bessere Möglichkeit, als sie gegenwärtig besteht, geschaffen werden, Angriffe aus dem Waldgelände auf die Anstalt rechtzeitig zu erkennen und ihnen wirksam zu begegnen.

Da das östlich an die Anstalt angrenzende Waldgebiet völlig die Sicht behindert und somit ein nicht zu beobachtendes Vordringen selbst zahlenmäßig großer Personengruppen ermöglicht, halte ich eine Prüfung des Vorschlags der Polizei für erforderlich und rege daher an, mit den zuständigen Senatsdienststellen in Verbindung zu treten.

Der in der Aufsichtsbehörde für die (Vor-)Bearbeitung dieses Berichts zuständige Mitarbeiter fertigte daraufhin folgenden Vermerk:

Bei der Beurteilung des Vorschlages der Polizei muss von der Tatsache ausgegangen werden, dass ein Angriff von außen auf die Strafanstalt … mit eigenem Personal und eigenen Mitteln nicht abgewehrt werden kann und dass Polizeihilfe von außen erst 15 bis 20 Minuten nach der Alarmierung eintreffen kann. Der Angreifer müsste also daher schon mindestens 15 Minuten vor Erreichen der Anstalt bemerkt werden können. Dies ist aber durch die vorgeschlagene Maßnahme keinesfalls zu erreichen. Wenn man bedenkt, dass ein Fußgänger im normalen Tempo in 10 Minuten 1 km zurücklegen kann, ist klar erkennbar, dass dann vor der Anstalt ein übersehbares Vorfeld von mehr als 1 km Breite geschaffen werden müsste. Dabei ist noch zu bedenken, dass bei Laufschritt 1 km bereits in 5 Minuten zurückgelegt werden kann. Selbst wenn man also nicht nur eine breite Schneise schlagen, sondern das ganze östlich der Anstalt gelegene Waldstück kahl schlagen würde, wäre damit Nichts erreicht. Hinzu kommt, dass es mehr als zweifelhaft erscheint, dass die Forstverwaltung ihre Zustimmung zum Kahlschlag des seit 1955 mühsam aufgeforsteten Ödlandes geben würde.

Ich halte deshalb den Vorschlag der Polizei, selbst wenn er realisierbar wäre, nicht für geeignet, die Sicherung der Anstalt gegen Angriffe von außen zu erhöhen.

Der Wald existiert noch heute.

In einem Fernschreiben der Kriminalpolizei an eine Justizvollzugsanstalt, mit dem vor einem terroristischen Anschlag gewarnt wurde, hieß es:

erfahrungsgemaesz werden solche anschlaege von drei- oder mehrkoepfigen personengruppen ausgefuehrt.

Der Terrorismus ist eine Hydra – wie wahr!

12.5 Entweichung von Gefangenen

Ein Vollzugsbediensteter legte einmal in seiner Anstalt folgende Mitteilung vor:

Abgangsmeldung
Gegen 13.00 Uhr wurde der unerlaubte Abgang des Herrn H. nach einem Aufsuchen der Bedürfnisanstalt observiert. Der Vollzug … wurde benachrichtigt (teleph.).

13 VOLLZUGSBEHÖRDEN

13.1 Justizvollzugsanstalten

Von einem Anstaltsleiter, dessen Hobby die Architektur war, erzählt ein anderer Anstaltsleiter:

Dieser Anstaltsleiter war sehr stolz darauf, dass er, der eigentlich Architektur hatte studieren wollen, maßgeblichen Anteil an dem Wiederaufbau der im Krieg teilweise zerstörten Anstalt hatte. Ein junger Regierungsrat, der erst wenige Tage Dienst in der Anstalt verrichtet hatte und die Bauleidenschaft des Anstaltsleiters nicht kannte, fragte in kleiner Runde, aber in Anwesenheit des Anstaltsleiters, welcher »Idiot« denn diese verwinkelte und damit unsichere Anstalt gebaut habe. Er bekam in dieser Anstalt »kein Bein mehr auf die Erde«.

In manchen Justizvollzugsanstalten machen sich Gefangene einen Spaß daraus, Essensreste aus dem Fenster in den Hof zu werfen. Dies zieht natürlich – wie auch Anstaltsbäckerei und -küche – bestimmte Tiere an, was durch veraltete Rohrleitungssysteme in alten Anstalten begünstigt wird.

Das Thema »Ratten- und Mäusebefall« war Gegenstand in der Sitzung des Abgeordnetenhauses von Berlin am 30.10.1997, wurde in einer Drucksache sorgfältig dokumentiert und unter der Überschrift *»Aus dem heiteren Abgeordnetenhausleben«* per Umlauf durch die Zimmer der Senatsverwaltung für Justiz Berlin bekannt gegeben. Diese grundlegende Vollzugsdebatte, welche entgegen vielfacher Vermutung, dass der Strafvollzug unter Politikern eher von marginalem Interesse sei, beweisen möge, mit welcher Intensität sich unsere Volksvertreter auch um randständige und in Not befindliche Mitmenschen (hier: Gefangene) kümmern, wird im Folgenden wegen der Bedeutung eines jeden Wortes einschließlich der Reaktionen im Plenum vollständig (anhand des Protokolls) wiedergegeben:

Braun (CDU): Herr Präsident! Meine Damen und Herren! Ich frage den Senat:

1. Ist es zutreffend, dass jedenfalls in den Häusern 2 und 3 der Justizvollzugsanstalt Berlin-Tegel freilaufende Hauskatzen eingesetzt werden, um der dort herrschenden Ratten- und Mäuseplage Herr zu werden?
2. Ist dem Senat von Berlin bekannt, ob auch in anderen Berliner Justizvollzugsanstalten Hauskatzen zur Beseitigung von Ratten- und Mäuseplagen eingesetzt werden oder deren Einsatz geplant ist?

Präsident Dr. Haase: Diese Frage ist so interessant, dass sich einige Kolleginnen und Kollegen bereits jetzt auf die Rednerliste gedrückt haben. Ich habe Sie alle gelöscht. Wir hören jetzt zunächst die Antwort, danach können Sie sich wieder melden. – Die Beantwortung erfolgt durch die Frau Justizsenatorin, bitte!

Frau Dr. Peschel-Gutzeit, Senatorin für Justiz: Herr Präsident! Meine Damen und Herren! Herr Abgeordneter Braun! Es ist unzutreffend, dass in den Justizvollzugsanstalten des Landes Berlin eine Rattenplage herrscht oder geherrscht hat. Dagegen trifft es zu, dass es gerade in den Herbstmonaten in den Justizvollzugsanstalten, wie an vielen anderen Orten auch, einen erhöhten Mäusebefall gibt. Schon seit mehreren Jahren werden in der Justizvollzugsanstalt Tegel einige Katzen gehalten, die sich als kostengünstiges, wirksames und vor allem umweltfreundliches Mittel gegen den Mäusebefall erwiesen haben.
(Beifall bei der SPD)
Nach Berechnungen der Justizvollzugsanstalt Tegel würde die jährliche Bekämpfung der sehr großen, auf einem sehr großen Terrain befindlichen Anstalt durch Kammerjäger einen erheblichen Betrag von mehr als 10.000 DM ausmachen. Die Unterhaltung der eben genannten Katzen beläuft sich dagegen auf wenige Prozent.
(Pewestorff [PDS]: Sind die im Stellenplan?)
Aufgrund der positiven Erfahrungen – damit komme ich zur Beantwortung der zweiten Frage – in Tegel begrüßt der Senat Anstrengungen anderer Justizvollzugsanstalten, einem etwaigen Mäusebefall durch den ökologisch überaus sinnvollen und – wie beschrieben – kostengünstigen Einsatz von Katzen entgegenzuwirken.
(Beifall bei der SPD und der PDS – Vereinzelter Beifall bei den GRÜNEN)

Präsident Dr. Haase: Das Recht der ersten Zusatzfrage steht dem Fragesteller zu. Bitte schön, Herr Braun!

Braun (CDU): Frau Senatorin! Halten Sie es angesichts eines durchschnittlichen täglichen Tagessatzes pro Häftling in Berlin in Höhe von etwa 220 DM für angemessen, die Justizvollzugsanstalten in einem Zustand zu belassen, bei dem offensichtlich mit Mäusebefall gerechnet werden muss, oder glauben Sie nicht vielmehr, dass es bei diesem durchschnittlichen Tagessatz möglich sein müsste, die Justizvollzugsanstalten so herzurichten, dass die Häftlinge und Mitarbeiter mit Ratten- und Mäusebefall nicht zu rechnen haben?

Präsident Dr. Haase: Das Wort zur Beantwortung hat Frau Senatorin Peschel-Gutzeit!

Frau Dr. Peschel-Gutzeit, Senatorin für Justiz: Herr Präsident! Herr Abgeordneter Braun! Ich meine, ich habe eben deutlich gemacht, dass ein Rattenbefall nicht besteht. Ein Mäusebefall ist – auch das habe ich bereits gesagt – keineswegs auszuschließen in einer Vollzugsanstalt, in der sich, wie Sie sicher wissen, sehr viele Arbeitsbetriebe befinden – z. B. Bäckereien und Ähnliches mehr. Selbstverständlich gibt es in all solchen Betrieben immer auch einen gewissen Mäusebefall. Wir halten es nicht für vertretbar, hier mit chemischen Mitteln vorzugehen.
(Beifall bei der SPD und den GRÜNEN)
Was allerdings die Mäuse und damit auch die Hauskatzen, die den Mäusen zu Leibe gehen, mit dem Tagessatz zu tun haben, habe ich – ich muss das gestehen – nicht ganz verstanden. Ich erinnere daran, dass an diesem Tagessatz – wie Sie ihn nennen – vor allen Dingen erhebliche Personalkosten teilhaben und außerdem Baukosten. Beide lassen sich nach meiner Auffassung nicht umwandeln in die Bekämpfung von Mäusen.
(Beifall bei der SPD, den GRÜNEN und des Abg. Pewesttorff [PDS])

Präsident Dr. Haase: Auch für die nächste Zusatzfrage erhält Herr Braun das Wort!

Braun (CDU): Frau Senatorin! Glauben Sie allen Ernstes, dass in Berlin Gewerbeunternehmen wie Bäckereien und andere quasi zwangsläufig einen Mäusebefall haben bei der Durchführung ihrer Arbeiten?
(Zurufe)

Präsident Dr. Haase: Das Wort zur Beantwortung hat die Frau Justizsenatorin!

Frau Dr. Peschel-Gutzeit, Senatorin für Justiz: Herr Präsident! Herr Abgeordneter Braun! Von Zwangsläufigkeit spreche ich nicht. Das kann ich auch nicht beurteilen. Aber ich habe Augen im Kopf und sehe, dass bestimmte Betriebe immer Gefahr laufen, Nagetiere anzuziehen, die meinen sich dort gut ernähren zu können. Die Aufgabe muss immer sein, eine solche Erscheinung schnell und möglichst kostengünstig, vor allem aber intensiv und wirksam zu bekämpfen. Darum bemühen wir uns.
(Beifall bei der SPD)

Präsident Dr. Haase: Für die nächste Zusatzfrage erhält Herr Abgeordneter Müller das Wort!

Müller (SPD): Frau Senatorin! Da Sie so detailliert Auskunft geben können auf dieses dringende Problem, das den Kollegen Braun so beschäftigt, frage ich Sie: Wissen Sie vielleicht auch die Namen der Katzen und ob es besonders leistungsfähige gibt, und ist zu befürchten, dass die, die nicht ihre Leistung erbringen, eventuell auf den Überhang kommen?
(Heiterkeit)

Präsident Dr. Haase: Das Wort zur Beantwortung hat Frau Senatorin Dr. Peschel-Gutzeit!

Frau Dr. Peschel-Gutzeit, Senatorin für Justiz: Herr Präsident! Herr Abgeordneter Müller! Es ist richtig. Die Katzen sind uns nicht nur lieb und – wie wir gehört haben – wichtig und effektiv, sondern sie sind uns auch namentlich bekannt. Die besonders tüchtige Katze »Moritz« befindet sich im Einsatz im Küchenbereich.
(Heiterkeit)
Andere weniger leistungsfähige Katzen, die auf die Namen »Dolly« und »Molly« hören, sind im Augenblick in der Überprüfung, ob sie weiterhin Dienst in der Vollzugsanstalt Tegel leisten können.
(Heiterkeit und Beifall bei der SPD, der PDS und den GRÜNEN)

Präsident Dr. Haase: Die Ausführlichkeit der Beantwortung würden wir uns auch bei manch anderer Kleinen Anfrage wünschen. – Das Wort hat nun Frau Abgeordnete Künast!

Frau Künast (GRÜNE): Frau Senatorin! Das Grundgesetz gebietet auch den Schutz des Eigentums, über das in geringem Umfang Gefangene verfügen. Sie setzen jetzt Katzen zur Bearbeitung des Mäusebefalls ein. Ich weiß, dass viele Gefangene Kanarienvögel und Zierfische haben, zwei Tierarten, für die Katzen nach meinem Kenntnisstand ein spezifisches Interesse haben. Wie sichern Sie Leib und Leben der Tiere und damit das Eigentum der Gefangenen, und wie teuer sind diese Sicherungsmaßnahmen?
(Heiterkeit)

Präsident Dr. Haase: Das Wort zur Beantwortung hat die Justizsenatorin!

Frau Dr. Peschel-Gutzeit, Senatorin für Justiz: Herr Präsident! Frau Abgeordnete Künast! Ich verstehe Ihre Sorge und teile Sie, ich erinnere aber daran, dass sich sowohl Kanarienvögel als auch Fische ebenso wie die Gefangenen in einem umschlossenen Raum befinden, während die Katzen das Privileg haben, frei herumlaufen zu dürfen. Insofern sehe ich die Kollision, die Sie mit Recht theoretisch befürchten, in der Praxis nicht.
(Heiterkeit und Beifall bei der SPD, der PDS und den GRÜNEN)

Präsident Dr. Haase: Die Fragestunde ist damit beendet. ...

Ein Strafgefangener schrieb einmal eine Eingabe zwecks Verlegung in den offenen Vollzug an die *»Einweißungskommission«* einer Anstalt.

Neben dieser Adressierung durch den Gefangenen fand sich die handschriftlich von einem Vollzugsbediensteten angebrachte Marginalie: *»schön wär's«*. – Vom Gefangenen gemeint war die von der Aufsichtsbehörde eingerichtete Einweisungsabteilung, die zentral alle Strafgefangenen zu Beginn ihrer Strafverbüßung auf die Justizvollzugsanstalten des Landes gemäß Vollstreckungsplan verteilt.

13.2 **Landesjustizverwaltung Berlin**

Der in den Jahren 1976 bis 1978 als Justizsenator in Berlin fungierende Prof. Dr. *Jürgen Baumann* war politischer Quereinsteiger und hatte mit seinen berühmt-berüchtigten Marotten den Ruf eines Sonderlings. So konnte er, insbesondere wenn in seinem Fachgebiet, dem Strafrecht, jemand anderer Meinung war als er selbst, unwirsch und ziemlich unerbittlich sein. Andererseits war er jovial – bei den wöchentlichen Abteilungsleiterbesprechungen, die er als Spätaufsteher nicht vor 10.00 Uhr ansetzte, stand stets Schnaps (!) auf dem Tisch; allerdings war er auch regelmäßig spät abends noch im Hause – und unbürokratisch unkompliziert. So wurde immer wieder die Geschichte im Hause der Senatsverwaltung für Justiz Berlin erzählt, dass er eines Abends im Haus herum lief, auf irgendeinem Stockwerk die Toilette aufsuchte und dort dann neben einem völlig überraschten Mitarbeiter einer Abteilung am Urinal stand, mit diesem ein Gespräch begann und ihn bat, bis zum nächsten Tag einen Prüfauftrag zu erledigen. Als der Mitarbeiter zu bedenken gab, dass er doch in einer fachlich anderen Abteilung tätig sei und demzufolge für diese Angelegenheit gar nicht zuständig, soll der Senator nur kurz angebunden gemeint haben: *»Nun, dann sind Sie jetzt zuständig!«* – Bei einem Sportfest in der JVA Tegel soll Prof. Dr. *Baumann* einmal einem Gefangenen, der über schlechte Sportausstattung in der Anstalt geklagt hatte, spontan 100,– DM, die er aus seinem Portemonnaie gezogen hatte, in die Hand gedrückt haben als seinen Beitrag zur Abhilfe. Im Übrigen zeichnete Prof. Dr. *Baumann* Ungeduld gegenüber Beamten und Bürokratie aus; ihm wird nachgesagt, dass er in der Zeit seines Abschieds aus Berlin (und Rückkehr nach Tübingen, wo der Senator einen Lehrstuhl inne hatte), über die Nähe Berlins zum Balkan schimpfte, was er daraus schloss, dass die Bürokratie in Berlin langsamer funktioniere als er es sich vorgestellt hatte.

Vor letzterem Hintergrund entwarf im August 1977 ein Mitarbeiter der Personalabteilung der Senatsverwaltung für Justiz eine *»AV über die zulässige Geschwindigkeit in den Fluren der Senatsverwaltung für Justiz«*, welche dem Personalrat im Hause zur Mitwirkung und dem Senator zur Kenntnisnahme und Billigung vorgelegt wurde, worauf Prof. Dr. *Baumann* mit ungewöhnlichem Humor reagierte. Von diesem Vorgang wurde sogar in der Berliner Morgenpost vom 16.8.1977 in einem kleinen humoristischen Artikel berichtet. Dem Entwurf dieser Ausführungsvorschrift, welcher im Folgenden dokumentiert wird, war folgender Vermerk vorangestellt:

> Der verständliche Drang der Mitarbeiter, nicht das Missfallen der Hausspitze zu erregen, hat zu einer zunehmend zügigeren Gangart insbesondere auf den Fluren der Senatsverwaltung geführt. Teilweise wird gerannt. Ich schlage daher folgende AV … vor.

Außerdem hatte der Autor des Entwurfs noch folgende zusätzliche Anmerkung beigefügt: *Die zahlreichen Anregungen zu dieser AV sind nur zum Teil berücksichtigt. Sie könnten in einen möglichen Alternativ-Entwurf eingearbeitet werden.* Offenbar ging diesem Vorgang eine breitere Diskussion unter den Mitarbeiterinnen und Mitarbeitern des Hauses voraus. Der »Alternativ-Entwurf« wurde offensichtlich in Anspielung an die Miturheberschaft von Prof. Dr. *Baumann* bei verschiedenen Alternativentwürfen für (Straf-)Gesetze erwähnt.
Der Entwurf der Ausführungsvorschrift selbst hatte dann folgenden Wortlaut:

1. Die Geschwindigkeit auf den Fluren ist so einzurichten, dass kein Anderer gefährdet, geschädigt oder mehr, als nach den Umständen unvermeidbar, behindert oder belästigt wird.

2. Diese Regelung schließt kurze Sprints nicht aus, sofern erkennbar freie Bahn besteht oder der Verlust historisch wertvoller Akten nicht zu besorgen ist.

3. Das Ausschalten von Mitläufern und Konkurrenten durch hinter dem Rennenden zurückschlagende Flügeltüren ist zu vermeiden.

4. Es wird nicht als Phlegma, sondern als die gebotene Höflichkeit angesehen, wenn der Rennende beim Grüßen (vor allem von Vorgesetzten) kurz sein Tempo verringert.

5. Gehbehinderte und Mitarbeiter, die glauben, ihre langsame Gangart mit der Behauptung rechtfertigen zu können, sie seien in Gedanken versunken, haben sich scharf rechts zu halten, damit stets links überholt werden kann. Die Befugnis, Herrn Senator und seinen Stab notfalls rechts zu überholen, bleibt unberührt.

6. Hilfsmittel (Spikes, Rollschuhe, skate boards und dergleichen) dürfen im Hause nicht verwendet werden.

7. Radfahren ist dem höheren Dienst vorbehalten. Eine Kriechspur kann nach Anhörung der Personalvertretung eingerichtet werden. Sie ist für Alle gleichermaßen offen zu halten.

8. Rastplätze für Verschnaufpausen werden durch 00-Schilder ausgewiesen.

9. Richter bestimmen ihr Tempo in unabhängiger Entscheidung, wobei die verfassungsrechtlich gewährleistete richterliche Unabhängigkeit nicht durch einen schleppenden Gang strapaziert werden sollte.

Alle in der Zeichnungsleiste genannten Personen zeichneten das »Werk« ab. Der Senator notierte *»sehr gut. m.E. Ergänzungen möglich. vgl. Anl.«* und fügte folgende Ergänzungsvorschläge bei:

1. Jeder Mitarbeiter des Justizressorts, der dringend verdächtig ist, die Gehvorschriften (oben zu 1.) nicht oder nicht vollständig einzuhalten, ist verpflichtet, die Anlegung eines SSZ (Schneckenschrittzählers) zu dulden. Bei hartnäckigen Verstö-

ßen wird der SSZ mit einem SSM (Schneckenschrittmacher) gekoppelt, der bei zu niedriger Gangart 120 Nadelstiche pro Minute verabreicht. Gleichzeitig erfolgt im SSM eine elektronische Rückstufung im Besoldungsdienstalter (Prinzip: Wiedergewinnung verlorener Zeit).

2. Der Zuruf »Sie Justizschnecke« bedeutet lediglich eine sanfte Missbilligung und hat ab sofort keinen beleidigenden Charakter. Eine Feindifferenzierung wird noch entwickelt (da etwa die sich schon einbürgernde Bezeichnung »Justizoberschnecke« stärker auf den Dienstrang als auf die negative Geschwindigkeit hinzudeuten scheint).

3. Gehedenker (Peripatetiker) erhalten auf Antrag Befreiung von allen Gehvorschriften (liberale Komponente). Zuständig ist der Senatsdirektor.

Mit freundlichen Geh-wohl-Grüßen
Ihr Jürgen Baumann

Eben dieser Justizsenator war gemeint, als sich ein gelernter Jurist in der Senatsverwaltung für Justiz Berlin darüber mokierte, dass nun auch Nichtjuristen für das Amt eines Anstaltsleiters in einer Berliner Justizvollzugsanstalt für geeignet befunden wurden:

Dank Baumann hat man hier die Juristen weitgehend verbannt und Aufstiegsbeamte genommen, die vielleicht das Grundgesetz tragen können, aber sicher noch nie drin gelesen haben.

Ein Referatsleiter der Aufsichtsbehörde begründete in seiner Begrüßungsansprache bei der ersten Sitzung von Juristen der Justizvollzugsanstalten die Konstituierung einer Arbeitsgruppe wie folgt:

Ich dachte, eine Arbeitsgruppe mit den juristisch ausgebildeten Mitarbeitern der Anstalten zu bilden, um uns dort gegenseitig zu befruchten.

14 ZUSAMMENARBEIT ALLER IM VOLLZUG TÄTIGEN UND DES VOLLZUGES MIT PERSONEN UND MEDIEN AUSSERHALB DES VOLLZUGS

14.1 Zusammenarbeit aller im Vollzug Tätigen

Es gibt kaum eine Institution wie den Strafvollzug, in welchem so verschiedene Berufsgruppen zusammen arbeiten: Juristen, Ärzte, Seelsorger, Psychologen, Lehrer, Sozialarbeiter, Sanitätsbedienstete, Verwaltungsmitarbeiter, Werkmeister, die große Gruppe des allgemeinen Vollzugsdienstes. Sie *»alle unter einen Hut zu bringen«* ist manchmal ziemlich schwierig. Manche Anstaltsleiter sind gar der Auffassung, man bräuchte eigentlich keine Gefangenen, weil man mit den Bediensteten genug zu tun hätte.

Das Strafvollzugsgesetz bestimmt, dass *»zur Aufstellung und Überprüfung des Vollzugsplanes und zur Vorbereitung wichtiger Entscheidungen im Vollzuge ... der Anstaltsleiter Konferenzen mit an der Behandlung maßgeblich Beteiligten (durchführt)«*. Im Anschluss an eine solche Konferenz notierte eine Vollzugsmitarbeiterin in ihrem Protokoll unter anderem:

In der Biographie des Gefangenen war deutlich zu erkennen, dass er in einer Alkoholikerfamilie aufwuchs, wo Normen und Regeln bestanden, die im Hinblick auf Vollzugslockerungen wichtige Grundpfeiler bilden. ... Die Straftat, weswegen der Gef. derzeit einsitzt, wurde in der damaligen DDR begangen. Es handelte sich dabei um Gold- und Devisenhandel, die über einen ständigen Vertreter der BRD (Dipl.Chor) – gemeint war das Diplomatische Corps – lief, der ...

Kollegiale Zusammenarbeit ist zuweilen ein schwieriges und nicht immer gelingendes Unterfangen. So meinte einmal ein Vollzugsbediensteter:

Wir sollten 'mal die atmosphärischen Störungen auf den Tisch legen.

14.2 Zusammenarbeit mit für die Eingliederung von Gefangenen förderlichen Personen

Nach dem Willen des Gesetzgebers *»(sollen) die Vollzugsbehörden … mit Personen und Vereinen, deren Einfluss die Eingliederung des Gefangenen fördern kann, zusammenarbeiten«.* Demzufolge gibt es in allen Bundesländern ehrenamtlich tätige Bürger, die sich als so genannte Vollzugshelfer um einen Gefangenen kümmern und durch diese Einzelbetreuung die Arbeit des Sozialdienstes der Anstalt unterstützen. Des Weiteren können die Anstalten Honorarkräfte im Rahmen eines Werkvertrags beschäftigen, die Gruppenarbeit (etwa Mal- oder Bastelkurse, Musik- und/oder Theater-Arbeitskreise) oder Gesprächskreise mit interessierten Gefangenen durchführen. Solche Bürger/innen dürfen dann mit Hilfe einer ihnen ausgestellten Zulassungsbescheinigung regelmäßig ihre Gefangenen in den Anstalten aufsuchen. Umgekehrt können im Einzelfall auch Gefangene ihre(n) Vollzugshelfer/in im Wege der Ausführung oder des Ausgangs besuchen.

Um den letztgenannten Fall handelte es sich bei der Ausführung eines Strafgefangenen, der in Begleitung zweier Vollzugsbediensteter seine Vollzugshelferin und deren Ehemann in ihrer Wohnung besuchte. In dem über diese Ausführung gefertigten Gedächtnisprotokoll eines der beiden Vollzugsbediensteten heißt es:

Um 8.30 Uhr fuhren die Ausführungsbeteiligten mit der Taxe zum o.g. Ausführungsort. Der Gef. B. klingelte an der Wohnungstür, die dann von Frau S. geöffnet wurde. Zuerst kam uns ein erbärmlicher Gestank aus der Wohnung entgegen. Dann kam ein Papagei angeflogen und setzte sich auf die Schulter des Bed. B., sodass dieser im ersten Moment erschrak. In der Küche stand alles voll Vogelkäfigen; daher auch der Gestank.

Wir kamen nun ins Wohnzimmer. Dort kam uns ein Hase und ein Hund entgegen. Die Sitzelemente waren dermaßen verdreckt, dass der Bed. B. und ich gerade noch am Rand eine einigermaßen saubere Stelle fanden, wo wir uns setzen konnten. Wie wir dann dort saßen, wurden wir ständig von dem Hund oder dem Hasen, der gerne Teppich fraß, belästigt.

Gegen Mittag hatten sowohl der Bed. B. als auch ich ein menschliches Bedürfnis. Wir suchten dann nacheinander die Toilette auf, deren Zustand kaum zu beschreiben ist. Sie war dermaßen verdreckt, der Klodeckel von innen total dunkelbraun verkrustet, dass uns Würgereize überkamen.

Abschließend zum Sachverhalt ist noch zu bemerken, dass Frau S. bemüht war, sich mehr mit uns zu unterhalten als mit dem Strafg. B. Herr S. saß 'rum und las Zeitung. Sinn und Zweck der Ausführung waren somit eigentlich nicht erkennbar.

Persönliche Einschätzung:
Der Zustand der Wohnung sowie der sanitären Anlagen und die übermäßige Belastung durch Tiere (1 Papagei, 1 Hase, 1 Hund, 2 Meerschweinchen, 1 Beo, 1 Wellensittich, div. Zebrafinken, 2 Tauben mit Jungtieren) lassen diesen Ausführungsort für einen zivilen Menschen als unzumutbar erscheinen.
Dass einem normal reinlichen Menschen, hier also Bedienstete der JVA ..., das Würgen kommt, ist kein Wunder. Ein Bediensteter mit empfindlicher Haut z. B. hat dort mit hoher Wahrscheinlichkeit mit allergenen Reaktionen zu rechnen.

Dass diese Vollzugshelferin keinen förderlichen Einfluss auf die Resozialisierung des betroffenen Gefangenen, sondern einen schädlichen Einfluss hatte, liegt auf der Hand. Es bleibt zu hoffen, dass die Vollzugshelfer-Zulassung der Frau S. seinerzeit mit sofortiger Wirkung widerrufen wurde. Am Ende des zitierten Protokolls wurde vom seinerzeit zuständigen Teilanstaltsleiter lediglich die dem Anstaltsleiter vorgelegte Notiz vermerkt: *»Aufgrund des umseitigen Berichtes beabsichtige ich, keine Ausführungen mehr in diesen Dreckstall durchführen zu lassen. Würden Sie das mittragen?«* Darauf der Anstaltsleiter: *»Und ob!«*

Die ehrenamtlichen Helfer/innen im Strafvollzug werden wegen der zu gewährleistenden Sicherheit und Ordnung der Justizvollzugsanstalten nicht nur einer Sicherheitsüberprüfung unterzogen, die *»negativ«*, also ohne sicherheitsgefährdenden Befund ausgehen muss. Darüber hinaus werden auch gerne solche Bürger/innen zugelassen, die über spezielle, für Gefangene der Resozialisierung förderliche Fähigkeiten verfügen. Dazu gehören grundsätzlich auch Sprachfertigkeiten (– wie es bei ausländischen Gefangenen bezüglich Deutschkenntnissen offenkundig ist).

Ganz in diesem Sinne bewarb sich im August 1990 eine Frau mit nachfolgend dokumentiertem Schreiben an den *»Magistrat von Berlin, Hauptstadt der DDR, Senat von Westberlin«*. Die Bewerbung blieb erfolglos.

Sehr geehrte Herren,
ich möchte Ihnen als Hugenottenabkömmling, die ich die Revolution in der DDR nicht gemacht, obwohl ich es mit meiner Partei, der SED, der ich bis zum 17.01. d. J. angehörte, hätte tun müssen, sie aber mit allen Kräften verteidige, folgenden Vorschlag unterbreiten:

Ich biete mich Ihnen mit meinem ökologisch wertvollen Garten in Kaulsdorf Süd (ca. 2000m^2) als Mitarbeiterin im Strafvollzug an. Im Dezember habe ich mich in Rummelsburg – einer zu DDR-Zeiten berüchtigten Vollzugseinrichtung im Ostteil der Stadt, deren Betrieb nach der Wiedervereinigung Deutschlands sofort eingestellt wurde – eingeführt , als ich in der Berliner Zeitung gelesen hatte, dass in den Haftanstalten Erzieher fehlen und ich durch die für mich ab Januar d. J. festgelegte Berufsunfähigkeit als Russischlehrerin auch zeitlich und finanziell dazu in der Lage war, den Inhaftierten mit Rat und Tat zur Seite zu stehen.

Dies wird jetzt leider durch das Defizit in unserem Etat in Frage gestellt, da ich ab Juli nur noch 495,- Mark erhalte und mich um irgendeine Arbeit bemühen muss.
Ich möchte aber meine Tätigkeit in Rummelsburg keineswegs einstellen, sondern eine Lösung finden, die allen Anliegen gerecht wird. Vielleicht wäre es auch möglich, in einem Westberliner Gymnasium – ich denke als Hugenottin natürlich an das Französische oder an die Kantschulen, da ich selbst die Kantschule in Karlshorst von 1945 bis 1951 besucht habe. Ihrem Direktor, Herrn Dr. B. und seinem Lehrerkollegium, bin ich noch heute für die durch seine Schule vermittelte humanistische Bildung dankbar. Diese ist durch mein Slawistikstudium an der Berliner Humboldt-Universität von 1953 bis 1957 noch vertieft worden und könnte also in einer Tätigkeit als Russischlehrerin noch ausgenutzt werden. Allerdings nur in einem Rahmen, der mir auch die Weiterführung meines Einsatzes in Rummelsburg erlaubt.

Ich bitte Sie, mein Anliegen freundlich zu prüfen. …

14.3 Zusammenarbeit mit den Medien

Zum Betreff *»Eine Reportage aus dem Moabiter Hochsicherheitsbereich«* fragte ein Redaktionsmitarbeiter aus Hamburg am 11.4.1989 bei der damaligen Senatorin für Justiz, Frau Prof. Dr. *Jutta Limbach,* Folgendes an:

Ich möchte hiermit eine Anfrage präzisieren, die ich gerade in Ihrer Pressestelle vorgestellt habe: Wir planen eine Reportage aus einem Hochsicherheitsbereich. Dazu soll unser Berliner Reporter, Herr ..., eine Woche in einem Strafvollzugsbereich untergebracht werden, der gewöhnlich für Häftlinge aus dem terroristischen Bereich vorgesehen ist. Bei seinem Selbstversuch würde er psychologisch betreut und, wenigstens zeitweise, von einem Fotografen begleitet. Ich habe nun an Sie die Frage, ob Sie sich bereit erklären könnten, dafür einen Haftplatz in Ihrem Amtsbereich zur Verfügung zu stellen. Über eventuell anfallende Kosten etc., organisatorische Probleme und dergleichen sollten wir, Ihr Einverständnis vorausgesetzt, dann vielleicht persönlich sprechen. ...

Auch diesem Anliegen wurde nicht entsprochen.

15 VOLLZUGSBEDIENSTETE

15.1 Bewerbungen

Die uniformierten Bediensteten im Strafvollzugsdienst müssen in der Regel den Hauptschulabschluss und eine abgeschlossene Berufsausbildung haben. Sie werden einem strengen Auswahlverfahren unterzogen und müssen eine mindestens 18-monatige Ausbildung absolvieren. Bewerber für den Werkdienst müssen regelmäßig einen Meisterbrief besitzen.

Ein Bewerber für den Allgemeinen Vollzugsdienst eines Bundeslandes schrieb u. a. Folgendes über sich:

Da ich nur für die Gerechtigkeit kämpfe und »krumme Sachen« nicht mag, habe ich bis heute auch keine einzige Strafe erhalten, kann Ihnen mein reines Führungszeugnis jederzeit nachreichen, weil ich völlig unbescholten bin. Weil ich gegen jede Ungerechtigkeit bin, glaube ich, diesen Posten – im modernen Strafvollzug – für mich als genau geeignet anzusehen. Und im P. S. seines Bewerbungsschreibens fügte der Bewerber noch hinzu: Mein einziges Laster sind rauchbare Sachen, Alkohol ist für mich völlig tabu!

Ein weiterer Mann bewarb sich mit folgendem Schreiben unter Beifügung eines Lichtbildes, das ihn mit großkariertem Jackett, Krawatte und Hut (vermutlich Melone) zeigte:

Bewerbung … als Gefangenenaufseher.
Sehr geehrte Damen und Herren! Zunächst möchte ich mich kurz in meinen Schriftsatz Vorstellen. Wie Sie ja links oben Ersehen heiße ich … Am … wurde ich in … geboren, 41 1/2 Jahre bin ich zur Zeit. Mein Lehrberuf ist Heizungsbauer mit abgeschlossener Gesellenprüfung. Warum ich mich gerate beim Staat im Straf-Vollzug bewerbe, da habe ich meine eigenen Gesichtspunkte. Im Jahre 1959 erlitt ich bei einen Verkehrsunfall erhebliche Schäden, welche Jahrzehnte meine Gesundheit in Mitleidenschaft gezogen haben. Zur Zeit bin ich völlig geheilt, aber den Schweren Beruf

als Heizungsmonteur kann ich nicht mehr vollständig ausüben. Das würde besagen nach den erwerbsgeminderden Gesetz, Soziale Berufeinteilungen, müsste man mich vor jegliche Neueinstellung im Staatsdienst berücksichtigen. Meinen Mann kann ich jederzeit stehen gegenüber Häftlinge. Ein Bulle mit 2. Zehntner, sportlich auf der Höhe, überwäldigt alleine mehrere Strafgefangene. Das ich aus Bayern heraus möchte, weil ich mit bayerische Polizeibeamten Wirrköpfen, in den vergangenen Jahren öfters einmal Schwierigkeiten hatte. Ich möchte zwar nicht näher, über die Streitigkeiten mit den bayerischen Polizeibeamten erwägungen anknöpfen. Die Aufgabe welche mir meine Arbeitsgeber zumuten führe ich zu ihrer vollsten Zufriedenheit aus. Ein Lichtbild über mein Aussehen lege ich anständigkeitshalber in meinen Schreiben bei. Ferner sind meine Gefühle, meinen Mitmenschen gegenüber, die mir Unterstellten Gefangenen, nicht nur aus Härte bedacht. Jedenfalls würde ich jene Maßregeln den Häftlingen gegenüber anwenden, sodass die Würde der Gefangenen niemals Verletzt werden oder gar zu Schäden an Laib und Leben kommen. Vorweg möchte ich anbei Sagen das ich außerortendlich Redegewand bin. Lassen Sie mich Bitte in absehbarer Zeit Hören, ob ich für ihre Zwecke in Frage kommen kann. Wie Sie selbst Sehen kann ich Lesen und Schreiben. Mit freundlichen Grüßen verbleibt gez. …

Ein Bewerbungsschreiben enthielt folgende Angaben über dessen Autor:

… während des Krieges wurde ich viermal voll ausgebomt und fünfmal neu eingeschult da jedes mal 1944 die Schule bombardiert wurde und der Schulunterricht nicht möglich war. Bemerkung: … Polizeiliche Lebensgröße 1,68 mtr … War noch nie vorbestraft, habe nie Krimienelle Handlungen geweckt oder je damit zu tun gehabt ja war immer darauf bedacht ehrlich und guten Mutes mit meiner Frau durchs Loben zu gohen.

Ein anderer Bewerber warb wie folgt für sich:

Sehr geehrte Damen und Herren!
Ich heiße … und nehme wie folgt Stellung zu Ihrer Anzeige in der … Wie Sie aus meinen Unterlagen ersehen können, entspreche ich Ihren Anforderungen. Da ich schon beim Bund diente, habe ich auch die Wachausbildung, durch diese Tätigkeit

wurde ich gehärtet. Und für den Staat zu dienen war ich schon immer bereit, was nicht heißen soll, dass ich nicht der Richtige bin.
Ich harre auf Ihre Antwort …

Das Bewerbungsschreiben einer Frau hatte folgenden Wortlaut:

Sehr geehrte Damen und Herren,
hiermit möchte ich mich bei Ihnen für den Vorbereitungsdienst im allgemeinen Vollzugsdienst bewerben. Zur Zeit besuche ich die Schule … der Stadt …, im Juni … werde ich den Sekundarabschluss 2 ablegen. Und möchte gerne im Anschluss daran, bei Ihnen eine Ausbildung zur Justizvollzugsbeamtin beginnen. Seit frühester Kindheit interessiert mich dieser Beruf, der große Anforderungen an den Menschen stellt.
Mit freundlichen Grüßen gez. …

Den Bewerbungen für den Vollzugsdienst, ja ganz allgemein bei allen Bewerbungen sind Lebensläufe beizufügen. Ein interessantes Beispiel eines Mannes wird nachfolgend dokumentiert:

Lebenslauf
Ich bin am … als 2. Sohn des Schulzahnarztes … in … geboren worden. Nach Besuch der Volksschule wechselte ich auf das …-Gymnasium über, das ich mit der Mittleren Reife verlassen habe, da ich meinen Freunden folgend den für mich falschen naturwissenschaftlichen Zweig besuchte, wobei mir die »Darstellende Geometrie« im letzten Halbjahr das »Genick brach«. Alsdann bewarb ich mich über 20-mal um verschieden geartete Lehrstellen (außer Handwerk), wobei ich auch eine Ablehnung als Justizassistentenanwärter erhielt. Als Sekretär eigne ich mich wohl auch nicht, obgleich mein Bruder … es zum Rechtsanwalt gebracht hat.

Später war ich Hoteldiener im Parkhotel … auf eine Lehrstelle als Hotelkaufmann hoffend. Ich war dann auch noch an der Rezeption tätig, bis ich merkte, dass ich trotz meiner Sprachkenntnisse so international nicht bin, was mich aber nicht hinderte, nun auch noch als Schallplattenvertreter zu arbeiten. Am Ende meiner sechsmonatigen Probezeit baute ich dann bei Glatteis einen Totalschaden mit dem

Firmenwagen, wobei allerdings Niemand zu Schaden kam. Nur ich wurde kurz darauf ohne weitere Angabe der Gründe entlassen. Nachdem ich mich lange mit Philosophie und Theologie und auch Naturheilkunde beschäftigt habe, stehe ich jetzt vor dem Nichts, denn zum Selbständigmachen als Heilpraktiker fehlt mir der Mut, zumal ich noch einige Zeit auf die Prüfung hinarbeiten müsste und dann auch Kapital in eine Praxis zu investieren hätte. Alles zu unsicher und mehr dem Kopf eines Arztvaters entsprungen.

In unserer Familienchronik habe ich überdies inzwischen festgestellt, dass bis auf meinen Großvater, der auch Zahnarzt war, nur Justiz- und Postbeamte vertreten waren.

Na, wenn diese familiäre »Vorbelastung« kein Argument ist, eine Justizkarriere anzustreben ...

In einer Bewerbung für den Werkdienst hieß es:

Ich möchte mich als Fleischer in der JVA bewerben. Mein bisheriges Aufgabengebiet war Herstellung von Wurst, braten und Zerlegung. Bin 22 Jahre alt, gesund und kräftig, an gutes und fleißiges Arbeiten bin ich gewöhnt.

15.2 Aus- und Fortbildung der Vollzugsbediensteten

In der DDR war vieles anders als in der Bundesrepublik Deutschland, wie das nachfolgende, von einem Bewerber für den mittleren Justizvollzugsdienst vorgelegtes Zeugnis belegen mag:

Fachschule des Ministeriums des Innern »Heinrich Rau«

Zeugnis über den Fachschulabschluss
NN
geb. am ... in Dessau
hat in der Ausbildungsrichtung
VOLLZUGSDIENST
studiert, den Fachschulabschluss als
OFFIZIER DER MITTLEREN LAUFBAHN DER ORGANE DES MINISTERIUMS DES INNERN

mit dem Gesamtprädikat
»Gut«
erworben und ist berechtigt, die Berufsbezeichnung
STAATSWISSENSCHAFTLER
zu führen
Radebeul, am …
Leiter der Fachschule S, Oberstltn. d. SV …

Es wurden folgende Leistungen nachgewiesen:
I. Abschlussarbeit: Thema »Die Notwendigkeit und Möglichkeit der systematischen Erschließung der Materialien in der Lehrmittelstelle zur Unterstützung der weiteren qualitativen Verbesserung der Bildungs- und Erziehungsarbeit an der Fachschule des MdI ›Heinrich Rau‹«
II. Abschlussprüfungen und Belege
Marxistisch-leninistische Philosophie 3
Marxistisch-leninistische politische Ökonomie 3
Wissenschaftlicher Kommunismus 3
Geschichte der Sozialistischen Einheitspartei Deutschlands 2
Theorie und Praxis der Polit- und Parteiarbeit 3
Theorie des Staates und des Rechts/Staatsrecht 2
Grundsätze der Führungs- und Leitungstätigkeit 1
Strafrecht/Strafprozessrecht 2
Strafvollzugsrecht/Vollzugsgestaltung 1
Psychologie 2
Pädagogik 2
Deutsch/Sprachkommunikation 2
Kulturpolitik/Ästhetik –
Russisch 2
Militärische Grundausbildung –
Ordnungs- und Kampfeinsatz 1
Körperertüchtigung/Sport –
Nachrichtenausbildung teilgenommen
Befähigungsnachweis für Arbeits-, Gesundheits- und Brandschutz erworben

Die Ausbildung für den allgemeinen Vollzugsdienst und für den Werkdienst besteht nicht nur aus Unterricht an der Vollzugsschule, sondern auch aus praktischer Unterweisung in den Justizvollzugsanstalten. Ein ehemaliger Anstaltsleiter berichtete hierzu folgende Begebenheit:

Einem eifrigen jungen Anwärter war ein erfahrener Bediensteter zur Einarbeitung auf der Station beigegeben. Dem Neuling war u. a. beigebracht worden, dass Gefangene, die ohne Begleitung eines Bediensteten angetroffen werden, im Zweifel erst einmal wegzuschließen seien. Der junge Anwärter musste nach einigen Wochen der Einweisung bereits selbständig Dienst auf einer Abteilung für Untersuchungsgefangene verrichten. Dieser fiel in die Zeit, in der sich der Anstaltsleiter im Urlaub befand. Ihn vertrat der Verwaltungsdienstleiter, der damalige Regierungsamtmann H., ein Mann von kleiner Statur. Der Wichtigkeit seines Amtes bewusst ging Herr H. durch das Haus und lief auf der Abteilung für Untersuchungsgefangene, die ja bekanntlich eigene Kleidung tragen dürfen, unserem jungen Bediensteten über den Weg. Der fragte ihn pflichteifrig, woher er komme und wohin er wolle. Die Antwort, er sei der Anstaltsleiter, beeindruckte den jungen Bediensteten wenig; er hielt sie für einen dummen Scherz, denn den Anstaltsleiter kannte er ja persönlich, da dieser ihn eingestellt hatte. Also packte er energisch den schimpfenden und widerstrebenden Amtmann und schloss ihn erst einmal in einem der nächstgelegenen Hafträume ein. Sodann ging er zur Zentrale, um den Vorfall zu melden. Dort klärte sich alles auf.

Der Betriebsschlosser einer Justizvollzugsanstalt schrieb einmal *»z. Hd. Anstandsleiter«:*

Betrifft: Besichtigung der Arbeitsbetriebe
Sehr geehrter Herr ..., um den Mitarbeitern unseres technischen Betriebes die Möglichkeit zu erstatten, auch Betriebe in anderen JVA's kennen zu lernen, möchten wir Sie bitten, uns einen Termin (nach Möglichkeit mittwochs) für Ende Januar ... oder Anfang Februar ... für ca. 8 Personen einzuräumen. Für weitere Terminabstrachen stehen wir Ihnen jederzeit gerne zur Verfügung.
Mit freundlichen Grüßen ...

Derselbe in einer Justizvollzugsanstalt tätige Diplom-Psychologe, dessen (weitere) Stellungnahme unten im Kapitel 15.4 dokumentiert wird, schrieb einmal in einem Arbeitspapier zur Fortentwicklung des Vollzuges Folgendes:

Um ein fachliches Niveau bei jedem Mitarbeiter zu garantieren, ist ein Instrument zur Erlangung von institutionellem Selbstbewusstsein erforderlich, bei dem nicht der Strafgedanke im Vordergrund steht, mit seinen Auswirkungen in kryptopädagogischer Finsternis oder gar dem somnolenten Verfall, der der Institution bisweilen den Charakter eines psychosozialen Moratoriums verleiht.

Es ist hierbei an Fortbildung auf jeder Ebene gedacht, bei der die Aneignung von systemischer Denkweise vermittelt werden soll, die Betrachtungsweise der Interdependenz von Institution und arbeitendem Individuum als Garant zur Überwindung festgefahrener Handlungsschemata.

Des Weiteren sind ein wesentliches Agens zur Erlangung von Reflektion Arbeitsbedingungen, bei denen die Arbeitszufriedenheit der Mitarbeiter als Qualifikationsmaßstab angesehen wird. Darunter sei zu verstehen, dass der Mitarbeiter gerne zur Arbeit geht, sich selbst in der Arbeit wiedererkennt, sich an der Arbeit entwickelt und prozesshaft sich und die Arbeitsbedingungen und -inhalte in Frage stellt.

Der Mitarbeiter darf an den institutionellen Bedingungen keinem Hilflosigkeitserleben ausgesetzt werden, sondern die gesamte Verwaltung sollte als beeinflussbar, konstruktiv und transparent erlebt werden.

Ach so!

15.3 Anstaltsleiter sowie Mitarbeiter/innen des Verwaltungsdienstes

Ein Mitarbeiter der Aufsichtsbehörde, der das Amt eines Anstaltsleiters anstrebte, begründete diese Entscheidung wie folgt:

Lieber der Erste in Gallien als der Zweite in Rom.

Die anlässlich der Amtseinführung des vormaligen Unterabteilungsleiters in der Strafvollzugsabteilung der Senatsverwaltung für Justiz Berlin, Senatsrat *Klaus Lange-Lehngut*, in das Amt des Leiters der Justizvollzugsanstalt Tegel im Jahre 1984 (als Nachfolger des tödlich verunglückten Leitenden Regierungsdirektors *Jürgen Halvensleben*) frei nach *Loriot* gehaltene Rede eines namentlich nicht mehr bekannten Abgeordneten der CPU – es hieß tatsächlich »CePeUh« – wurde vom ominösen *»Kiki«*, einem unbekannt gebliebenen Mitarbeiter im Berliner Vollzug, protokolliert und hatte folgenden Wortlaut:

Sehr geehrter Herr Lange-Lehngut, meine Damen und Herren,
der Wechsel in der Anstaltsleitung der JVA Tegel gibt mir Anlass, Grundsätzliches zu der Situation des Berliner Strafvollzuges zu bemerken. Folgen Sie bitte daher meinen Ausführungen mit dem gebotenen Ernst:

Konrad Adenauer oder Karl-Heinz Rummenigge hat einmal sehr zutreffend festgestellt: Es recht zu machen Jedermann ist eine Kunst, wer kann das dann? Von diesem Standpunkt müssen wir ausgehen, denn das ist doch – ohne herumzureden – in Anbetracht der Situation, in der wir uns befinden.

Ich kann meine Auffassung in wenigen Sätzen darlegen:
Erstens – das Selbstverständnis unter der Voraussetzung,
zweitens – und das ist es, was wir dem Gesetzgeber schuldig sind, und letztlich
drittens – das konzentrierte Kernstück einer zukunftsweisenden behandlungsorientierten Vollzugsplanung.

Wer hat denn? Und das muss hier wieder 'mal in aller Deutlichkeit gesagt werden. Es ist doch ein Unding der Möglichkeit, wenn wir stets von einem Exkrement ins Andere fallen. Wer das vergisst, meine Damen und Herren, der hat den Auftrag des Gesetzgebers nicht verstanden.

Deshalb – und damit möchte ich schließen – stimmen Sie mit mir überein, wenn ich es nochmals sage: Das darf doch alles nicht wahr sein! Ich danke Ihnen.

Heutzutage ist es eine Selbstverständlichkeit, dass Frauen Führungspositionen als Anstalts- oder Abteilungsleiterinnen in einer Männeranstalt übernehmen. Die meisten männlichen Gefangenen benehmen sich ihnen gegenüber besser, als wenn sie einen männlichen Vollzugsbediensteten vor sich hätten. Allerdings haben einige männliche Gefangene auch Probleme mit dieser Situation, wie sich beispielsweise aus den Unterlagen einer ehemaligen Abteilungsleiterin einer Justizvollzugsanstalt ergibt, deren Doppelname von den Gefangenen liebevoll abgekürzt wurde. So beschwerte sich ein Gefangener, der die ihm angebotene vorzeitige Entlassung aus dem Strafvollzug abgelehnt hatte, über diese Abteilungsleiterin bei dem Anstaltsleiter:

Betr.: Immer Ärger mit Lau-Mau oder Wie werde ich die Garstige endlich los?

Sehr geehrter Herr Anstaltsleiter,
per schriftlicher Einladung war ich für heute, um 11.30 Uhr, zum Arbeitsamt bestellt. Kein Problem, sollte man meinen? Falsch.

Mit der rotzfrechen und unverschämten Begründung, ich könnte mich entlassen lassen und dann meine Termine wahrnehmen, lehnte unsere Klippschulen-Juristin Lau-Mau, die Angstgegnerin der internationalen Kosmetikindustrie, meinen Antrag auf Urlaub zur Vorbereitung auf die Entlassung ab. Was, so frage ich mich, mag dieses herbgesichtige Mädel mit dem Emanzennamen da wieder geritten haben? »Was«, aber nicht »wer«, denn anders wäre die Antwort klar: Keine Sau!

Und was glaubt diese verwelkende Eisblume eigentlich, das ich an den dringend benötigten Urlaubstagen tue – wenn mich nicht auf die Entlassung vorbereiten?!? Es kotzt mich, mit Verlaub, schlicht an, bei meinen Entlassungsvorbereitungen von einer Paragraphen-Tussi behindert zu werden, die offensichtlich dazu übergegangen ist, das Strafvollzugsgesetz als Surrogat für ihren Dildo zu missbrauchen.

Ich habe jetzt vier Jahre und knapp drei Monate Haft hinter mir. In dieser Zeit traten mir – ohne Einschränkung! – Juristen wie Nichtjuristen von Bundesanwaltschaft, Bundesgerichtshof, Oberlandesgericht und den verschiedenen Haftanstalten in der Sache angemessen, im persönlichen Verhalten nicht nur korrekt, sondern nachgerade ausgesucht höflich und freundlich entgegen ... Einzige Ausnahme: Lau-Mau, die Minus-Frau.

Ist man sich hier wirklich nicht im klaren darüber, dass wiederholter Kontakt mit dieser blutarmen Xanthippe den Kontaktierten unweigerlich zu einem Weiberfeind werden lässt, der in seinen einsamen Knastnächten höchste Erfüllung dabei findet sich vorzustellen, wie er dieses Wesen, das zwar kein Schuss ist, dafür aber einen Schuss hat, mit einer zwölfschwänzigen Nagaika, der Lederpeitsche der Kosaken, bearbeitet?
Schluss, sie ist einfach keine zusätzliche Zeile mehr wert.

Bitte, lieber Herr Anstaltsleiter, halten Sie mir Lau-Mau vom Leib! Schließlich möchte ich doch nicht mehr als in zwei Wochen, guten Gemüts und auf den Lippen ein gar lustig Lied, die JVA Richtung neues Glück verlassen.
Möchten Sie das denn nicht auch?

Ein Gefangener setzte sich für einen Mitgefangenen ein, der von der eben erwähnten Abteilungsleiterin wegen Arbeitsverweigerung mit einer Disziplinarmaßnahme belegt worden war.

Da Sie Herrn C. zur Zwangsarbeit genötigt haben, indem Sie ihn disziplinarisch gemaßregelt haben, scheint es eher doch zuzutreffen, dass Sie nicht alle Tassen im Schrank haben! Gehen Sie mal zum Psychologen und lassen sich behandeln. Sie sind für uns nicht mehr tragbar. Die Zwangsarbeit ist ungesetzlich!

Tatsächlich leitete die Abteilungsleiterin dieses Schreiben – humorvoll – an die Anstaltspsychologin mit folgender Notiz weiter:

Frau Psychologin mit der Bitte, mir einen ersten Behandlungstermin zu nennen.

Und nun reagierte die Anstaltspsychologin mit einer überraschenden Antwort:

Die Störung scheint doch recht schwerwiegend zu sein und erfordert eine langjährige psychoanalytische Behandlung mit hoher Sitzungsfrequenz. Vor dem Hintergrund meines ab 1.8. dieses Jahres geplanten Probeeinsatzes in der JVA Euskirchen kann ich selbst die Behandlung leider nicht durchführen, da eine mit dem Wechsel verbundene Unterbrechung der Therapie von mindestens 3 Monaten für die Patientin nicht zumutbar sein dürfte: regressive Prozesse würden behindert oder könnten, falls sie doch in Gang kommen, außer Kontrolle geraten. Gerade letzteres ist zu vermuten, da die Patientin ganz offenbar schon jetzt ihre Tassen nicht geordnet im Schrank behalten kann – mit anderen Worten dekompensiert ist. Vor diesem Hintergrund ist es erforderlich, der Patientin eine lange und zuverlässige Beziehung im Sinne des »holdings« (nach Winnecott) anzubieten, um ihre Ich-Funktion wieder zu stabilisieren und ihr Vertrauen in den Therapeuten und in sich zu fördern. Erst anschließend könnte eine Übertragungs-Analyse mit hohem Deutungs-Anteil versucht werden. All dies setzt aber voraus, dass der Therapeut präsent ist … und sich der hohen Bedürftigkeit der Patientin (angesichts der aus dem Schrank gepurzelten Tassen) zur Verfügung stellen kann.

In der folgenden, unkorrigierten Beschwerde an den Anstaltsleiter verwendet sich wiederum der eben erwähnte Gefangene aus demselben Anlass für einen (anderen) Mitgefangenen:

In Ihrer Eigenschaft als Anstaltsleiter fordere ich Sie hiermit auf, die Anweisung, welche Frau Lau-Mau gegen Herrn D. anordnete, aufzuheben. Andernfal wird der Klageweg beschritten, da zu einem die Anordnungen dieser Frau nicht mehr länger tragbar sind. Sie hat vom Strafrecht, als auch vom Zevielrecht soviel Ahnung wie eine Kuh vom Sonntag …

1.) Ein Häftling kann (muss aber nicht) bis zu drei Monaten jährlich zu Hilfsarbeiten herrangezogen werden, sofern er geistig u. körperl. mit der Aufgabe nicht überfordert wird. Eine Werterbeschäftigung über dies, ist nur dessen Zustimmung möglich! Einem Gefangenen steht der gesetzl. Mindesurlaub von 21 Tagen / a' zu, weil er auch im BAG. festgeschrieben ist. Wenn, wie argumetiert wurde, dass es Arbeitsausfälle Mangels Auftrag gab, so ist eine Verrechnung mit dem Erholungsurlaub unzulässig. In diesem vorliegenden Fall tritt das »Arbeitnehmerüberlassungsgesetz in für geringfügig Beschäftigte« in Kraft. Sie Herr Anstaltsleiter haben faktisch ein »Leiarbeitsunternehmen«, wenn Sie für die Leute keine Arbeit – Aufträge haben, so zählt dies zu den üblichen unternehmerischen Riesiken. Es soll so gewährleistet bleiben, dass die persönl. Urlaubswünsche des Arbeitnehmers Berücksichtigung finden. Denn Sie wiessen genau wie ich, dass es hier nicht Arbeitskräften mangelt, die Arbeit von Herrn D. wird sicher schon von einem anderen Häftling bewältigt, den Ihr anschließend sicher auch um seinen Urlaub zu bescheißen versucht …

2.) Der Gesetzgeber schreibt vor, dass der erworbene Erholungsurlaub vor Ablauf des Arbeitsverhältnisses gewährt werden muss, und nur in Ausnahmefällen (außerordendliche Kündigung) ist eine Verrechnung gegen Endgeld zulässig. Abschließend ist festzuhalten, dass im Falle Herrn D. das Arbeitsrecht in seiner zevielen Weise volle Anwendung finden wird …

Warum ist Frau Lau-Mau noch nicht in psychologischer Behandlung untezogen, wie ich ihr dies vorgeschlagen hatte, glaubt sie etwar ich hätte einen Witz gemacht? Ihr

Urteilsvermögen ist Jenseits von Gut und Böse, ihr Herz erfroren und ihr Blickfeld eingeschränkt. Ich würde ihr eine Kur unter Christen vorschlagen, damit sie lernt, was Gnade und Barmherzigkeit bedeutet. Denn ganz offensichtlich, ist ihr der Bezug zu Gott abhanden gekommen, wenn sie nicht aufpasst, wird sie diese Dämonen nicht mehr los. Sie wird vergehen, wie ein Tier auf der Weise, welche Gott nicht mit Regen bedachte.

Angemerkt sei, dass das *»Arbeitsrecht in seiner zevielen Weise«* auf Strafgefangene gerade keine Anwendung findet; sie sind auf Grund öffentlich-rechtlicher Regelung im Strafvollzugsgesetz zur Arbeit verpflichtet. Hat der Gefangene ein Jahr lang zugewiesene Arbeit verrichtet, so hat er nach dem Strafvollzugsgesetz Anspruch auf Freistellung von der Arbeitspflicht unter Fortzahlung seiner Bezüge für 18 Werktage. Dies bedeutet aber nicht, dass er die Freistellungstage außerhalb der Anstalt verbringen darf. Hierfür sind vielmehr die Urlaubsvorschriften des Strafvollzugsgesetzes maßgeblich; dabei kommt es insbesondere darauf an, dass keine Flucht- oder Missbrauchsgefahr bei dem betreffenden Gefangenen besteht.

Gefangene haben offenbar ein anderes Verständnis von der Hierarchie in einer Justizvollzugsanstalt als dies offiziell der Fall zu sein hat. Dies musste ein Beamter erleben, der vom gehobenen Dienst, wo er als Leiter der Wirtschaftsverwaltung tätig war, in den höheren Dienst aufgestiegen war und nunmehr, als Abteilungsleiter, auch Sprechstunden durchführen musste. Er berichtete:

Als ich nach dem Aufstieg zum Abteilungsleiter meine ersten Sprechstunden in der JVA ... abhielt, kam ein Gefangener, ein altbekannter Heiratsschwindler. Nachdem sein Anliegen behandelt war und er schon an der Tür stand, drehte er sich noch einmal um, schaute mich mit seinem treuherzigsten Blick an und fragte: »Dass Sie das jetzt mit den Sprechstunden machen? Ham' S was ausgefressen? San' S strafversetzt worn?«

In Nordrhein-Westfalen gibt es bekanntlich landsmannschaftliche Unterschiede zwischen Rheinländern und Westfalen. Um die Unterschiede in der

Arbeitsweise in rheinischen Anstalten und Anstalten in Westfalen-Lippe deutlich zu machen, wird folgende Geschichte erzählt:

Wenn der Leiter einer westfälischen Justizvollzugsanstalt einen Bediensteten bittet, ihm die Personalakte eines bestimmten Gefangenen aus der Vollzugsgeschäftsstelle zu holen, so liegt sie spätestens nach fünf Minuten auf dem Schreibtisch des Chefs. Wenn der Leiter einer rheinischen Anstalt dieselbe Bitte ausspricht, kehrt der so Beauftragte nach einer Stunde zurück und fragt, ob die Akte wirklich gebraucht werde.

15.4 Ärzte und Psychologen

In Justizvollzugsanstalten werden neben hauptamtlichen Ärzten auch Ärzte im Rahmen eines Werkvertrages beschäftigt. Auch diese Ärzte haben die Aufgabe der Krankenbehandlung der Gefangenen. In einer Justizvollzugsanstalt gab es einmal einen solchermaßen beschäftigten Arzt, der auch sich selbst behandelte und dies im Rahmen eines Attestes wie folgt dokumentierte:

Mein Patient W. B., geb. ..., war vom ... bis ... arbeitsunfähig krank. Gez. W. B.

Ein in der Vollzugsabteilung einer Aufsichtsbehörde als Referent tätiger Jurist hatte in einer Dienstbesprechung mit anderen Juristen und Verwaltungsmitarbeitern folgende geniale Erkenntnis:

Ich bin nicht Mediziner, und das kann ich, glaube ich, auch für die Anderen sagen.

Es sind eben doch in den Landesjustizverwaltungen in der Regel besonders schlaue Menschen tätig.

Diplom-Psychologinnen und -psychologen sind aus dem Strafvollzug nicht mehr wegzudenken. Sie haben vielfältige Funktionen. So stellt diese Berufsgruppe Anstaltsleiterinnen und Anstaltsleiter, Haus- bzw. Abteilungsleiter und vor allem auch so genannte Gruppenleiter. Ein Psychologe in letztgenannter Funktion in einer Justizvollzugsanstalt gab zu einem Verlegungsantrag eines damals 20-jährigen Gefangenen folgende Stellungnahme ab:

> … Nach seiner Entlassung aus der JVA … am … hielt sich K. kurzweilig bei den Eltern auf, um wiederholt die Dissonanzen zwischen den Eltern und ihm zu reanimieren. Die instabilen Persönlichkeitsdeterminanten der Eltern (Scheidung, Wiederheirat des gleichen Partners, Geschäftsgründung, Konkurs etc.) lassen für die weitere Genese des K. auf keine positive Prognose hinsichtlich einer Sozial- und Legalintegration in diesem Umfeld schließen. Die am … qua Urteil … »verordnete Familienzusammenführung« … führte ebenfalls nicht zu den ursprünglich intendierten Modifikationen defizitärer Persönlichkeitsradikale des K; hernach fiel er wiederum durch delinquentes Verhalten auf. Die äußerst defizitären Ich-Kerne würden bei einer erneuten räumlichen Nähe des K. zum Elternhaus weiter regredieren und somit einem evtl. Nachreifungsprozess im Wege stehen. K. konnte bisher noch nicht die alloplastische Adaptionsform (Handlungsvorbereitungen, die nach außen gerichtet sind) ablegen, sondern ist vielmehr auf die Handlungsersatzebene (autoplastisch; hier die realitätsabgespaltene Phantasiewelt) fixiert, wobei Fixierung für das Haftenbleiben am frühkindlichen Objekt angesehen wird (versus Regression; Verlassen eines ehedem erreichten höheren Niveaus). Hierfür sind auch die koenästhetischen (Gemeingefühle i. S. einer Symbiose-Haltung) Sensationen Indiz, dass die diakritische Phase (Differenzierung der ursprünglichen Zentroversion: Mutter-Kind) noch nicht erreicht ist. Der sich hieraus ableitende Mangel an »Sich-als-sich-selbst-Erleben« entzieht der Persönlichkeit des K. die Kohärenz und Kontinuität des reiferen psychischen Apparates. …

Hierauf plädierte der Gruppenleiter sodann in seiner Stellungnahme für den *»unbedingten Verzicht auf eine Verlegung nach …, um dem Gefangenen die Chance einer Ich-Werdung zu gewähren«*. Er hätte in seiner Anstalt (ohne Verlegung) *»die Möglichkeit, sich eine Lebenslinie zu erstellen, die bisher nicht ausgebildet wurde.«*

Alles klar?

Es folgt ein weiteres Beispiel aus der Arbeitswelt dieses Diplom-Psychologen, der zusammen mit einem Kollegen von ihm folgenden Vermerk zu drei Gefangenen verfasste:

> Betrifft: J. D., geb. am … in …, Buch-Nr. …; A. Sch., geb. am … in …, Buch-Nr. …; D. W., geb. am … in … (UdSSR), Buch-Nr. …

Lt. Teamentscheid vom ... und dem gemäß der Konzeption geltenden Regel- und Sanktionskatalog der Klienten werden die drei im Betreff näher Bezeichneten zum nächstmöglichen Termin der Stufe I des hiesigen Fachbereichs zugeleitet.

D. und W. haben vor dem ... Cannabis zu sich genommen; durch das hier praktizierte Urinkontrollprogramm konnte Beiden der Missbrauch nachgewiesen werden. Entsprechend ihrer Hauptneurosenstruktur konnte dieser bewiesene Status durch den Abwehrmechanismus der Objektrepräsentanz-Verschiebung nicht im Ich-Bereich angenommen werden (starke Leugnungstendenzen). Ebenfalls typisch für diese Charakterumformung war die ausschließende Nachkonstruktion der ödipalen Situation (3er-Konstellation; W. beschuldigte zwei Klienten dahin gehend, dass bei einem Nichtdurchschauen der Intrige aus der frühen Infantilzeit ebenfalls eine Verlegung notwendig geworden wäre).

W. und D. kann der sog. Untergang des Ödipus-Komplexes nicht zugeschrieben werden; Beide verharren noch auf der prä-ödipal-phallistischen Stufe der psychosexuellen Genese.
Sch. ist in diesem Zusammenhang ebenfalls nur als die Ergänzung zur o.g. Trias zu betrachten; er kann durchaus als der schuldgefühlsbereite passive (Charakter-)Teil dieses neurotischen Arrangements angesehen werden.

15.5 Rechte und Pflichten der Bediensteten

Ein Mitarbeiter des Sicherheitsbeauftragten einer Justizvollzugsanstalt notierte folgenden Vermerk:

Betr.: Verlust einer Schlüsselmarke; hier: Anzeige des JVollz-Assistenten H. , z. Zt. Praktikant in der Teilanstalt ...
Vermerk: Der JVollz.-Ass. H. teilte mir heute morgen gegen 08.00 Uhr sehr aufgeregt folgendes mit: Er habe mit einem Lehrgangskollegen gestern Abend nach dem Spätdienst im Bezirk ... einige Lokale aufgesucht und dort einige Biere getrunken. Beide Bedienstete trugen Dienstkleidung. Am frühen Morgen stellte Herr H. nach Verlassen des letzten Lokales erschreckt fest, dass ihm seine Schlüsselmarke fehlte, die er zuletzt in seinem Portemonnaie glaubte. Er sei darauf hin sofort auf den U-Bhf. ... geeilt und habe dort den ...-Angestellten um »Amtshilfe« gebeten und ihn aufgefordert, die JVA ... anzurufen. Dies habe der ...-Angestellte jedoch mangels Amtsanschluss nicht gekonnt. In diesem Augenblick habe er in einer U-Bahn zwei Frauen sowie einen als Frau verkleideten Mann gesehen, die ihm »verdächtig« vorgekommen

seien. Er habe darauf hin den ...-Angestellten noch gebeten, die Polizei zum U-Bhf. ... zu schicken und sei in den Zug eingestiegen. Im Zug habe er dann die »verdächtigen« Personen angesprochen und sich unter Vorlage seines Dienstausweises als Justizbeamter zu erkennen gegeben. Er habe die Herausgabe seiner Schlüsselmarke verlangt, da doch »auf dem U-Bhf. ... ohnehin die Polizei warten« würde und eine Verweigerung keinen Sinn habe. Die drei Personen seien dann am ... ausgestiegen und auf das Gelände der Firma ... »entkommen«. Herr H. habe sich darauf hin an den Zoll des nahe gelegenen Grenzüberganges gewandt und um Hilfe gebeten; die Zollbeamten haben ihn jedoch an die Polizeibeamten am Kontrollpunkt verwiesen. Dort habe er die Angelegenheit ebenfalls berichtet und um sofortige Benachrichtigung der JVA ... gebeten. Diese Beamten allerdings – so Herr H. – hätten keine Rufnummer der JVA ... gehabt und ihn deshalb gebeten, die JVA ... selbst von einer Telefonzelle aus anzurufen. Er habe sich dann zum Gelände der Firma ... begeben und dort um Hilfe gebeten. Der Sicherheitsbeauftragte der Firma ... habe ihm schließlich das Telefonat mit der JVA ... ermöglicht. Herr H. erschien sodann gegen 10.00 Uhr in der JVA ... und zeigte an, dass er seine Schlüsselmarke nach Rückkehr zu seinem Auto in dessen Handschuhfach wieder gefunden habe. Ich habe Herrn H. gebeten, unverzüglich eine ausführliche schriftliche Meldung zu dem Vorfall abzugeben. Gez. ...

Eine Marginalie auf dem Vermerk lautete: *»Der Koll. hat ja recht erheblich überreagiert. Er sollte auf die Verhältnismäßigkeit seines Handelns hingewiesen werden.«* Eine weitere Randbemerkung lautete: *»Frau W. – Bed. – teilte mit, dass hier heute morgen ein Anruf der Kripo eingegangen sei, in dem der Verlust der Schlüsselmarke bekannt gegeben werde. Allerdings seien weder Dienststelle noch Rückrufnummer bekannt.«*

Viel Lärm um nichts!

15.6 **Fürsorge des Dienstherrn**

Der Beförderung eines Beamten geht stets eine dienstliche Beurteilung voraus. In einer solchen Beurteilung war einmal zu lesen:

Der Beamte hat den Friseurberuf erlernt und eine entsprechend gute Allgemeinbildung.

Viele sind berufen, wenige aber auserwählt! Und so gibt es insbesondere in Zeiten angespannter Haushaltslagen und somit geringerer Beförderungsaussichten regelmäßig Ärger um Beförderungen seitens der Nichtberücksichtigten. Ein Anstaltsleiter antwortete einem Beamten, der sich bei ihm darüber beklagt hatte, dass er nicht befördert wurde:

Sie müssen eben weiter strampeln!

Daraufhin beantragte der Beamte bei der Aufsichtsbehörde einen Strampelanzug. Die Aufsichtsbehörde beschied:

Die Beihilfevorschriften lassen dies nicht zu.

Die Fürsorgepflicht des Dienstherrn für seine Beamten geht weit. Dies gilt auch für die Sorge um den Arbeitseinsatz nach längerer Erkrankung. In der Verfügung einer Aufsichtsbehörde betreffend die Beschäftigung eines *»nicht ganz gesunden«* Beamten hieß es:

Bei der vorübergehenden Einrichtung eines leidensgerechten Dienstpostens ist darauf zu achten, dass die von dem Beamten wahrzunehmenden Aufgaben inhaltlich so gestaltet sind, dass dadurch kein zusätzlicher Beamter zur Unterstützung des Beamten bei Erledigung der ihm zugewiesenen Aufgaben herangezogen werden muss.

Dabei wäre der Dienstposten eines *»Stützbeamten«* doch recht attraktiv.

Erleidet ein Beamter einen Dienstunfall, so muss er eine Dienstunfallmeldung fertigen. Nachfolgend werden einige schöne Dienstunfallmeldungen dokumentiert:

Im angewiesenen Dienstsport rutschte ich auf dem Parkettfußboden aus und erlitt einen Sturz.

Beim Durchführen eines Fangespiels sprang ich über einen anderen Beamten; dabei kam ich falsch mit dem rechten Fuß auf.

Am genannten Tag fand ein Ausflug der JVA zum … See statt. Während des Ausziehens nach dem Baden stand ich auf dem linken Fuß. Dabei verlor ich das Gleichgewicht und kam mit dem rechten Fuß so auf, dass ich mir den Mittelfußknochen anbrach.

Lehrgang zur Selbstverteidigung: Bei dieser Ausführung kam es dazu, dass ein Sportkamerad bei einer Vorwärtsrolle mit seiner Ferse gegen meine Nase kam und diese dabei knackte … Nach Anfragen meinerseits, ob ich den Lehrgang fortsetzen könne, bekam ich von der Ärztin zur Antwort, dass ich das machen kann, aber jedoch weiteren Nasenkontakt vermeiden sollte.

Bei der Zweikampfausbildung bekam ich bei der Erübung einer Technik einen Ellenbogen auf den Mund.

In dem Durchgang der Wache befindet sich ein Hängeschrank. Unter diesem hatte ich eine Flasche abgestellt. Beim Hochnehmen dieser stieß ich mit dem Kopf an diesen Hängeschrank, mit voller Wucht. Dabei bekam ich eine Platzwunde, die sehr blutete.

Beim Entfernen der Torsicherung (Eisenstange von circa 4 Meter Länge) in der Kfz-Schleuse passierte Folgendes: Die Stange hat sich verkeilt, als ich mich gerade damit entfernen wollte.

Zu einer Dienstunfallmeldung nahm die Anstaltsärztin Stellung:

Der Patient begab sich auf den Weg einer dienstlichen Maßnahme. Er musste durch eine Gittertür, wobei eine auf dem Weg liegende Tür ihm entgegen schlug.
Was in einer Anstalt alles so herumlungert …

Auf die Dienstunfallanzeige einer Justizvollzugsbediensteten schrieb die Eigenunfallversicherung des Landes … als Ausführungsbehörde für gesetzliche

Unfallversicherung an den Präsidenten des Justizvollzugsamtes ..., dass sie zu dem gemeldeten Ereignis noch nicht Stellung nehmen könne, weil es in der von der Beamtin abgegebenen Dienstunfallmeldung lediglich geheißen habe:

Während einer Übung mit dem Leiter des Lehrganges, Herrn Verwalter ..., zog ich mir am rechten Bein eine Knieverletzung zu.

Honi soit qui mal y pense! Nach dieser Meldung weiß man nicht, um welche Art von Übung es sich gehandelt hat, die den Unfall auslöste. Bei bestimmten Stellungen ist das Knie tatsächlich gefährdet.

In der Unfallanzeige eines als Gruppenbetreuer fungierenden Vollzugsbediensteten an die Eigenunfallversicherung des Landes ... – Unfallfürsorge für Beamte – meldete dieser folgenden Sachverhalt:

Am ... um ca. 21.00 Uhr habe ich mir beim Schließen einer großen Schublade den Ringfinger der rechten Hand eingeklemmt. Dabei bin ich hoch geschreckt und habe mir an einem offenen Oberlicht (Fenster) den Kopf so stark gestoßen, so dass ich mir eine ca. 2,5 cm lange Platzwunde zugezogen habe.

Der Mann muss ja wahnsinnig schreckhaft gewesen sein ...

Der Personalrat einer Justizvollzugsanstalt wandte sich mit folgendem Anliegen an den in der Landesjustizverwaltung für den Strafvollzug zuständigen Abteilungsleiter:

Die Personalvertretung möchte ... an Sie die Bitte ... richten, den Antrag der Abteilung ... – Sicherungsverwahrtenstation – wegen der Beschaffung und Installation eines Backofens abschlägig zu bescheiden.

Wir sehen nicht ein, dass dem Wunsch eines einzelnen Gefangenen gefolgt wird, eine technisch nicht zu überwachende und für jeden kontrollierenden Bediensteten zu einem Unfall- bzw. Sicherheitsrisiko sich entfaltenden Gegenstand auf dieser Abteilung zu installieren. Es gibt über den Einkauf die Möglichkeit, Kuchen u. ä. zu erwerben, so dass kein Bedarf bestehen kann, Kuchen zu backen. Wir befürchten eher, dass die Diebstähle, speziell die Fleischdiebstähle in der Küche, zunehmen werden, wenn den Gefangenen die Möglichkeit gegeben wird, zu braten und zu backen.

Wir glauben außerdem, dass das Interesse der Gefangenen sehr bald an diesem Gerät nachlässt, dass die Sauberkeit des Gerätes bald zu wünschen übrig lässt und dass ein neuer Beschwerdepunkt des Amtsarztes zu erkennen ist. Gleichfalls ist nicht auszuschließen, dass der Backofen zu anderen Zwecken missbraucht wird und der Kontrolle durch unsere Kollegen entflieht.

Nacheile nach einem fliehenden Backofen?

Unter der Verfügung eines Mitarbeiters der Aufsichtsbehörde namens *»Piske«*, mit welcher ein Kollege gebeten wurde, einen Bestellschein, durch den ein Kaufangebot *»für Herrn Pupke – Bodenregistratur«* für bestimmte *»4 Stück Unterhemden«* und *»4 Stück Unterhosen«* jeweils der Größe 6 abgegeben werden sollte, nach (Gegen-)Unterzeichnung zurückzusenden, notierte ein Vorgesetzter in erkennbarer Scherzabsicht, dass, *»nachdem Herr Piske für Herrn Pupke vier Unterhosen (vgl. Anlage) bestellt hat, ... erörtert werden (sollte), ob ein ähnliches Bestellwesen auch für den hiesigen Bereich eingeführt wird. Ggf. wäre aber Bedarf an dienstlicher Unterwäsche zu ermitteln«*. Dementsprechend reagierten die per Verfügung *(»Kenntnis- und ggf. Stellungnahme«)* angesprochenen Mitarbeiter (mit einer Ausnahme) humorvoll *(»bitte mit doppeltem Zwirn«* oder *»der Uz. befürwortet eine einheitliche Unterbekleidung in den Referaten; im Referat ... – Sicherheitsreferat – Farbe Signalrot mit grünen Streifen«)*. Die erwähnte Ausnahme, ein knochentrockener humorloser Mitarbeiter, der offenbar den Hintergrund der Umfrage nicht erkannt hatte oder nicht erkennen wollte, reagierte wie folgt: *»Unterhose überflüssig. Wozu der Aufwand? Hier könnte gespart werden.«*

Der Kammerverwalter einer *»Kleiderkammer der Justiz«* fertigte einmal folgende Bescheinigung:

Der S. D., geb. ..., Erster Justizhauptwachmeister, von dem Amtsgericht in ..., verstorben am 23.2.1979, hat am 27.4. und 8.5.1979 die ihm ausgehändigte Dienstkleidung vollständig zurückgegeben. Schäden, die von ihm zu vertreten sind, wurden nicht festgestellt.

Irgendwann wurde eine angeblich vom Sicherheitsbeauftragten einer Justizvollzugsanstalt gefertigte *»Hausverfügung«* herausgegeben, die folgenden Wortlaut hatte:

1. Aus gegebenem Anlass weise ich darauf hin, dass die Sicherheitsschuhe für die Bediensteten eingetroffen sind. Die Schuhe haben Haftsohlen und Stahlkappen, die die Bediensteten beim Treten schützen.

Wie bisher werden die Schuhe über die Personalvertretung verausgabt. Bedienstete mit Übergrößen werden gebeten, vorab ihre Nummern mitzuteilen.

Ferner beabsichtigt die Senatsverwaltung für Justiz, zum Schutz der Bediensteten Schutzhelme (TARTSA-Helme) anzuschaffen. Die betroffenen Bediensteten werden gebeten, ihre Kopfgröße der Personalverwaltung möglichst frühzeitig mitzuteilen.

Die Helme sind mit Doppelkinnschutz und Antidröhnmasse ausgestattet und haben eine Schlagstärke von 1 Kp/mm^2 pro Schlag/sec. Dieser Schutzgrad wird jedoch nur dann erreicht, wenn die beidseitigen Knebelhälse an der Kinnlasche so angezogen werden, dass die Unterlippe gerade noch die Höhe der Augenlider erreicht.

Wegen der tiefgreifenden Wirkung der Helme sowohl auf die Träger als auch auf die Angreifer weise ich nochmals ausdrücklich darauf hin, dass diese nur bei Alarmstufe V aufzusetzen sind.

2. Großer Verteiler

Sind Haftsohlen Haft-Sohlen? Dröhnt die Masse schon?

Einige Monate später folgte dann die Mitteilung als *»Nachtrag zur Hausverfügung …«, »dass nach eingehender Prüfung den Bediensteten nunmehr folgende Schutzkleidung angeboten werden kann:«*

1. Schutzhelme – sog. TARTSA-Helme
a) für den allgemeinen Vollzugsdienst und gehobenen Verwaltungsdienst: einfache Ausführung in Kunststoff – Größe 42 bis 58 –
Farbe: stratosilber – mit Doppelkinnschutz und Antidröhnmasse
Schlagstärke: 1 Kp/mm^2 pro Schlag/sec.
b) für den höheren Dienst: Ausführung wie zu a), jedoch
Farbe: metallic-gold mit einschaltbarer Sirene und rotierendem Blaulicht (Batteriebetrieb)
c) für den Pflegedienst: Ausführung wie zu a), jedoch
Farbe: marode-weiß
Sonderausführung für Pflegevorsteher: Farbe: exitus-weiß mit einem Emblem zweier gekreuzter signalroter Einwegspritzen
d) für den Sozialdienst: Ausführung wie zu a), jedoch
Farbe: feuerwehrrot mit größeren schwarzen Punkten
Für abnorme Kopfformen – »eggheads« – oben spitz und unten rund – werden Sonderangebote vorrätig gehalten.

2. Kontaktlinsen
a) für den allgemeinen Vollzugsdienst und gehobenen Verwaltungsdienst: einfache Ausführung in Sicherheitsglas (SEKURIT) – ohne Linsenkrümmung – durchsichtig
b) für den höheren Dienst: Panzerglas – schusssicher – Krümmung nach Augenmaß – undurchsichtig

3. Nasen- und Mundschutz (auch für großmundige Bedienstete geeignet)
Spezialschaum aus der Spraydose – Marke »Falkenbunk« –, der die Nasenflügel und die Wangen von innen nach außen kugelförmig aufbläht und so erheblich verstärkt.

4. Körperschutz
Unterhemden und -hosen aus nichtrostendem Edelstahlgarn gewirkt (NIROSTA) – je nach Größe 45 bis 65 kg schwer – im eiligen Fall mit einem Haushaltsbüchsenöffner schnell und mühelos zu öffnen.

5. Stiefel
a) Schmalspurausführung für Knick- und Senkfüße
b) Breitspurausführung mit Einzelzehaufhängung für Spreizfüße
c) spurlose Ausführung für Schweißfüße

6. Zur besonderen Beachtung:
Soweit ein Bediensteter alle Schutzvorrichtungen zur gleichen Zeit anlegt, wird er bei schwacher Konstitution körperlich und geistig unbeweglich!
Für diesen Fall werden in der Pforte I – Fahrzeugschleuse – sog. »Rollies« (kleine Rollwagen), die von zwei Bediensteten bequem gezogen werden können, zum Transport des Bediensteten zur Verfügung gestellt.
Rollies, die mit Bediensteten des höheren Dienstes bestückt sind, ist im Anstaltsbereich absolute Vorfahrt einzuräumen. Sonst gilt die Vorfahrtsregelung »rechts vor links«.

Mitarbeiter/innen der Abteilungen für Strafvollzug der Landesjustizverwaltungen führen die Aufsicht über die Justizvollzugsanstalten. Ein solcher Mitarbeiter, ein an die Landesjustizverwaltung abgeordneter Strafrichter, erhielt einmal von der *»Jugendgesundungsstätte Haus Tanneck«* in der Schwäbischen Alb einen Brief folgenden Inhalts:

Sehr geehrter Herr Richter …,
wir durften Ihnen »Haus Tanneck« bereits vorstellen und auf die Vergabe von Freiplätzen für Bedürftige aus Ihrem Amtsbereich hinweisen.
Freiplätze werden durch eingehende Bußgelder finanziert, um deren Zuweisung wir Sie höflichst bitten.
Erlauben Sie uns, wieder einige Zahlkarten beizufügen.
Wir bedanken uns und begrüßen Sie mit vorzüglicher Hochachtung …

Nachdem der Mitarbeiter das Schreiben dem seinerzeitigen Referatsleiter für Gnadenwesen *»in der Annahme dortiger Zuständigkeit«* zugeleitet hatte, verfügte dieser:

1. Umlauf bei den Bedürftigen!
2. Wv. (Ergebnis?)

Der Vorgang wurde aus nur noch zu mutmaßenden, hier aber nicht erwähnenswerten Gründen nur vier von 13 Referatsmitarbeitern und -mitarbeiterinnen vorgelegt; zwei von diesen notierten gar nichts, ein anderer *»Fehlanzeige«* und der Vierte schließlich *»ich bin weder bedürftig noch bußgeldpflichtig«*. Darauf verfügte der Leiter der Gnadenstelle den Vorgang wieder an den Richter zurück wie folgt:

1. Wegen totaler Fehlanzeige in meiner Unterabteilung V c muss nun wohl das Referat V B einspringen.
2. … z. w. V. und guten Erholung.

Von den nunmehr mit der Bitte *»Bedürftige sollen sich bei mir melden«* angeschriebenen Mitarbeitern schrieb einer, dem sich ein anderer anschloss: *»Ich könnte mehr Geld und mehr Urlaub gebrauchen. Wo wird das verteilt?«* Ein weiterer meinte: *»Ich will auch mehr, zumal ich der ›Kleinste‹ bin.«* Ein vierter notierte: *»Eine Institution, die den Angeschriebenen noch mit dem Amtsgericht in Verbindung bringt (vgl. Anschrift), ist selbst hilfsbedürftig.«* Und schließlich notierte ein Mitarbeiter: *»Die Feuchtigkeit schießt mir in die Augen.«* Vier weitere Mitarbeiter zeichneten humorlos lediglich mit ihrer Paraphe ab.

Und nun kam der große Auftritt des abgeordneten Richters, der den Vorgang auswertete und zu folgender Veranlassung zusammenfasste:

Betrifft: Jugendgesundung; hier: Bedürftige aus dem Bereich der UAbt. V b; Vorgang: Umlauf v. …

Die Auswertung des Umlaufergebnisses führt zu folgenden Feststellungen:
Während V A 1 und V C eine bedarfsorientierte Auseinandersetzung mit den Möglichkeiten der Jugendgesundung vermissen lassen (wohl zu alt, wa?), zeigen V F 1 und V b eine an den »Fischer und seine Frau« (wer ist wer?) erinnernde, eine Befriedigung verbietende Anspruchshaltung. Der viktimologisch geprägte Denkansatz von V G 1 ist wenig konstruktiv und die jugendtümlich unsubstantiierte Forderung des »kleinen Hänselmannes« V G 2 muss aus erzieherischen Gründen unerfüllt bleiben. Allein der Gartenlauben-Beitrag von V G 3 zeigt themenrelevante Ansätze und verleitet zu dem Räuberruf »Dem Manne kann geholfen werden« (Kenntnisnahme und Entnahme des beigehefteten Papiertaschentuchs)

Während der Besichtigung einer polnischen Strafanstalt erhielten die deutschen Gäste ein Einladungsschreiben eines »Vereins für Körperkulturverbreitung« mit folgendem Wortlaut (in deutscher Sprache):

Ich möchte Sie herzlich einladen an dem 3. Lauf der Uniformdienste teilzunehmen. An dem Lauf beteiligen sich Funktionäre des Gefängnisdienstes, des Feuerwehrs, der Polizei und des Grenzschutzes. ... Das Ziel der Wettkämpfe ist es, die Läufe unter den Uniformdiensten zu popularisieren und dieses Millieu zu integrieren. ...

Ein Vollzugsbediensteter beklagte sich in einem Vermerk gegenüber seinem Anstaltsleiter, dass er von einem Gefangenen mit Worten bedroht worden sei:

»Wir treffen uns noch 'mal draußen. Er nannte mich ›die größte Vogelscheuche auf Gottes Erden‹. Kollege H. war zugegen und wird über den Vorfall Meldung erstatten.«

Gerüchten zufolge soll die Ähnlichkeit nur zufällig gewesen sein.

16 RECHTSBEHELFE IM VOLLZUG

Gefangene fühlen sich häufig ungerecht behandelt. Sie haben vielfältige Möglichkeiten, sich zu beschweren. Das reicht von der persönlichen Vorsprache oder der Dienstaufsichtsbeschwerde beim Gruppen-, Haus-, Abteilungs- bzw. Teilanstaltsleiter oder gar Anstaltsleiter über die Beschwerde oder den Widerspruch bei der Aufsichtsbehörde, die Petition beim Landesparlament, bis hin zum Antrag auf gerichtliche Entscheidung bei der Strafvollstreckungskammer bei dem Landgericht.

16.1 Vorsprache und Dienstaufsichtsbeschwerde

Ein Gefangener, der sich von Mitgefangenen gemobbt und bedroht sah, gab in einer Sprechstunde folgende Klage zu Protokoll:

Es steckt eine mir unbekannte Dimension hinter dieser Hetzaktion mit ernstem Charakter.

Entgegen dem Juristenwitz, wonach Dienstaufsichtsbeschwerden *»formlos, fristlos und fruchtlos«* seien, versichern wir – beide lange Zeit in Aufsichtsbehörden tätig gewesen –, dass sie genau so ernsthaft bearbeitet werden wie förmliche Rechtsbehelfe.

Ein offenbar sehr verärgerter Gefangener schrieb an einen Bediensteten:

An das Lügenschwein L. Anbei etwas Papier, damit Sie sich die Scheiße – anders kann ich Ihren verlogenen Wahnsinn nicht bezeichnen – aus dem Gehirn putzen können. Mehrere Blätter liegen bei.

Das Strafgericht, das auf die Strafanzeige gegen den Gefangenen tätig wurde, hatte für diese Art von Humor nicht viel Verständnis. Es verurteilte den Gefangenen wegen Beleidigung zu einer Geldstrafe von 20 Tagessätzen.

Ein Anstalts-Abteilungsleiter wunderte sich, dass ein recht biederer Gefangener in jüngerer Zeit ungewöhnlich viele Beschwerden schrieb, die er in der Sprechstunde jeweils nach kurzer Zeit zurück nahm. Als er den Gefangenen bedrängte, doch den Grund für seine vielen Eingaben zu nennen, sagte er mit gewinnendem Lächeln:

Ja wissen Sie, meine Tante beantwortet schon seit Wochen meine Briefe nicht mehr. Deshalb muss ich jetzt Ihnen schreiben.

Ein Gefangener beschwerte sich beim langjährigen Anstaltsleiter in Celle/Niedersachsen, Dr. *Paul Kühling,* über einen Vollzugsbediensteten:

Als ich sagte: »Ich werde mich beim Chef beschweren«, hat er geäußert, ich könnte mir Herrn Kühling auch auf den Bauch binden. Ich wende mich mit der Bitte an Sie, entsprechende Maßnahmen einleiten zu wollen.

Der Mitarbeiter einer Aufsichtsbehörde, ein Psychologe, kommentierte die Rückgabe eines Beschwerdeschreibens eines Gefangenen, der die Ermessensausübung eines Vollzugsbediensteten beanstandet hatte, an seinen Vorgesetzten mit den Worten:

Ich habe das Schreiben zurück gegeben; dazu bin ich zu dumm.

Ein seinerzeit zumindest in Berlin stadtbekannter und angesehener Rechtsanwalt schrieb folgende an den *»Herrn Senator für Justiz«* adressierte, aber an den Referenten der Vollzugsabteilung, dessen mehrfach vom Rechtsanwalt zitiertes Schreiben uns leider nicht vorliegt, gerichtete Eingabe:

Sehr geehrter Herr H.,

die dortige Belehrung im 2. Absatz Ihres Schreibens weise ich mit Entschiedenheit zurück. Sie können mir wohl zutrauen, dass ich den Behördenaufbau innerhalb des Landes Berlin kenne. Wenn ich um eine Entscheidung »höheren Ortes« gebeten habe, so ist nach den Regeln der Logik und den Denkgesetzen selbstverständlich meine Eingabe vom … dahin auszulegen, dass es sich hier um eine deutliche Dienstaufsichtsbeschwerde handelt. Ich bat um eine Entschließung des Herrn Senator für Justiz selbst in dieser Sache.

Ich bin der Auffassung, dass hier nach den Grundsätzen der kollegialen Zusammenarbeit ein Dezernent Ihres Hauses nicht beabsichtigt, gegen den früheren Anstaltsleiter der Justizvollzugsanstalt Tegel zu entscheiden, zumal mir bekannt ist, dass nunmehr ja auch der frühere Leiter der Justizvollzugsanstalt Tegel in Ihrem Hause tätig ist. Aus diesem Grunde bat ich darum, dass nunmehr an höchster Stelle in Ihrem Hause die Entscheidung getroffen werden sollte. …

Ich habe es nicht gern, wenn man offenbar versucht, meine Kenntnisse über den Behördenaufbau innerhalb des Landes Berlin herabzusetzen.
Anders kann ich Ihre Ausführungen vom … nicht verstehen.
Sie wissen doch selbst, dass ich seit 1952 – seit meiner Rückkehr aus der Gefangenenschaft – von da an war ich ja immer in Bereichen der Rechtspflege tätig – den Aufbau der Justizverwaltung in dieser Stadt kenne.
Aus diesem Grunde kränkt der dortige Hinweis vom …, denn er stellt bewusst meine elementaren Kenntnisse, die ja wohl jeder im Bereich der Rechtspflege tätige – in der Kenntnis der Rechtswissenschaften ausgebildete Bürger – besitzt, in Zweifel und setzt mich – dies ist der 3. Absatz des dortigen Schreibens vom … – überall dort bewusst ehrenkränkend herab, wo dieses Schreiben zur Kenntnis gelangt. Dies gilt schon für mein Büro und auch für alle Justizbehörden.

Ich darf daher darum bitten, meine Eingabe nebst meiner Eingabe vom … dem Herrn Senator für Justiz persönlich vorzulegen, den ich auch darum bitte, zu den dortigen Ausführungen im 3. Absatz des dortigen Schreibens vom … mir gegenüber Stellung zu nehmen, wobei ich der Auffassung bin, dass der Herr Senator für Justiz mein Gekränktsein in Bezug auf die dortigen Vorhaltungen im 2. Absatz des dortigen Schreibens vom …

Ferner wäre ich dankbar, wenn mir mitgeteilt werden würde, warum man meinen Mandanten, Herrn H. W., in den dortigen Schreiben in althergebrachter Weise als

»Strafgefangenen« bezeichnet. Dass dieses Wort den jetzigen Status meines Mandanten berührt, liegt auf der Hand. Nach meiner Auffassung ist es aber nicht erforderlich, immer wieder dieses Wort »Strafgefangener« zu erwähnen, denn dies ließe leicht den Eindruck entstehen, als ob man nur zu leicht über die Bitten dieses Bürgers hinweggeht, ohne den eingehend vorgetragenen Bedenken des Verteidigers nachzugehen, zumal sich der Verteidiger ja auch auf die Auffassungen von leitenden Justizangehörigen innerhalb der Justizvollzugsanstalt … beruft. …
…, Rechtsanwalt

Das vorstehende Schreiben, das in der vorliegenden Wiedergabe um etliche Passagen gekürzt worden ist, umfasste dreieinhalb Seiten. Ob (schon) damals Rechtsanwälte von ihren Mandanten nach der Anzahl der Wörter in ihren Schreiben bezahlt worden sind?

Auch die folgende an die Landesjustizverwaltung eines Bundeslandes gerichtete Eingabe eines Strafgefangenen, die ja immerhin in einem vergleichsweise korrekten Deutsch verfertigt ist, wurde »bürokratisch« abgearbeitet (und zuständigkeitshalber an die Justizvollzugsanstalt … zur dortigen weiteren Bearbeitung gesendet):

Ich wende mich nun an Ihnen, da ich immoment wirklich nicht mehr weiter weiß, was man noch alles machen kann, um mein Strafmaß und meine Familie in einen Topf zubekommen. Ich wurde am … zu einer Freiheitsstrafe von … verurteilt, … also auf Deutsch habe ich nun 5 1/4 Jahre. Da ich bis heute noch immer nicht verstehen kann, wie man mich so hart strafen tut, wobei ich mich doch am … freiwillig in der Justizvollzugsanstalt Hakenfelde gestellt habe, um endlich mit diesen Mist eine ende zu machen und mit meiner Freundin ein neues Leben zu beginnen. Nun ist natürlich alles im Eimer und meine Freundin die ich mittlerweile 9 Jahre kenne, kommt allein nicht mehr so klar draußen, sodas Sie sich schon versucht hat mit Tabletten das Leben zu nehmen, wobei Sie nur Glück hatte, das es harmlose gewesen waren. Da meine Eltern immoment meinen Hund und meine Katzen verflegen, können Sie sich ja denken, das dort nun auch die Hölle los ist, sodas Sie vorhaben, meinen Hund ins Tierheim zu geben. Also alles nicht so leicht für mich und aus diesen grund wende ich mich nun an Ihnen, ob es nicht machbar wäre, das ich ab und zu mal auf Ausgang raus kann, damit ich einiges wieder ins Lot bringen kann. Da ich natürlich ein hohes Strafmaß habe und dies wahrscheinlich auf ablehnung stöst, möchte ich doch darauf aufmerksam machen, das ich doch Selbststeller bin und nicht die Absicht habe wegzulaufen, da ich auch später meine 2/3 Genehmigung einreichen möchte. Da aber die Revision auch verworfen wurde, ist es mir bestimmt nicht vor 3 Jahren möglich einmal raus zu dürfen, drum wende ich mich ja nun an Ihnen. Außerdem möchte ich Sie gerne mal fragen, ob es trotzdem ich ein hohen Urteil habe möglich ist, in den offenen oder halb offenen Vollzug zu kommen? Da mir diese Dinge sehr interessieren, hoffe ich, das ich bald eine Nachricht von Ihnen erhalte. Da ich hier in Moabit ja keine Antwort erhalte, bitte ich Sie, mir wenigstens diese Dinge zu beantworten. Ich mache mir nicht allzuviel Hoffnungen, aber ein Versuch ist es mir wert, da mir meine Familie und auch meine Freundin sehr am Herzen liegt und ich jetzt schon weiß, das diese lange Zeit für das was ich getan habe, sehr viel kaputt machen wird. Im voraus möchte ich mich ganz herzlich für Ihre Mühe und Zeit bedanken.

16.2 Rechtsbeschwerde

Gegen die Entscheidung der Strafvollstreckungskammer bei dem Landgericht, welche für Streitigkeiten über so genannte Vollzugsverwaltungsakte zuständig ist, kann der beschwerte Unterlegene Rechtsbeschwerde beim zuständigen Oberlandesgericht – in Berlin ist dies das Kammergericht – einlegen.

Im Rahmen eines solchen Verfahrens erließ das Kammergericht einmal folgenden Beschluss:

Die Rechtsmittel sind ... auch begründet. Die Strafvollstreckungskammer hat mit den angefochtenen Beschlüssen über Anträge des Strafgefangenen auf gerichtliche Entscheidung befunden, die dieser nicht gestellt hatte. In den Antragsschriften vom ... und ... heißt es vielmehr, es werde für einen beabsichtigten Antrag nach dem Strafvollzugsgesetz das Armenrecht beantragt. Auch die Anträge vom ... sind ausdrücklich als Armenrechtsanträge bezeichnet. Die Beschlüsse sind daher, soweit sie nicht die keiner Anfechtung unterliegende Ablehnung der Armenrechtsanträge betreffen, aufzuheben ... Einer Zurückweisung der Sachen an die Strafvollstreckungskammer bedarf es nicht, da Anträge des Strafgefangenen, über die noch entschieden werden muss, nicht vorliegen.

So genannte Phantom-Anträge!

Es gibt bekanntermaßen Gefangene, die geradezu querulatorischen Charakter haben und den Sinn ihres Gefangenendaseins darin sehen mögen, den lieben langen Tag (und zuweilen auch die Nacht) damit zu verbringen, Anträge und Beschwerden zu schreiben, um die Vollzugsbehörden und Gerichte zu beschäftigen und, wie sie hoffen, zu ärgern. Solche Zeitgenossen gibt es überall und zu allen Zeiten.

Ein solcher Gefangener schrieb eines Tages an eine Aufsichtsbehörde folgenden Brief:

Antrag auf Archivwürdigkeit
In Sachen – und nun führte der Briefschreiber 145 (!) Aktenzeichen von Verfahren in Vollzugssachen gemäß § 109 StVollzG bei dem Landgericht … auf, die er im Laufe der Zeit geführt hatte – wird hiermit beantragt, die o. a. Verfahren für archivwürdig zu erklären und die Akten von der Vernichtung auszuschließen, weil sie insbesondere zur revolutionären Fortbildung des Rechts dienen.

Der Brief wurde unbearbeitet zu den Akten verfügt. Es wurde nicht bekannt, ob der Briefschreiber durch diesen Brief tatsächlich eine wesentliche psychische Entlastung von seiner Knast-Frustration erfahren konnte. Der Nachwelt überliefert sind seine *»revolutionären«* Taten zur Fortbildung des Vollzugsrechts jedenfalls nicht.

17 JUGENDSTRAFVOLLZUG

Manch eine(r) der geneigten Leserinnen und Leser wird sich wundern, dass in diesem Buch von der Untersuchungshaft, dem offenen und geschlossenen Strafvollzug, dem Frauenvollzug und der Sicherungsverwahrung die Rede war, vom Jugendvollzug aber bisher nicht. Das liegt schlichtweg daran, dass wir zu kurze Zeit im Jugendvollzug tätig waren, um selbst Material zu sammeln. Aber auch die vielen Anstaltsleiterinnen und Anstaltsleiter von Jugendstrafanstalten haben uns kein Material zur Verfügung gestellt. Vielleicht liegt dies daran, dass sie Tag und Nacht mit der *»erzieherischen Gestaltung«* des Vollzugs beschäftigt sind, wie es nicht nur § 90 JGG für den Jugendarrest und § 93 JGG für die Jugenduntersuchungshaft fordern, sondern auch für den Jugendstrafvollzug gemäß § 91 JGG gilt. Vielleicht ist aber auch der Jugendvollzug eine zu ernste Sache!?

Nichts zu lachen gibt es jedenfalls über die Tatsache, dass bis zum heutigen Tage kein Jugendstrafvollzugsgesetz vorliegt, sondern nur wenige dürre Paragraphen im Jugendgerichtsgesetz, im Strafvollzugsgesetz und in der Strafprozessordnung sich zur Jugenduntersuchungshaft und zum Jugendstrafvollzug verhalten, die wesentlichen Gestaltungsgrundsätze aber in zwei Verwaltungsvorschriften enthalten sind. Ein solcher Zustand wird von der großen Mehrzahl der Juristen für verfassungswidrig erachtet; dem Vernehmen nach soll sich das Bundesverfassungsgericht in Kürze mit der causa befassen. Die Arbeiten an einem Jugendstrafvollzugsgesetz kommen seit Jahrzehnten nicht voran. Vor diesem Hintergrund ist der nachfolgende *»Entwurf eines kurzen Jugendstrafvollzugsgesetzes (kJStVollzG)«* zu sehen, dessen Urheber wir trotz einiger Bemühungen leider nicht herausfinden konnten. Aber vielleicht will der Scherzbold – heißt die weibliche Form Scherzboldin? – auch unerkannt bleiben.

Entwurf eines kurzen Jugendstrafvollzugsgesetzes (kJStVollzG)

§ 1 Anwendungsbereich und Sprachgebrauch

Wer jung schon hinter Gittern sitzt, der wird durch dies' Gesetz geschützt.
Wenn es nur von Knaben spricht, so liegt es eher am Gedicht.
Mit Knaben es auch Mädchen meint, wo immer es sich sonst nicht reimt.

§ 2 Vollzugsziel

Der Knabe wird im Knast behandelt, damit er sich in Zukunft wandelt.
Er wird erzogen Tag und Nacht, und so für's Leben fit gemacht,
auf dass er künftig straflos bleibt und sich nicht mehr an Normen reibt.

§ 3 Grundsatz des Vollzuges

Hier soll man ganz in Freiheit leben, nur leider hinter Gitter eben,
doch wohnen, werken, trinken, schmausen soll drinnen man so gut wie draußen.

§ 4 Aufnahmeverfahren

Kaum ist der Knabe in dem Knast, bekommt er seine liebe Last.
Um zu erforschen, wer er sei, drängt jede Fachkraft sich herbei.
Man wühlt in alten Anamnesen, um zu erforschen, was gewesen,
und hofft, es sei etwas dabei, was für die Zukunft nützlich sei.

§ 5 Vollzugsplan

Mit Planung geht man an die Dinge, damit das große Werk gelinge.
Und wie ist es bei jedem Plan? Man ändert ihn auch dann und wann.

§ 6 Offener und geschlossener Vollzug

Kaum der Vollzug begonnen hat, schreit »Lock'rung« schon der Kandidat.
Solche wird ihm auch gewähret, wenn er sich hat zuvor bewähret.
Doch eines soll er stets bedenken. Er muss die Schritte richtig lenken,
denn wer beim Ausgang zuviel sündigt, kriegt diesen wieder aufgekündigt.

§ 7 Urlaub

Wer möchte nicht in Urlaub fahren, sitzt er im Knast doch schon seit Jahren,
und gütig spricht die Kommission: gewiss, mein Sohn, gewiss, mein Sohn.

§ 8 entfallen

Der Paragraph ist ganz entfallen; er scheint der Beste mir von allen.

§ 9 Unterbringung während der Arbeit und Freizeit

Gemeinsam fließt die Zeit viel schneller, und auch die Zukunft scheint dann heller.
Doch allzu schrecklich böse Buben schickt man allein auf ihre Stuben.

§ 10 Unterbringung während der Ruhezeit

Das Zimmer muss man nachts nicht teilen, wenn man alleine will verweilen.
Doch Einzelzellen, die sind knapp und geh'n nicht nur im Osten ab.
Drum ist die Vorschrift unverbindlich und jederzeit auch überwindlich.

§ 11 Haftraumgestaltung

Mit Pornos oder alten Meistern kann seine Zelle man bekleistern.
Nur übersichtlich muss es sein, sonst schreitet gleich die Aufsicht ein.

§ 12 Verkehr mit der Außenwelt

Damit die Haft wird nicht zur Qual, und weil's erfreulich ist zumal,
sind Briefe und Besuch erlaubt, ist man der Freiheit auch beraubt.
Beschränkungen gibt's aber solche, die unerlässlich sind für Strolche.

§ 13 Generalklausel

Auf weit're Normen wird verzichtet, weil's letztlich doch die Praxis richtet.

AUTOREN

Dr. iur. Peter Höflich (geb. 1943), Ministerialrat a. D., Professor für Rechtswissenschaft (insbesondere Sozial-, Jugendhilfe- und Sozialverwaltungsrecht) an der Fachhochschule Lausitz und Lehrbeauftragter für Strafvollstreckungs- und Strafvollzugsrecht an der Europa-Universität Viadrina Frankfurt (Oder);
Studium der Rechtswissenschaft an den Universitäten in Hamburg und Würzburg, erste und zweite juristische Staatsprüfungen (1971 und 1975), Doktor der Rechte (1975);
langjährige Tätigkeit im Strafvollzug (u. a. Anstaltsleiter) in Nordrhein-Westfalen und Brandenburg; Mitverfasser des Lernbuchs: Peter Höflich/Wolfgang Schriever: Grundriss Vollzugsrecht, Berlin 2003.
Arbeitsschwerpunkte und -interessen: Strafrecht, Jugendstrafrecht, Strafvollzugsrecht, Wirkung von strafrechtlichen Sanktionen und Alternativen

Dr. iur. Michael Matzke (geb. 1952) Regierungsdirektor a. D., Professor für Strafrecht (einschließlich zivilrechtlicher Bezüge) und Strafprozessrecht an der Fachhochschule für Verwaltung und Rechtspflege Berlin und Lehrbeauftragter für Jugendstrafrecht und Strafvollzug(srecht) an der Humboldt-Universität zu Berlin;
Studien der Rechtswissenschaft und der Soziologie an der Freien Universität Berlin (1971 – 1978), erste und zweite juristische Staatsprüfungen (1976 und 1982), Doktor der Rechte (1982);
langjährige Tätigkeit im Strafvollzug (u. a. Teilanstaltsleiter) in Berlin; Kommentator in Schwind/Böhm/Jehle: Strafvollzugsgesetz, Kommentar, Berlin 2005.
Arbeitsschwerpunkte und -interessen: Strafrecht, Jugendstrafrecht, Strafvollzugsrecht und -kunde, Kriminologie, Kriminalpolitik; wissenschaftliches Arbeiten und Didaktik.